D0840298

BRAS DE FER SUR CENTERPOINT

BRAS DE FER
SUR CENTERPOINT

par

ROGER MACBRIDE ALLEN

FLEUVE NOIR

LE CYCLE DE STAR WARS

DANS L'ORDRE CHRONOLOGIQUE DE LA GUERRE

Titre original :
Showdown at Centerpoint
Traduit de l'américain par
Grégoire Dannereau

Collection dirigée par
Patrice Duvic et Jacques Goimard

© 1995 Lucasfilm Ltd et TM. All rights reserved.
Edition originale : Bantam-usa
© 1997 Pocket pour la traduction française.
© 1999 Editions Fleuve Noir pour la présente édition.
ISBN : 2-265-06799-7

NOTE DE L'AUTEUR

Je voudrais remercier Tom Dupree, Jennifer Hershey et tous les gens de Bantam Spectra qui m'ont fait confiance au long de ce projet. Merci également à Eleanor Wood et Lucienne Diver pour leur soutien et leur efficacité concernant l'aspect commercial du projet.

J'aimerais aussi remercier ma femme, Eleanore Fox, qui avait déjà assez à faire : apprendre une nouvelle langue et préparer notre déménagement au Brésil. On comprendra qu'elle n'avait pas besoin d'un écrivain à la maison en même temps ! Mais j'étais là, et elle a su s'en arranger. Les Affaires étrangères des Etats-Unis ne recrutent que des collaborateurs d'élite. Au moins dans ce cas précis.

Merci de tout cœur à Mandy Slater, amie fidèle et confidente, à qui j'ai dédié ce livre. Elle était là, assise à notre table de cuisine, à Washington, quand est venu l'appel qui m'a transformé en auteur de romans sur *Star Wars*. Et elle a su me convaincre que je pouvais réussir. Si c'est le cas, et si vous la voyez, dites-lui qu'elle avait raison. Mais le problème sera de la trouver ! La dernière fois que je l'ai vue, c'était à La Nouvelle-Orléans. Elle arrivait de Roumanie via Londres, et elle repartait pour

Chicago. La fois précédente, je l'ai rencontrée à Fresno, en Californie, pour mon mariage. Avant, elle était à Londres, et encore avant à Toronto, je crois. Après un moment, il est difficile de se souvenir de tous ces endroits. Mais merci quand même, Mandy !

En parlant de voyages, une des traditions d'une bonne histoire *Star Wars* est que tout arrive partout en même temps. Le deuxième livre de cette série a été écrit à Washington, D.C., et dans ses alentours. Avec peut-être un bref séjour à Philadelphie et à New York. Le troisième a été rédigé à Arlington, en Virginie, et à Bethesda, au Maryland, mais aussi à New York, Miami, au-dessus des Caraïbes et de l'Amazone, à Sao Paulo et à Brasilia. Il a été relu à Bethesda ; à Norfolk, en Virginie ; à Atlanta ; à Montgomery, Alabama ; et enfin à Biloxi, Mississippi. Si cela ne vous paraît pas assez mobile, je ne sais pas ce qu'il vous faut !

Un dernier mot sur les dangers de dédicacer un livre à un professeur d'anglais. J'ai effectivement dédié le deuxième volume de cette trilogie à Beth Zipser et son époux Mike. Beth m'a appris l'anglais il y a bien longtemps ; elle est maintenant une sacrée bonne joueuse de poker. Informée de ma délicate attention, elle a été tellement émue qu'elle est aussitôt passée à l'action, examinant le manuscrit pour y détecter les fautes de grammaire. Que ceci nous serve à tous de leçon : il faut toujours faire de son mieux ! Après tout, on ne sait jamais quand son ancien professeur d'anglais va se piquer de vérifier votre travail !

Roger MacBride Allen
Avril 1995
Brasilia, Brésil

CHAPITRE PREMIER

EN APPROCHE

— Honorable Solo, nous n'avons plus le temps ! couina une voix dans l'intercom. Si nous ne contrôlons pas mieux notre approche, nous allons entrer trop vite dans l'atmosphère !

Une sorte de croassement ponctua ces paroles. Ou les circuits de communication se préparaient à lâcher, ou Yan avait un coup de chance : Dracmus devenait aphone.

Ce qui eût été une bénédiction.

D'un geste vif, il activa son micro tout en restant concentré sur son travail.

— Gardez la tête froide, Dracmus, dit-il. Et prévenez l'honorable pilote Salculd que j'ai presque terminé.

Pourquoi devait-il toujours faire des réparations en urgence ?

Que ne donnerais-je pour que Chewbacca soit là...

— Me refroidir la tête ? Pourquoi ? Est-ce que c'est plus sûr ?

Soupirant, Yan appuya de nouveau sur le bouton du micro.

— C'est une expression. Ça signifie : « Soyez patiente », dit-il en tâchant de garder son calme.

Dracmus était une Selonienne, et les Seloniens n'aimaient pas l'espace. Une peur compréhensible chez une espèce habituée à vivre sous terre... Mais savoir une agoraphobe aux commandes d'un vaisseau aurait suffi à rendre fou n'importe qui.

Yan fit le dernier branchement, referma l'ultime panneau et croisa les doigts.

Cela devrait marcher...

A dire vrai, il était temps que quelque chose fonctionne sur ce foutu engin. Si ce vaisseau-cône était caractéristique de la flotte selonienne, la technique spatiale n'était pas le fort de ces gens. Yan bascula le commutateur sur « Marche » et attendit que les inverseurs se rechargent.

Quelle idée, aussi, de se porter volontaire pour aider ce morceau de ferraille à se poser ! Alors qu'il aurait pu dire : « *Salut* à tous, et bonne chance », et s'en aller en compagnie de Leia, sur le *Feu de Jade*.

Quand quelque chose devait être fait, comme personne d'autre n'en était capable, Yan ne se défilait jamais. Il ne pouvait pas laisser tomber Dracmus ; il avait des obligations envers elle comme envers son peuple.

Et Dracmus devait réussir à sauver ce damné vaisseau-cône. Les Seloniens n'avaient pas les moyens de l'abandonner. C'était peut-être une épave, pourtant, ils n'avaient rien de mieux... ou, pour être exact, la tanière Hunchuzuc et ses « Républicanistes » n'avaient rien de mieux.

— Dépêchez-vous, Honorable Solo !

Pourquoi ce fichu intercom n'avait-il pas lâché avec le reste ?

Pour la troisième fois, Solo activa son antique micro.

— Un instant, Dracmus. Pilote Salculd, jetez un coup d'œil à vos voyants de contrôle...

Savoir qu'il travaillait pour la tanière Hunchuzuc aurait été fascinant si Yan avait eu idée de qui était — ou de ce qu'était — la tanière Hunchuzuc. Tout ce qu'il avait compris, c'était qu'elle représentait une faction de Seloniens vivant sur Corellia, qui, d'après Dracmus, étaient alliés à un parti favorable à la Nouvelle République.

Ces gens se faisaient appeler les « Républicanistes ».

Qu'il le veuille ou non, Solo se trouvait mêlé à leurs affaires.

Dracmus appartenait à la tanière Hunchuzuc, et elle avait arraché Yan des mains de Thrackan Sal-Solo. L'avait-elle kidnappé ou sauvé, il n'aurait su le dire. La tanière Hunchuzuc était en guerre contre la Surpratanière, le gouvernement de Selonia. La lutte se déroulait parallèlement à celle de la Nouvelle République contre les insurgés du système de Corellia, les deux conflits ne semblant pas liés. La Supratanière était du côté des « Absolutistes », qui revendiquaient l'indépendance totale de Selonia.

Pour simplifier, les membres de la tanière Hunchuzuc étaient « républicanistes », et la Supratanière « absolutiste ». A y regarder de plus près, cependant, les principes n'avaient guère d'importance. Chaque parti était avant tout contre l'*autre*.

Dracmus avait sauvé la vie de Yan. Elle l'avait bien traité, cela alors qu'un membre de la famille du Corellien, Thrackan Sal-Solo, s'était montré d'une cruauté épouvantable avec les Seloniens. A leurs yeux, Yan Solo aurait dû être un monstre... Pourtant, Dracmus lui avait accordé le bénéfice du doute. Elle l'avait traité avec bonté et respect.

15

C'était tout ce que Yan avait besoin de savoir.

— Quand est-ce que ça va marcher ? cria la voix stridente de Dracmus. Nous approchons de la planète !

— Normal quand on essaie de se poser, grommela Solo.

Sauf son respect, Dracmus pouvait se montrer quelque peu fatigante. Le Corellien appuya de nouveau sur le bouton.

— C'est bon. Dites à Salculd que l'inverseur fonctionne. Qu'elle allume les circuits de contrôle — on verra ce que ça donne.

— Nous suivrons vos recommandations, Honorable Solo. Salculd va faire ce que vous dites...

Entendant un bourdonnement monter du panneau devant lequel il était agenouillé, Yan recula. Après quelques secondes, le bruit disparut et les voyants s'allumèrent. Tout était parfait.

Yan se pencha sur l'intercom.

— J'ai de la peine à y croire... mais on dirait que ça marche. Les pièces du vaisseau de Mara ont fait l'affaire. Nous nous poserons dès que vous le désirerez.

— Je suis heureuse de l'entendre, très Honorable Solo, déclara Dracmus. (Le soulagement, dans sa voix, était presque palpable.) Nous allons procéder immédiatement à l'atterrissage.

Les voyants clignotèrent, montrant que les inverseurs pompaient de la puissance.

— Allez-y doucement, là-haut, dit Yan. Par petits coups.

— C'est ce que nous faisons, Honorable Solo. Nous n'avons aucune envie que nos systèmes tombent de nouveau en panne.

— Je vous comprends, dit Yan. Je vais quand même monter surveiller, si ça ne vous fait rien...

Saisissant les montants de l'échelle, il se hissa dans la cabine de pilotage du vaisseau-cône. Comme son nom l'indiquait, celui-ci n'était rien d'autre… qu'un cône, avec les moteurs à la base et la cabine dans la pointe. Les parois du « nez » étant transparentes, la vue valait le détour. Salculd était allongée sur le dos, les yeux plongés dans les étoiles. Jetant un coup d'œil derrière elle, elle sourit à Yan et se remit au travail. Elle paraissait calme, à l'inverse de Dracmus, qui arpentait la cabine derrière elle.

Bipèdes standards, les Seloniens étaient plus grands et plus minces que les humains. Leurs membres courts contrastaient avec la longueur de leur torse ; ils se déplaçaient aussi vite à quatre pattes que sur deux. Des griffes rétractiles en faisaient des grimpeurs et des « terrassiers » émérites. Leur queue, d'un mètre environ, pouvait servir de massue avec une efficacité redoutable. Yan était payé pour le savoir.

Comme le reste de son corps, le visage pointu de Dracmus était couvert d'une courte fourrure brune. Le pelage de Salculd était noir — à l'exception de son abdomen, couleur caramel. Le visage des Seloniens était expressif, du moins quand on avait appris à interpréter leurs mimiques.

Ils avaient une large bouche prête à découvrir deux rangées de dents acérées… Cette expression-là, Yan n'avait eu aucun mal à l'interpréter.

Bref, c'étaient des créatures à la fois esthétiques et dangereuses.

— Comment ça se passe ? demanda Yan à Salculd en selonien.

Elle ne parlait pas le basic.

— Tout va bien, Honorable Solo. Jusqu'à ce que le prochain sous-système lâche.

Génial, pensa Yan.

— Et vous, Honorable Dracmus ?

— Parfait, parfait... jusqu'à ce que nous nous écrasions.

— Au moins, tout le monde est d'accord...

Salculd jeta un coup d'œil à sa supérieure.

— Voilà qui est encourageant ! Je me préparais à atterrir normalement, maintenant je pense que nous allons nous écraser. Ça fait toujours plaisir à entendre...

— Il suffit, pilote Salculd, coupa sèchement Dracmus. Concentrez-vous sur votre travail.

— Bien, Honorable Dracmus.

Salculd était un pilote expérimenté, et elle avait son vaisseau en main, même si la sentir plus assurée eût fait beaucoup pour la tranquillité de Yan. Dracmus, elle, ne connaissait absolument rien à la navigation spatiale. Pourtant, elle dirigeait les opérations... pas seulement la stratégie globale, mais la moindre manœuvre. Salculd ne pouvait pas, ou ne voulait pas s'imposer. Le statut de Dracmus était supérieur, ce qui semblait régler la question. Que la Selonienne ne connaisse rien à l'espace paraissait secondaire... Tant pis si elle ordonnait régulièrement des manœuvres impossibles, manquant les faire tuer une bonne dizaine de fois.

Salculd avait la langue acérée. Néanmoins elle obéissait strictement aux ordres, aussi stupides qu'ils soient.

Yan avait du mal à s'y faire.

Il prit place à côté du pilote. Il avait fait de son mieux pour adapter la forme du siège, pourtant celui-ci restait inconfortable. Basculant la tête en arrière, il leva les yeux vers les étoiles.

A travers le « nez » transparent du cône, la vue était magnifique. Selonia flottait dans l'espace, occupant un bon tiers de leur champ de vision. Les océans étaient plus petits que sur Corellia, et la masse continentale était constituée de milliers d'îles, réparties de manière régulière.

La surface était un labyrinthe de terre et d'eau. Des centaines de mers, de baies, de fjords coulaient entre les rubans de terre torturés. Yan avait lu quelque part qu'aucun point de Selonia n'était à plus de cent cinquante kilomètres de la mer...

Il n'y avait pas que la planète. A quelques kilomètres d'eux flottait le vaisseau de Mara, le *Feu de Jade*, sa coque élancée étincelant de rouge et d'or. Yan soupira. Ça, c'était un vaisseau — rapide, puissant, maniable. Si seulement il avait pu être à bord... En sécurité, avec Mara Jade et Leia.

Quand Dracmus avait fait exploser les systèmes du vaisseau-cône, le *Feu* était venu à leur secours, Mara leur fournissant des pièces détachées pour les aider à réparer. Maintenant, elle surveillait leur atterrissage.

Yan n'aimait pas sentir Leia loin de lui. Cela dit, l'arrangement était logique. La blessure de Mara n'était pas encore tout à fait guérie, donc il lui fallait un copilote... De leur côté, Dracmus et Salculd avaient besoin de toute l'aide possible.

De plus, Leia parlait selonien. Les deux navires devaient se poser en même temps ; en cas de problème sur le vaisseau-cône, il valait mieux que quelqu'un du *Feu de Jade* puisse communiquer avec les autorités.

Oui, c'était la meilleure solution, ce qui n'empêchait pas Yan Solo d'être inquiet. Pas besoin de se demander ce qui pouvait mal tourner... ces derniers temps, *tout* avait mal tourné.

Une lumière clignota à l'avant du *Feu*. Leia utilisait les phares pour envoyer des messages en code calamarien, une combinaison d'éclairs courts et longs formant les lettres de l'alphabet basic. La

19

technique était lente et maladroite, mais c'était mieux que rien quand toutes les fréquences étaient brouillées.

PARÉS À ENTRER DANS L'ATMOSPHÈRE. SIGNALEZ QUAND VOUS SEREZ PRÊTS.

— Ils nous attendent, dit Yan à Salculd.

— Tout est paré, annonça le pilote.

— Parfait. Honorable Dracmus, reprit le Corellien en basic pour que Salculd ne comprenne pas, vous allez faire ce que j'ordonne. Arrêtez d'arpenter la cabine, asseyez-vous, et dites à Salculd d'obéir à mes ordres. Ensuite, je vous demanderai respectueusement de vous taire jusqu'à ce que nous soyons au sol. Sinon, j'informe le *Feu de Jade* que nous escorter est un suicide, et je lui demande de nous laisser là.

— Mais...

— *Mais* rien. Je connais le code calamarien, vous non. Je peux communiquer avec le *Feu*, vous non. Vous avez déjà failli nous faire tuer — je ne veux pas que ça recommence...

— Je proteste ! C'est du chantage !

Yan sourit.

— Non... c'est de la *piraterie*. Ou appelons ça un détournement. A ce propos, si vous ne connaissez pas la différence entre le chantage et la piraterie, vous n'avez rien à faire aux commandes d'un vaisseau.

Dracmus jeta à Yan un regard furieux, puis elle secoua la tête.

— Très bien. Je cède. Mes ordres n'étaient pas tous judicieux, c'est vrai, et je n'ai pas envie de mourir. Pilote Salculd ! ajouta-t-elle en selonien, vous obéirez aux ordres de l'Honorable Yan Solo jusqu'à ce que nous soyons à terre.

Salculd les regarda tour à tour, puis fit un large sourire.

— Bien, Honorable supérieure ! J'obéis avec plaisir !

— N'en rajoutez pas, grommela Dracmus. Honorable Solo... c'est à vous.

— Asseyez-vous, répéta Yan, en selonien, cette fois. Il faut vous attacher pour résister à l'accélération. Salculd, à mon signal, vous lancerez une approche standard du point d'atterrissage.

— Entendu.

Yan entreprit de répondre au *Feu*.

BRET À COMMENCER LES MANEUVREZ D'EMNTRE, émit-il, regrettant après coup son orthographe approximative.

— Un de ces jours, il faudra que je me décide à réviser ce code, grogna-t-il.

SOMMES BRETS AUSSI, répondit Leia. ALLONS EN POUPE. NOUS VOUS SUIVONS.

— Ha, ricana Yan. Que je suis heureux d'avoir une femme dotée d'un tel sens de l'humour. (Il repassa au selonien.) Très bien. Salculd, allons-y. Avec précaution.

Le *Feu de Jade* manœuvrait pour placer sa proue face à la poupe du vaisseau-cône. Salculd fit avancer le petit navire. Alors qu'ils commençaient à accélérer, le *Feu* resta derrière eux. Plus rapide et plus souple, le vaisseau de Mara Jade était mieux placé en seconde position, d'où il pouvait surveiller les opérations.

Les pièces détachées et le talent de Yan n'avaient pas été suffisants pour réparer les senseurs. A l'arrière, le vaisseau-cône était aveugle. Seule une holocaméra fonctionnait encore. Elle serait utile pendant l'atterrissage, mais sa résolution était si mauvaise que, dès qu'il s'éloignerait de quelques kilomètres, le *Feu* disparaîtrait de l'écran. Une fois les moteurs en marche, la situation serait encore pire.

Bref, Yan n'était pas sûr de voir les signaux lumineux si Leia décidait de lui envoyer un message. Et s'il utilisait les phares arrière pour en passer un, il ne pourrait pas savoir s'il était reçu.

Il espérait que le problème ne se poserait pas.

Encore une bonne raison pour laisser le *Feu* derrière. Quand on ne voyait rien, mieux valait avoir quelqu'un de fiable dans son dos...

Fiable. Yan hésita. Il avait presque — *presque* — oublié ses réserves vis-à-vis de Mara. Quelle raison aurait-elle de se retourner contre eux ? Aucune apparemment. Elle n'avait pas non plus d'explication satisfaisante au sujet de son rôle dans les derniers événements. Elle avait été un peu trop souvent au bon endroit au bon moment...

Ou au *mauvais* endroit au *mauvais* moment...

Le Corellien secoua la tête. Si Mara avait été contre eux, les types d'en face n'auraient pas commis tant d'erreurs. Leurs ennemis n'avaient pas été d'une efficacité fulgurante...

On pouvait dire ce qu'on voulait de Mara. Elle n'en restait pas moins *compétente*.

C'était l'argument le plus convaincant. Assez réfléchi, se dit Yan tandis que le *Feu* disparaissait de leur champ de vision.

Il n'avait pas d'autres options que de faire confiance à Jade...

Le moment était venu de se concentrer sur l'atterrissage.

— C'est à vous de jouer, Salculd. Faites de votre mieux.

— Ne vous inquiétez pas pour ça. (Le vaisseau choisit cet instant pour tanguer, la Selonienne pianotant frénétiquement sur les commandes.) Désolée, reprit-elle. Surcompensation des stabilisateurs. C'est réglé.

— Vous ne pouvez pas savoir comme ça me rassure, souffla Yan.

Il joua avec l'idée de virer *manu militari* Salculd, de son siège pour prendre sa place. Mais c'était idiot. Les commandes étaient prévues pour un Selonien, et le vaisseau était assez traficoté pour que le *Faucon* paraisse un parangon de conformité technique. Ça ne le réjouissait guère, pourtant leur meilleure chance était sans doute d'avoir Salculd aux commandes.

Celle-ci accéléra — un peu — et le vaisseau prit — un peu — de vitesse. Au moins pouvaient-ils faire une entrée normale dans l'atmosphère. Ce cercueil volant n'était pas vieux au point de devoir utiliser la friction pour ralentir, comme certaines autres antiquités. Non, ils n'en viendraient pas à cette extrémité... Du moins Yan l'espérait-il. La plupart des vaisseaux avaient une coque capable de résister à une entrée un peu brutale...

La planète approchait. Dans quelques minutes, Salculd devrait inverser la poussée pour que les moteurs freinent leur descente. C'était là que ça coinçait. La fragilité du cockpit n'était pas le seul danger. Quelqu'un, sur Selonia, avait déjà envoyé une flotte de chasseurs légers contre des vaisseaux bakuriens...

Les Bakuriens avaient eu le dessus, mais Yan aurait parié que le responsable de l'attaque gardait des forces en réserve. Dracmus lui avait dit que la tanière Hunchuzuc ne disposait pas de chasseurs. Ceux-ci appartenaient donc au parti opposé — qui ne verrait pas d'un bon œil l'arrivée du vaisseau-cône.

Les choses pouvaient se gâter.

Le *Feu de Jade* avait une certaine puissance de feu, le vaisseau selonien n'ayant ni boucliers ni armes. Dans le cas contraire, il n'aurait pas eu assez d'énergie pour les faire fonctionner. De toute façon — Yan avait étudié la question — il était impossible de transférer des armes d'un vaisseau sur l'autre. A part grimper sur un moteur et tirer au blaster, ils n'avaient aucun moyen de se défendre.

Le Corellien soupira. Et après ? Il était habitué à tirer parti de trois fois rien. Même une épave comme celle-ci pouvait réserver des surprises. Il avait trouvé moyen de bricoler un petit système de défense dont on lui dirait des nouvelles...

C'était la vision optimiste de la situation.

Le plus souvent, quand on partait de rien, on n'obtenait pas grand-chose. Dans un combat, c'étaient toujours les mieux équipés qui gagnaient.

Il n'était pas pessimiste... juste réaliste.

L'alerte donnée par Leia, quelques minutes plus tard, ne fit rien pour lui remonter le moral.

CHAPITRE II

ATTERRISSAGE

Assise à la place du navigateur, Leia Organa Solo, la présidente de la Nouvelle République, regardait le vaisseau-cône avancer vers Selonia.

Jamais elle n'aurait dû laisser Yan rester sur ce tas de ferraille… Hélas, rien n'aurait pu éloigner son mari d'un endroit quand celui-ci considérait que c'était son devoir de rester.

Dans quelle situation ce fou de Corellien était-il en train de les entraîner ? Leia ne devait pas penser comme une épouse, mais comme une femme politique. Il était hors de question que Yan s'implique dans les querelles internes des Seloniens… et qu'elle s'y retrouve plongée avec lui. Une fausse manœuvre, et la Nouvelle République devrait prendre parti dans un conflit qui ne la concernait pas. Il serait tentant — et si dangereux — de conclure une alliance avec la tanière Hunchuzuc. Une alliance qui les mènerait on ne savait où…

— Il s'en tirera très bien, Leia, dit Mara. Nous

n'allons pas les lâcher d'une semelle… Le *Feu* a plus de ressources que vous n'imaginez.

— Hum ? Quoi ? Oh, oui…, répondit la jeune femme, embarrassée.

Etre réconfortée par Mara Jade avait quelque chose de… vexant. D'autant qu'elle pensait que Leia s'inquiétait pour son mari, alors qu'elle était concentrée sur une analyse politique…

Etait-elle devenue calculatrice au point que Mara Jade fasse preuve de plus d'humanité qu'elle ?

Ce n'était pas si simple. Devenue chef d'État, Leia devait sans cesse réagir à plusieurs niveaux. En quoi cela aiderait-il Yan qu'elle perde de vue les enjeux du conflit parce qu'elle tremblait comme une vulgaire gamine ?

— Tout ira bien, répéta-t-elle, tentant d'avoir la même assurance que sa compagne. Si quelqu'un peut amener ce truc au sol, c'est bien Yan.

— A supposer que la chose soit possible, grogna Mara.

Ce que Leia ne trouva guère rassurant.

Assise au poste de pilotage, l'ancienne protégée de l'empereur contrôlait le vol de son vaisseau. Fronçant les sourcils, elle manipula quelques commandes, diminuant la poussée des moteurs.

— Quelque chose ne va pas ? demanda Leia.

Sans quitter la verrière des yeux, Mara secoua la tête.

— Rien d'important, sauf que je n'aime pas me trouver derrière cette carcasse volante. Il faudrait que Solo donne quelques leçons à leur pilote. Si elle s'amuse à freiner comme ça, on risque de se retrouver le nez dans leur poupe.

— Pouvons-nous nous écarter ?

— Pas si nous voulons qu'ils nous gardent en visuel. Leur holocaméra est minable ; même maintenant, je ne suis pas certaine qu'ils nous voient... Par les étoiles, cette fille ne sait pas voler ! (Le *Feu de Jade* dévia brusquement sur la droite.) Elle a essayé de se retourner bien trop tôt — et sans couper les moteurs, qui plus est. J'ai failli lui rentrer dedans.

Leia regarda avec inquiétude le vaisseau-cône, qui commençait à se retourner. Il était évident que le pilote ne s'y prenait pas très bien. Le mouvement était saccadé ; avoir gardé les moteurs allumés n'arrangeait pas les choses. Même Leia aurait eu du mal à réussir dans de telles conditions...

Mara dut faire plusieurs manœuvres d'évitement pour empêcher une collision. Finalement, elle mit cinq kilomètres de plus entre elles et le vaisseau selonien.

— Ils vont nous voir de face, de toute façon, grommela-t-elle. Ils ne devraient pas avoir de mal à nous éviter.

— Je l'espère, souffla Leia.

Si le *Feu de Jade* avait des systèmes de détection très sophistiqués, le vaisseau-cône volait uniquement en visuel. Plissant des yeux, la princesse chercha à le repérer. Là, un petit point blanc... Sans radar pour l'aider, Yan arriverait-il à distinguer des étoiles le minuscule point rouge du *Feu* ?

Enfin... Tant qu'un vaisseau gardait l'œil sur l'autre, il ne pouvait rien arri...

— Alerte ! cria Mara. Leia, les armes et les boucliers, vite !

Leia lança les programmes de vérification.

— Boucliers parés. Armes fonctionnelles, prêtes à tirer, annonça-t-elle. Que s'est-il passé ?

— C'est à vous de me le dire, présidente. Activez les senseurs tactiques. Tout ce que je sais, c'est qu'une foule de petits signaux vient d'apparaître sur mon écran...

— Des chasseurs, dit Leia en regardant les informations défiler sur l'écran. Deux groupes de six, droit derrière nous.

Mara secoua la tête.

— Ça ne va pas être facile, surtout avec le vaisseau-cône à couvrir.

— Nous sommes trop loin pour les faire profiter de la protection de nos boucliers...

— Et je n'ai pas l'intention de me rapprocher, affirma Mara. Cette Selonienne a déjà failli nous emboutir deux fois. La seule chose qu'on peut essayer, c'est une couverture laser. Combien de temps avant l'arrivée des chasseurs ?

— A portée de tir dans trente secondes...

— Préparez-vous au combat.

— Non ! Attendez ! Il faut prévenir Yan !

— Vous avez vingt-cinq secondes, dit Mara d'une voix tranchante.

Pas la peine d'essayer de discuter. La main sur les commandes, Leia s'obligea à prendre cinq longues secondes pour composer son message. Elle le répéta trois fois.

— C'est fait.

— Bien, dit Mara. Accrochez-vous.

Trop occupé à rester dans son siège, Yan faillit manquer la transmission.

— En douceur, Salculd ! cria-t-il en essayant de se concentrer sur le signal.

Un sacré exploit alors qu'il était secoué comme un prunier.

Pour tout arranger, il n'était pas plus doué pour déchiffrer le code que pour l'écrire. Même dans des conditions idéales, il n'aurait pas été sûr de tout capter...

Au moins Leia annonçait-elle les espaces entre les mots. Sinon, il eût été largué.

— B-A-N-D-I-quelque chose, quelque chose-espace, répéta-t-il.

Bandi ? Des bandits ! Génial !

Quelque chose -R-O-M- espace…

Bon Dieu, Leia, tu ne pourrais pas ralentir ?

— Quelque chose-E-R-R-I-È-R-E-espace-F-E-U-D-E-J-A-D-E…

Une nouvelle secousse lui fit rater la fin du message, mais il en avait lu assez. Des ennemis arrivaient. Hasard ou calcul, ils déboulaient au moment où le vaisseau-cône était le plus vulnérable…

Yan jeta un coup d'œil aux deux femmes assises dans la cabine. Nul besoin d'être un expert en mimiques seloniennes pour comprendre qu'elles étaient terrorisées, Salculd à peine moins que Dracmus. Yan se souvint que la première ne comprenait pas le basic. Inutile de lui parler de bandits tant qu'elle n'aurait pas repris le contrôle du vaisseau… Il était prêt à parier qu'elle n'avait même pas *vu* le message. Tant mieux.

Qu'elle se concentre, et ça pourrait aller.

Le cône se retourna enfin, la poupe dirigée vers la planète et légèrement inclinée afin de compenser l'inertie du vaisseau. Yan étudia les instruments de bord, essayant de traduire les symboles seloniens.

Par miracle, Salculd semblait les avoir placés dans une position parfaite.

— Bien, bien… dit-il d'une voix aussi calme que possible.

Ils n'avaient plus que quelques secondes avant que les « bandits » soient sur eux. Et s'il mettait la pression sur Salculd, celle-ci risquait de paniquer.

— Félicitations. Maintenant, passons à autre chose. Il est temps de… hum… tester notre plan de défense. Faites tourner le vaisseau sur lui-même — disons trois tours minute.

— Tester ? balbutia Dracmus. Mais vous avez dit que ça ne marchait qu'une fois ?

Yan aurait préféré qu'elle ne mentionne pas ce détail. Au moins la Selonienne avait-elle parlé en basic… Il restait une chance que Salculd n'ait pas compris ce qui se passait.

— Taisez-vous, dit-il en basic à Dracmus. (Puis, se tournant vers leur pilote :) Allez-y, Honorable Salculd. Juste pour vérifier que tout va bien.

Salculd lui jeta un regard étrange, puis elle s'exécuta. Yan soupira. Elle ne le croyait pas, mais elle était prête à jouer le jeu.

— Oui…, bien sûr, dit-elle. Rotation amorcée.

Le vaisseau pivota autour de son axe, et les étoiles semblèrent danser la valse. Yan étudia le ciel. Le *Feu* était à peine visible, et les navires ennemis devaient être encore plus petits. Inutile de se crever les yeux à chercher, surtout avec ce mouvement rotatif.

— Coupez les stabilisateurs, dit-il d'une voix sereine.

Les stabilisateurs annulaient les effets de l'accélération et du mouvement à l'intérieur du vaisseau, permettant à ses occupants de ne pas en souffrir. Sans eux, le pilote d'un vaisseau plongeant dans l'hyperespace eût été transformé en marmelade. Les déconnecter était une mesure que personne n'aimait prendre — pourtant il fallait en passer par là.

— On ne pourra pas les remettre en marche…, protesta Salculd.

— On s'occupera de ça plus tard ! cria Yan. (Il savait mieux qu'elle ce qu'ils risquaient si les stabilisateurs refusaient de se rallumer après le combat. Pourtant, se faire tuer *pendant* ne les avancerait à rien.) Nous avons besoin de la force centrifuge. Allez !

30

Le pilote hésita, puis obéit. Yan sentit son poids doubler, puis tripler. Sa tête commença à tourner avec le vaisseau.

— Vérifiez que les sas sont étanches.

— Vérification effectuée. Honorable Solo, devons-nous vraiment...

— Taisez-vous ! Oui, il le faut. Préparez-vous pour l'étape suivante. Jusqu'à nouvel ordre, conservez cette trajectoire.

Yan tenta de se concentrer sur les étoiles. Pour que son plan fonctionne, le minutage devait être parfait. Mais comment prévoir l'arrivée de vaisseaux qu'on ne voyait pas ?

Avec un peu de chance, le *Feu de Jade* allait lui signaler que c'était une erreur, et que la voie était libre...

Ouais.

Et avec encore plus de chance, il allait se réveiller et s'apercevoir que ce voyage sur Corellia n'avait été qu'un cauchemar.

Inutile de se bercer d'illusions. Il avait fait de son mieux.

Il ne restait plus qu'à attendre.

— Boucliers arrière, ventraux et dorsaux à la puissance maximale, ordonna Mara. Boucliers avant à un quart. Modifiez leur réglage selon les besoins.

Leia était penchée sur sa console.

— Boucliers configurés.

— Bien. Gardez les lasers armés. Nous allons faire comme si ces gens n'étaient pas là et continuer à avancer. Je connais les chasseurs. Ils n'ont aucun moyen de voir que nous avons levé les boucliers. Si nous ne réagissons pas, ils croiront que nous ne les avons pas vus...

— En quoi ça nous aide ?

— Ils se dirigent sur le vaisseau-cône. Ils doivent en vouloir à la tanière Hunchuzuc, pas à nous.

— Yan…

— … s'en tirera mieux comme ça, coupa Mara. Je peux tenir tête à sept ou huit chasseurs, pas à douze. S'ils nous dépassent, nous les prendrons à revers, pendant qu'ils se concentrent sur le vaisseau-cône. On en détruira trois ou quatre avant qu'ils comprennent ce qui se passe. Vu ? S'ils nous attaquent, nous répliquons. S'ils passent, tirez dès qu'ils seront à plus de trois kilomètres de vous. D'accord ?

— Oui, mais…

— Pas de *mais*. On se bat à ma façon, ou pas du tout.

Leia abandonna. Mara avait l'expérience des combats spatiaux.

— Très bien.

— Attention… Les voilà.

Les yeux fixés sur l'écran arrière, Leia regarda les chasseurs qui approchaient, tentant de se dissimuler dans la zone de perturbation radar des moteurs. Elle sentit ses muscles se tendre quand ils arrivèrent à portée de tir, puis se relâcher quand ils furent passés.

Mais le répit serait de courte durée. Ils volaient maintenant vers Yan…

— Le vaisseau-cône ! s'écria Leia. Il tourne ! Yan et les Seloniennes ont dû recevoir notre message !

— Espérons que ce plan foireux marchera, grommela Mara.

La réflexion n'était pas très aimable, néanmoins, Leia pensait la même chose.

— Trois kilomètres, annonça-t-elle.

— Tirez.

— Pas avant qu'ils n'aient ouvert le feu ! protesta la présidente. Peut-être veulent-ils juste nous faire peur… ou nous escorter… Comment savoir, avec les communications brouillées.

— Très bien, grommela Mara, pas convaincue. Mais…

L'éclat des lasers, dans le ciel, rendit le débat inutile. Ils attaquaient le vaisseau-cône.

Leia se prépara à faire feu.

— Les voilà ! cria Yan, oubliant de parler selonien.

Salculd n'eut pas besoin de traduction. Voyant des petits points lumineux apparaître tout autour, elle laissa échapper un cri et lâcha les commandes. Le vaisseau dériva sur la droite.

— Du calme ! Coupez les moteurs. Annulez la poussée. A mon commandement, préparez-vous à ouvrir les sas.

— Mo-moteurs coupés, balbutia Salculd. Ouverture des portes en attente.

— Parfait…, dit Yan en regardant les chasseurs approcher.

La sensation de pesanteur disparut avec l'arrêt du vaisseau. Les systèmes auxiliaires étant hors service, Yan se retrouva en apesanteur — ce qui ne lui était pas arrivé depuis longtemps. Son estomac menaça de se retourner.

Ce n'était plus le moment de s'inquiéter de ce genre de détails. Pas quand une horde de chasseurs se préparait à fondre sur eux.

— Préparez-vous…

Le premier chasseur tira ; le vaisseau vibra sous l'impact.

— Pas de dégâts ! cria Yan, qui n'en savait rien. Pas de dégâts. Tenez-vous prête…

Les lasers du *Feu de Jade* tirèrent, visant le chasseur qui avait ouvert le feu. Celui-ci changea de cap pour échapper à la destruction ; les lasers, verrouillés sur leurs cibles, crachèrent de nouveau la mort. Les boucliers du petit navire scintillèrent avant de lâcher ; l'explosion illumina le ciel.

— Un de moins ! annonça Leia.

Elle laissa les lasers se charger de deux nouvelles cibles et se concentra sur les commandes de tir manuelles.

Les autres chasseurs n'avaient pas l'intention de se laisser abattre aussi facilement. Leurs boucliers étaient au maximum, et leurs manœuvres d'évitement plus efficaces... assez, en tout cas, pour échapper au repérage automatique des lasers.

Pas assez pour éviter les tirs de Leia. Elle concentra sa puissance de feu sur les navires les plus difficiles à atteindre — ceux qui se trouvaient près du vaisseau-cône.

— J'en tiens un...

Elle tira, s'acharnant assez longtemps pour que les boucliers cèdent.

Le chasseur explosa.

— Parfait !

Ce fut le moment que choisit le vaisseau-cône pour couper ses moteurs et plonger vers la planète.

Surpris, les assaillants lâchèrent prise quelques instants.

Leia soupira. C'était sans doute tout ce que Yan pouvait faire avec son épave volante.

Soudain, une multitude de débris se détachèrent du vaisseau, volant dans toutes les directions.

La princesse sentit son cœur s'arrêter. Le coup au but du premier chasseur avait-il fait tant de dégâts ! Le vaisseau selonien allait-il se désintégrer devant ses yeux... avec Yan à l'intérieur ? Elle refusait d'assister à la mort de son mari...

Puis quelque chose arriva à un des chasseurs et à un autre, et à un autre encore. Alors qu'ils approchaient du vaisseau-cône, ces navires eurent une sorte de soubresaut et leur trajectoire devint aberrante. Les moteurs des deux premiers s'arrêtèrent, le troisième fut soufflé par une explosion. Profitant de l'étonnement général, Leia s'attaqua à un des survivants, qui se désintégra avant de pouvoir activer ses boucliers. Elle se prépara à pilonner une nouvelle cible, mais les chasseurs avaient compris qu'ils n'étaient pas les bienvenus... ils rebroussèrent chemin, s'éparpillant dans toutes les directions.

Comment...

Leia comprit en un éclair.

Bien sûr !

— Mara ! Son plan a marché ! Dégageons de là, vite ! Le coin ne va pas être sûr pendant un moment...

Elle sourit de soulagement. Elle aurait dû savoir que Yan ne se rendrait pas sans combattre...

Solo écoutait le bruit des derniers débris qui rebondissaient contre les parois avant d'être éjectés. Il avait passé plus d'une demi-journée à entasser dans le sas tout ce qu'il avait pu trouver : bouts de métal tordus, matériel inutile, outils, caisses de boulons.

Et tout ça avait filé dans l'espace, propulsé par la force centrifuge dès que Salculd avait ouvert l'écoutille. Résultat : un nuage d'objets sur le chemin des chasseurs, qui avaient fort logiquement transféré la puissance aux boucliers arrière pour se protéger des tirs du *Feu de Jade*.

Slalomer entre des morceaux de plastique et de métal circulant à des milliers de kilomètres heure était un jeu dangereux. Et leurs assaillants l'avaient compris.

Yan secoua la tête. Se laisser tomber sur une planète était un jeu encore plus dangereux.

— Parfait ! dit-il. Ils sont partis ! Mais nous ne sommes pas encore sortis d'affaire. Rallumez les stabilisateurs.

— Compris, Honorable Solo.

Une fois la gravité artificielle rétablie, les mouvements du navire redevinrent normaux. Salculd se pencha sur les commandes. La rotation cessa.

Alors le vaisseau tourna dans l'autre sens, de plus en plus vite...

— Salculd ! cria Yan. Ce n'est pas le moment de s'amuser !

— Je ne joue pas, Honorable Solo. Le système de contrôle est en rade ! Je ne peux rien faire !

— Par tous les diables, grogna le Corellien.

Il bondit de son siège, plongea vers un panneau mural, ouvrit une trappe d'accès et arracha les circuits. Les moteurs auxiliaires, qui produisaient la rotation, s'arrêtèrent... Hélas, il avait aussi coupé ceux qui, en poussant dans l'autre sens, auraient pu stabiliser le navire.

Yan se rassit.

— J'espère que vous aimez tourner. Parce que ça ne va pas s'arrêter de sitôt. Bien... Salculd, allumez les moteurs principaux... En douceur !

— Tout de suite, Honorable Solo.

Elle pianota sur les commandes...

Rien ne se passa.

— Un peu plus vite...

La Selonienne se tourna vers Yan ; celui-ci lut de la panique dans son regard.

— Rien ne marche ! annonça-t-elle. Les circuits ne répondent pas !

— C'est la fin ! hurla Dracmus. Nous allons être réduits en cendres !

36

— Fermez-la, Dracmus, ou je vous éjecte. Réessayez, Salculd. Et vérifiez que tous les systèmes de propulsion sont opérationnels...

— D'après les voyants, tout est parfait... Le tableau de bord signale que les moteurs marchent... Mais c'est faux !

— Ça ne nous aide pas, gronda Yan en se relevant. J'y vais. Continuez d'essayer, et gardez une oreille sur l'intercom !

Yan courut vers l'échelle qui menait au pont inférieur. Aussitôt, il sentit la fumée qui sortait du sas.

Là, ils étaient vraiment dans la mouise. Le tir du chasseur devait avoir frappé le générateur d'énergie... Yan approcha de l'écoutille d'accès, qui était scellée, Dieu merci. La mauvaise nouvelle, c'était que de la fumée s'élevait de la porte. Il vérifia les indicateurs. Si la pression était normale, la température frisait le maxima... Allez savoir pourquoi, les soupapes de sécurité n'avaient pas fonctionné.

Les commandes manuelles marchaient encore. Il les actionna ; après un « clac », il entendit le sifflement caractéristique de l'air qui, de l'autre côté, s'échappait dans l'espace. Le vaisseau s'inclina d'un rien sur la droite avant que les stabilisateurs compensent.

Yan referma les soupapes, puis il ouvrit les fixations qui maintenaient l'écoutille fermée. La chaleur était telle qu'il se brûla les doigts. Regardant autour de lui, il aperçut un extincteur miraculeusement rangé à sa place. Otant sa chemise, il l'enroula autour de sa main gauche, prit l'extincteur dans la droite, et s'attaqua à la commande d'ouverture manuelle de l'écoutille. Le tissu commença à brûler, mais le levier céda et la porte s'ouvrit.

Une bouffée d'air chaud lui fouetta le visage ; il serra plus fort l'extincteur. Si quelque chose brûlait,

37

il serait prêt. Et pourtant, s'il pouvait éviter de mettre de la neige carbonique partout, les réparations seraient plus faciles…

Yan entra dans le compartiment, regarda autour de lui et soupira, découragé. Il n'avait pas besoin de l'extincteur… tout ce qui pouvait brûler était déjà carbonisé.

Il n'y avait plus de circuit de démarrage.

Si le rayon laser n'avait pas traversé la coque, il avait produit une telle chaleur que tout était détruit. Le compartiment était encore tiède ; le métal refroidissait rapidement, émettant une série de grincements.

Réfléchis. Réfléchis plus vite que tu ne l'as jamais fait…

Le système de démarrage des moteurs du vaisseau-cône était mal conçu, et il leur avait déjà causé de nombreux problèmes. Des accumulateurs servaient de piles, stockant l'énergie et l'envoyant, telle une décharge électrique, déclencher une réaction en chaîne qui activait les moteurs.

Sans eux, les réacteurs subluminiques ne pouvaient pas repartir. Et sans les réacteurs, le vaisseau-cône tomberait comme une pierre sur la planète. Il *fallait* les allumer. Il le fallait. Mais il n'y avait aucun autre système sur le vaisseau ayant assez de puissance pour y parvenir.

Même s'ils saturaient tous les…

Une seconde. C'était ça. Il y avait peu de chances que ça marche. Cela dit, comment en être sûr s'il n'essayait pas ?

Il fallait essayer vite, sinon, dans quelques minutes, il y aurait un nouveau cratère sur Selonia.

Yan sortit, refermant le sas derrière lui.

Du câble. Il lui fallait une longueur de câble.

Dans les réserves. Le Corellien devait les avoir

quasiment vidées pour avoir mis autant d'objets dans le sas, mais il restait sûrement quelque chose. Il dévala la coursive, ouvrit l'écoutille…

Rien. La pièce avait été écumée ; il ne restait plus que les murs. Yan maudit toutes les étoiles de la création, puis il se reprit.

Pas le temps.

Pense. *Pense !*

Les systèmes de survie… Ils ne serviraient plus à rien s'ils étaient tous morts dans cinq minutes. Et ils le seraient, sauf s'il dénichait une bobine de câble…

Les systèmes de survie. Où pouvait-il les éteindre… Oui ! Il n'avait qu'à remonter jusqu'à l'alimentation générale et arracher les câbles.

Il fonça dans la chambre d'alimentation, ouvrit l'écoutille et entra. Tout était écrit en selonien, bien sûr, pourtant ce n'était pas le moment de s'arrêter à ce genre de détails. Là… s'il déchiffrait bien l'étiquette, cette connexion correspondait à l'alimentation en oxygène. Il coupa le circuit, et crut entendre les souffleurs et les ventilateurs s'arrêter partout dans le vaisseau. Avec précaution, il débrancha les câbles, puis trouva le panneau correspondant aux accumulateurs. Il retira les fils qui alimentaient le sas détruit, et brancha à la place ses propres câbles. Tenant leur extrémité libre, il repartit dans la coursive en priant qu'ils soient assez longs pour atteindre le tableau de commande des répulseurs.

Ils l'étaient. Vérifiant que les répulseurs étaient hors service, Yan arracha les fils correspondant à l'unité de feedback et connecta *ses* câbles à la place.

Reculant d'un pas, il contrôla les branchements.

— Bingo, dit-il tout haut. Ça devrait marcher. (Il hésita.) Je crois.

Il rejoignit le poste de pilotage.

— Quelque chose ne va pas, dit Leia, les yeux braqués sur les senseurs. Ils ont inversé la rotation au lieu de l'arrêter, et les moteurs n'ont pas redémarré.

— Peut-être le tir a-t-il fait des dégâts, suggéra Mara.

— Pouvons-nous nous arrimer au vaisseau pour les transférer à bord ?

— Pas avant qu'ils ne pénètrent dans l'atmosphère. Et le nuage de débris les suit. Nous serions touchés de la même manière que les chasseurs...

— Un rayon tracteur. Nous pourrions...

— Nous pourrions quoi ? Leur vaisseau est presque aussi gros que le nôtre. Nous n'avons pas la puissance nécessaire pour le retenir — c'est plutôt lui qui nous entraînerait. Désolée. Nous ne pouvons rien faire.

Leia savait que Mara avait raison, mais elle ne voulait pas abandonner comme ça. Il fallait qu'elles agissent...

— Approchons-nous aussi près qu'il est possible sans être touchés par le nuage de débris.

— Leia, il n'y a...

— Supposons qu'ils reprennent pour un temps le contrôle du navire... ou qu'ils puissent ralentir assez pour l'abandonner ? Nous devons être assez près pour pouvoir les aider...

Mara hésita.

— D'accord. Mais nous ne pourrons pas les suivre longtemps. Nous sommes à cinq minutes de l'entrée dans l'atmosphère, et une fois là... Eh bien, ce sera fini.

Leia sentit sa gorge se serrer. Sans boucliers et sans moteurs pour le freiner, le vaisseau-cône se transformerait en météorite. Une boule de feu qui s'écraserait sur la planète.

— Je resterai dans leur sillage le plus longtemps possible, dit Mara.

— Allons-y.

En prononçant ces deux mots, Leia se demanda pourquoi elle tenait tant à voir son mari brûler en gros plan...

— Fichez-moi le camp, dit Yan en entrant dans le cockpit. Sortez de ce fauteuil ! Je prends les commandes !

— Que...

— Pas le temps ! (Il verrouilla l'écoutille, au cas où ils vivraient assez longtemps pour que l'air commence à manquer.) Allez !

Salculd détacha ses ceintures et lui laissa la place. Se laissant tomber sur le siège, Yan vérifia les indicateurs. Bien. Les répulseurs étaient au maximum du nominal.

— On passe sur les répulseurs ! annonça-t-il.

— Honorable Solo, ils ne peuvent pas nous sauver à cette distance ! Ils ne sont efficaces qu'à deux *kilomètres* de la surface !

— Je sais. Ils ont besoin d'un appui. A cette vitesse, la résistance de l'atmosphère n'est pas nulle. Ce ne sera pas suffisant pour nous ralentir, mais assez pour envoyer de l'énergie au système de feedback.

— En quoi ça nous aidera ?

— Grâce à un petit bricolage, la puissance s'accumulera dans les répulseurs au lieu d'être dispersée. Quand le niveau sera assez élevé, j'enverrai cette énergie dans les moteurs... de façon à forcer le démarrage.

Il y eut un moment de silence... Enfin Dracmus laissa échapper un gémissement.

— La surcharge détruira les répulseurs !

— Ils seront réduits en poussière si nous écrasons ! cria Yan. Si vous avez mieux, allez-y !

L'idée était insensée. Yan en était conscient. Ne rien faire du tout eût été encore plus dingue.

Il lui fallait calculer son coup au plus juste. Plus il attendait, plus le système se chargeait… et plus il aurait d'énergie à envoyer aux moteurs.

S'il attendait trop, les répulseurs exploseraient, et il perdrait tout.

Il y avait aussi l'action de l'atmosphère. Plus la résistance de l'air serait grande, plus le système accumulerait de l'énergie. Manque de chance, le vaisseau n'y résisterait pas plus de… hum… vingt secondes.

Et il n'aurait qu'une seule chance. La décharge détruirait les répulseurs et la moitié des circuits du navire…

Yan vérifia les témoins lumineux. A chaque seconde, le cône prenait de la vitesse.

Une vitesse terrifiante.

— Honorable Solo ! cria Salculd. La température de la coque augmente !

— L'atmosphère arrive un peu plus tôt que prévu ! répondit le Corellien. Accrochez-vous ! On va démarrer ce vaisseau à la manivelle !

Une seule chance. Il n'avait qu'une seule chance. Un instant, il pensa à Leia, qui assistait au drame à bord du *Feu de Jade*. Il pensa à ses enfants, perdus quelque part dans l'espace avec Chewbacca et Ebrihim. *Non.* Il ne pouvait pas mourir.

Pas quand on avait tant besoin de lui.

Une seule chance.

Le vaisseau vibrait de plus en plus. La coque devait être à deux doigts de se désintégrer.

Yan attendit aussi longtemps qu'il l'osa…

Puis une seconde encore… et une autre…

Il poussa le levier en croisant les doigts, envoyant une formidable décharge dans le système de démarrage.

Puis il écrasa le bouton de mise en marche.

Une explosion secoua le vaisseau.

Pendant un instant, rien d'autre ne se passa.

Enfin les voyants s'allumèrent.

Les moteurs étaient repartis.

Tous les trois !

Trois. *Trois moteurs ?* Pas quatre ? L'un d'entre eux avait dû être détruit par le tir du chasseur.

Il fallait voir les choses du bon côté : c'était un de moins que quatre et quand même trois de plus que zéro. Pas le temps de s'attarder. Yan passa à plein régime. Il y eut un « bang » inquiétant et une série de vibrations, pourtant le vaisseau tenait le coup.

Pour l'instant.

Le Corellien étudia le compteur de vitesse et l'altimètre. Par miracle, ils étaient en basic, et non dans un obscur dialecte selonien. Mais ce qu'il vit n'avait rien de rassurant. Il avait vécu assez d'entrées dans l'atmosphère pour savoir qu'ils n'étaient pas sortis d'affaire. Avec un peu de chance, ils parviendraient à contrôler leur chute, c'était tout. Il jeta un coup d'œil à travers la verrière… Le *Feu de Jade* réussissait toujours à les suivre. On pouvait dire tout ce qu'on voulait : Mara était un sacré pilote.

Si seulement il avait pu voir où ils allaient. Ils descendaient poupe en avant, et l'holocaméra arrière avait lâché. Enfin, il fallait voir les choses du bon côté : le frottement de l'air ralentissait la rotation, qui finit même par cesser, ce qui facilitait beaucoup le pilotage.

Il était temps !

Yan reposa les yeux sur les cadrans : les choses ne s'arrangeaient pas. Il fallait ralentir ; la seule manière de le faire était d'utiliser les moteurs. Pas évident, d'autant plus que Yan devait déjà réussir des miracles pour compenser la perte du quatrième.

Pas évident, mais faisable.

Peut-être...

Il diminua un peu la puissance du troisième moteur ; le vaisseau-cône s'inclina jusqu'à adopter un angle d'approche de quarante-cinq degrés. Ils continuaient à tomber et le nez du navire n'était plus à la verticale. Si Yan calculait bien, ça permettrait de créer une sorte d'ascenseur aérodynamique, un peu comme agirait un ventilateur. Chaque mouvement latéral du vaisseau le ralentissait...

La coque vibra violemment. Là encore, c'était de l'énergie judicieusement dépensée.

— Honorable Solo ! protesta Dracmus. Nous nous déplaçons latéralement ! Où nous emmenez-vous ?

— Je n'en ai pas la moindre idée. Cette dérive nous permet de perdre un peu de vitesse.

— Supposez que nous atterrissions hors de la zone contrôlée par ma tanière ?

— Eh bien, nous aurons un problème...

Dracmus se tut. Yan savait qu'elle avait raison. Se poser au petit bonheur la chance sur une planète ravagée par la guerre civile n'était pas particulièrement prudent.

Plus tard. Il se préoccuperait de ça plus tard. Sa priorité était de les faire atterrir entiers.

Un coup d'œil sur le tableau de bord : ils tombaient toujours comme une pierre, mais une pierre un peu plus lente. Et la température de la coque avait légèrement baissé...

Se poser en se fiant aux moteurs et non aux répulseurs, qui étaient morts et bien morts, ne serait pas une partie de plaisir.

Il avait encore quatre-vingt-dix bonnes secondes avant de s'en préoccuper, et...

Non. Il aurait dû s'abstenir de regarder les cadrans. Leur dérive latérale ne les ralentissait pas assez. Ils auraient de la chance d'être au-dessous de la vitesse du son au moment de l'impact.

Il n'avait pas le choix : il fallait que les moteurs inversent la poussée. Qu'en était-il du quatrième ? Celui qui avait refusé de fonctionner ? Peut-être n'était-il pas détruit ? Et si c'était seulement le système de démarrage qui n'avait pas fonctionné ? Pouvait-il emprunter un peu d'énergie aux trois autres moteurs pour essayer encore ?

Concentré sur le tableau de bord, Yan transféra cinq pour cent de la puissance du moteur deux au moteur quatre et appuya sur le bouton idoine.

Un bruit strident emplit la cabine ; le vaisseau tangua tandis que le moteur quatre s'allumait, puis s'éteignait, puis s'allumait et s'éteignait encore. Optimiste, un voyant annonça que tout fonctionnait. Pourtant le moteur s'éteignit une dernière fois avant de se mettre en route pour de bon.

Quatre moteurs. Yan avait quatre moteurs ! Il se tirerait peut-être vivant de cette histoire…

Il regarda de nouveau les indicateurs et révisa son jugement. Ils n'étaient plus qu'à trois kilomètres du sol. S'il ne mettait pas toute la gomme sur le mouvement latéral, jamais ils n'y arriveraient.

Yan amena le vaisseau à l'horizontale, son axe longitudinal étant parallèle au sol. A travers la verrière, l'horizon de Selonia apparut puis disparut ; le Corellien dut piloter à l'envers, tête vers la terre et pieds vers le ciel.

Il poussa les moteurs au maximum. Le sol arrêta de changer de position pour se contenter de se précipiter sur eux. Le vaisseau se retourna une dernière fois. A présent, Yan avait les yeux vers le ciel.

Il n'y avait plus qu'à attendre.

— Accrochez-vous ! cria-t-il en selonien. Ça va faire mal !

Des voyants verts clignotèrent de toute part sur le tableau de bord. Avec un autre vaisseau, ç'aurait été bon signe. Sur Selonia le vert était la couleur du danger, du désastre, même. Les moteurs étant en surchauffe, leur en demander davantage eût été un suicide. Il serait ridicule d'être arrivé jusque-là pour exploser à cinq cents mètres du sol...

S'ils avaient perdu assez de vitesse, il leur restait une chance de limiter les dégâts...

A toutes fins utiles, il transféra aux stabilisateurs l'énergie des systèmes auxiliaires.

Voilà. Il n'y avait rien d'autre à faire que croiser les doigts et regarder les chiffres défiler sur l'altimètre.

Yan n'avait pas la moindre idée de l'endroit où ils allaient se poser. Il avait vu des étendues d'eau, de la terre ferme et même des collines boisées, mais le vaisseau pouvait atterrir n'importe où...

Un kilomètre de la surface. Huit cents mètres. Sept cents. Cinq cents. Quatre cents. Trois cent cinquante. Avec des répulseurs en état de marche, il n'y aurait pas eu de problèmes...

Trois cents mètres. L'altimètre était-il fiable ? Deux cents. Cent cinquante. Cent. Soixante-quinze. Cinquante.

Yan se raidit à l'approche de l'impact.

Zéro.

Moins dix mètres ! Il tenait sa réponse à propos de la précision de l'altimètre. Chaque seconde gagnée permettait aux moteurs de ralentir le vaisseau. Moins vingt mètres. Moins cinquan...

SLAM ! Cent Banthas affamés sautèrent sur la poitrine de Yan. Dracmus hurla : un cri aigu et modulé. Quelque part dans la coque, le métal se déchira, et une douzaine d'alarmes sonnèrent en même temps. Le cockpit tint le coup par miracle.

Le ciel s'emplit de fumée, de vapeur... et de boue.

Une énorme masse de gadoue s'écrasa sur la verrière, la recouvrant.

Le vaisseau était immobile.

Yan coupa les alarmes et fut abasourdi par le quasi-silence qui suivit. Excepté la respiration hachée des passagères et les « splash » de la boue qui retombait sur la coque, il n'y avait pas un bruit.

Yan se leva, la tête tournant comme une toupie.

— J'ai bien cru que c'était fini, cette fois, souffla-t-il en basic. Venez, ajouta-t-il en selonien. Nous devons abandonner le vaisseau. Il y a peut-être...

Il s'interrompit ; son selonien semblait l'avoir abandonné, au moins pour le moment. Considérant la violence du choc qu'il venait de subir, il était surpris de se rappeler son nom. Mais la traduction d'expressions comme « courts-circuits », « fuite de produits toxiques » ou « incendie » était au-dessus de ses moyens.

— Il va peut-être y avoir des problèmes, finit-il par balbutier. Nous devons sortir.

Sonnées, les Seloniennes le suivirent jusqu'à l'écoutille principale, qui refusa de s'ouvrir. Yan n'en fut pas surpris. Le précieux vaisseau de la tanière Hunchuzuc n'était plus qu'une épave.

Solo s'agenouilla, ouvrit un tableau de commande et dénicha le levier manuel. Il dut l'abaisser deux fois avant que la porte s'ouvre.

Il passa la tête à l'extérieur.

Le vaisseau-cône avait atterri dans une mare qui s'était vidée à l'impact. Au fond, il ne restait plus qu'un peu de boue d'où s'élevait de la fumée.

C'était une magnifique journée de printemps. Au cœur des champs et des collines, le chaos d'un atterrissage en catastrophe paraissait déplacé jusqu'à l'absurde.

Le cockpit s'était enfoncé d'un bon mètre dans la vase. Yan sauta et s'embourba à son tour. Il fit un pas, puis un autre, se retrouvant bientôt sur la terre ferme, face à une femelle selonienne à la fourrure grisâtre.

— C'est un vaisseau Hunchuzuc, hein ? grommela la vieille femme quand elle vit Dracmus et Salculd s'extraire du cockpit.

— C'est ça, souffla Yan.

Les Seloniens l'étonneraient toujours. Un navire s'écrasait dans leur mare et ils n'étaient ni surpris ni terrifiés. Pas de « Bonjour » ou de « Vous avez dû avoir chaud ! » ou de « Etes-vous blessés ? ». Non. Ils voulaient savoir quelle tanière était impliquée dans l'affaire.

— Hum, reprit la femelle. C'est un territoire Chanzac. Nous sommes républicanistes et alliés de la tanière Hunchuzuc.

— Génial, dit Yan. Heureux de l'entendre.

Il se laissa tomber sur l'herbe et regarda ses compagnes patauger. La Selonienne étudia l'épave.

— Un vaisseau-cône... Les membres de la tanière Hunchuzuc sont fous. Les Seloniens ne sont pas faits pour l'espace.

— J'en étais arrivé à la même conclusion, admit Yan.

A l'autre bout de la clairière, le *Feu de Jade* venait de se poser sans le moindre problème.

CHAPITRE III

À LA SOURCE

Calée dans le fauteuil du pilote du *Gentleman Caller*, Tendra Risant espérait contre la plus élémentaire logique que tout se passerait bien. Elle avait fait sa part du travail, utilisant la radio pour prévenir Lando de la présence de la flotte dissimulée dans le système de Sacorria.

L'information se révélerait peut-être vitale.

Lando était vivant, en bonne santé, et il voyageait dans le système avec Luke Skywalker.

Néanmoins, *elle* était coincée là et n'y pouvait rien changer. Tendra étudia la forme étincelante de Corell à travers la verrière. Tant que le champ d'interdiction serait activé, elle ne pourrait pas plonger dans l'hyperespace ; à ce rythme, il lui faudrait des mois pour atteindre Corellia. Le jeu en valait la chandelle, elle le savait. Elle avait sauvé des vies — peut-être même celle de Lando.

Mais la perspective de passer des mois seule sur ce vaisseau était insupportable.

Les Bakuriens lui avaient demandé de plus amples informations sur la flotte… Tendra ne savait pas grand-chose, mais elle ferait de son mieux, comme toujours.

Allumant la radio, elle se prépara à transmettre.

L'*Intrus* tira trois fois ; trois patrouilleurs explosèrent.

— Très bien, dit l'amiral Hortel Ossilege. Cessez le feu. Mettez les lasers en veille, et assurez-vous que nos « amis » s'en rendent compte. Nous leur avons démontré que nous pouvions les détruire… Ils devraient comprendre que rester dans le coin n'est pas une bonne idée.

Une décision raisonnable, pensa Luke Skywalker, qui n'était pas tout à fait convaincu. Une démonstration de force *pouvait* persuader les survivants de laisser tomber. Après tout, leurs chances de gagner contre les trois croiseurs bakuriens, l'*Intrus*, le *Sentinelle* et le *Défenseur*, étaient quasi nulles.

Les Rebelles avaient remporté contre l'Empire des batailles apparemment sans espoir. Avec de l'entraînement, une forte motivation et un équipement adéquat, on pouvait faire des miracles. En temps de guerre, rien n'était jamais certain.

Luke se tenait aux côtés de l'amiral Ossilege, sur le pont de l'*Intrus*. Etre d'accord avec les décisions de l'officier lui déplaisait souverainement. Un coup d'œil à Lando Calrissian confirma au Jedi que son ami partageait son inquiétude.

La tactique d'Ossilege était classique. Les forces ennemies comptaient un peu moins de vingt patrouilleurs ; il n'y avait rien à gagner à les exterminer. En les laissant quitter le terrain sans combattre, l'amiral évitait à ses troupes des pertes inutiles.

Très raisonnable, répéta Luke mentalement. Sauf

qu'Ossilege était tout sauf raisonnable. S'il agissait avec une telle prudence, c'était sans doute qu'il préparait quelque chose de pire. A moins que la destruction du *Gardien* par le répulseur planétaire de Selonia n'ait stoppé ses ardeurs...

Ossilege était un petit homme sec et musclé, qui manifestait un goût prononcé pour les uniformes blancs mettant en valeur ses médailles. Vaniteux, égocentrique, il n'était pas du genre patient. A première vue, on aurait dit un soldat d'opérette, mais c'était un des militaires les plus efficaces que Luke ait rencontrés. Sa compagnie n'était pas agréable pour autant, et le Jedi n'était pas vraiment à son aise.

Avec la masse de Centerpoint flottant au-dessus de leurs têtes, qui se serait senti détendu ?

— Ils partent, annonça Lando en indiquant les docks de la station. (Une vingtaine de petits points s'enfonçaient dans l'espace. Leurs adversaires abandonnaient le terrain.) Ils ont compris que nous étions trop forts pour eux...

— Ou ils pensent que nous ne réussirons pas à endommager la station, avança l'amiral. Pour préserver ses forces, un bon tacticien bat en retraite quand sa position est indéfendable. Il ne s'expose pas non plus pour défendre une forteresse imprenable.

— Que voulez-vous dire ? demanda Luke.

Ossilege désigna Centerpoint.

— Nos ennemis sont minuscules en comparaison de l'*Intrus*... et celui-ci est minuscule en comparaison de cette... chose. Centerpoint est le siège de la puissance qui impose un champ d'interdiction à toute la galaxie. Quelles autres surprises la station nous réserve-t-elle ?

— Aucune idée. Mais je doute qu'elles soient plaisantes...

Derrière eux, un droïd sortit d'une coursive et se dirigea vers Lando.

— En voilà déjà une, grommela celui-ci.

— Pardonnez-moi de vous interrompre, monsieur. Le lieutenant Kalenda veut vous voir, ainsi que maître Skywalker. Encore un message de la Source T.

Lando jeta un coup d'œil inquiet à Luke.

— Ça devrait me faire plaisir... Mais je ne crois pas qu'elle appelle pour me dire des mots doux. (Il se tourna vers le droïd.) Allons-y.

La Source T était Tendra Risant. Lando et Luke l'avaient rencontrée sur Sacorria, une des planètes extérieures du système corellien. Les autorités locales avaient expulsé les deux amis peu après leur arrivée.

Comme Tendra aurait ri si elle avait appris que les services secrets lui avaient donné un nom de code aussi idiot...

Tout avait commencé quand Lando avait décidé d'arpenter la galaxie à la recherche d'une épouse riche. Après quelques pérégrinations, il était tombé — enfin ! — sur une candidate qui lui plaisait. Tendra était fortunée ; elle ferait une compagne agréable si Lando et elle avaient l'occasion de mieux se connaître...

Ils n'avaient pas eu le temps de tomber amoureux, pourtant quelque chose s'était passé entre eux. Le lien était ténu, mais il pouvait se renforcer...

Si l'univers le leur permettait.

Tendra avait repéré une flotte de vaisseaux dans le système de Sacorria. Pensant que la chose avait un rapport avec le champ d'interdiction, elle avait décidé de prévenir Lando. Pour ce faire, elle avait déniché un navire, était sortie de Sacorria en corrompant les douaniers, et avait filé sans hésiter vers le champ d'interdiction.

Elle possédait un radiocommunicateur offert par Lando. L'appareil n'utilisait pas les fréquences habituelles, mais une onde porteuse, sur la bande radio du champ électromagnétique. Les signaux étaient indétectables pour qui n'avait pas l'équipement nécessaire, et ils ne pouvaient être brouillés par les moyens courants. Hélas, comme les autres émissions magnétiques — infrarouges, lumière, rayon X et gamma — ils voyageaient à la vitesse de la lumière ; les appels de Tendra et les réponses de Lando se traînaient littéralement dans l'espace.

La jeune femme était à bord de son vaisseau, le *Gentleman Caller*, quelque part à la limite du système corellien, avançant vers Corell à une allure d'escargot.

Lando soupira. Si ses messages mettaient des heures à arriver, Tendra, elle, aurait besoin de mois.

A moins qu'ils ne réussissent à désactiver le champ d'interdiction...

Ils étaient là pour ça.

Suivant le droïd, Luke et lui arrivèrent devant la porte du centre des communications, et attendirent que leur guide tape le code d'ouverture. Le récepteur de Lando était encore sur le *Lady's Luck* ; grâce aux plans qu'il avait fournis, l'équipage de l'*Intrus* avait construit un émetteur-récepteur deux fois plus puissant.

Lando se fichait des merveilles de la technique. Il était inquiet pour Tendra. En lisant les informations transmises par la jeune femme, les membres des services secrets avaient frôlé la crise cardiaque...

Le système de sécurité accepta le code et la porte s'ouvrit. Lando jeta un coup d'œil à l'intérieur et soupira. Elle était là, comme si penser aux agents secrets suffisait à les faire apparaître. Le lieutenant Belindi Kalenda, des Services Secrets de la Nouvelle République... et elle semblait d'une humeur de dogue.

— Vous n'avez jamais appris à compter à votre petite amie ? cracha-t-elle en les voyant entrer dans la pièce.

— Où est le problème, lieutenant ? demanda Lando avec calme.

— Toujours le même. Les *chiffres*, grogna-t-elle.

La jeune espionne avait une allure étrange. Les pupilles de ses yeux trop écartés étaient claires, presque vitreuses, et il lui arrivait de loucher. Sa peau était un peu plus sombre que celle de Lando. Ses cheveux noirs — une grosse couette dressée au-dessus de sa tête —, n'ajoutaient pas à sa séduction. Elle devait avoir un petit don pour la Force, ou une excellente intuition, car elle se trompait rarement sur les gens ou sur les choses. En tout cas, elle avait une manière énervante de vous regarder — pas droit dans les yeux, mais juste derrière l'épaule — qui se révélait des plus déstabilisantes.

— Des *chiffres*, répéta-t-elle. Des informations précises. Nous n'avons pas la moindre idée du nombre de vaisseaux qui nous attendent...

— Sans Tendra, vous ignoreriez jusqu'à leur existence, dit Lando. Vos agents sur Sacorria savent peut-être compter, mais un seul d'entre eux a-t-il eu le courage de pénétrer dans le champ ?

— Je ne vous ai pas dit que nous avions des agents sur Sacorria, déclara Kalenda d'une voix neutre.

— Je ne vous ai pas dit que j'avais été trafiquant, et ça ne vous empêche pas de le savoir. Si vous n'avez pas d'agents sur cette planète, c'est que quelqu'un chez vous fait mal son boulot...

— Revenons aux faits, interrompit Luke, tentant de calmer les esprits. Qu'est-ce qui vous gêne dans le message de dame Tendra ?

— Nous lui avons envoyé trois questionnaires lui demandant des détails sur les types de vaisseaux, leur taille et leur nombre. Sa dernière réponse est plus longue. Si on ne compte pas les commentaires inutiles, il ne reste que quelques vagues estimations.

— Elle ne peut pas vous dire ce qu'elle ne sait pas, rugit Lando, furieux.

Combien de fois aurait-il à le répéter ? Et puis, il en avait assez que les services secrets lisent *leurs* messages…

— Nous devons en savoir plus ! répéta Kalenda. A qui ces vaisseaux appartiennent-ils ? Combien sont-ils, avec quel armement ? Quelles sont leurs intentions ? Vous allez me faire le plaisir de lui demander tout ça…

— C'est hors de question. Je me fous que vos équipes prétendent qu'elle réagira mieux si c'est moi qui parle. Elle a dit tout ce qu'elle savait, et je refuse de vous aider à la harceler.

— Nous avons besoin de…

— Elle ne peut *rien* vous raconter de plus ! cria Lando. Qu'est-ce que vous imaginiez ? Qu'elle allait vous apprendre l'âge du capitaine ? Elle nous a donné un avertissement, et un avertissement *utile*. Il y a des limites à ce que nous pouvons lui demander…

— Il y a aussi des limites au nombre de messages qu'elle peut se permettre de nous envoyer, ajouta Luke. A chaque transmission, elle risque davantage d'être repérée.

Kalenda se tourna vivement vers Luke.

— Repérée ? Comment ? Par qui ?

— C'est vous la professionnelle de l'espionnage,

soupira Lando. Sa transmission est *discrète*, pas *secrète*. N'importe quel quidam ayant un récepteur peut tomber dessus par hasard. Nos ennemis apprendront alors que nous sommes au courant de la présence des vaisseaux, et il leur faudra une simple triangulation pour repérer Tendra. Comme nous l'avons fait, ajouta-t-il.

— Et alors ? demanda Kalenda.

— Il leur suffirait de couper le champ d'interdiction pendant trente secondes pour envoyer un vaisseau la tuer. Il serait de retour à sa base en un éclair... et plus de Tendra.

— Elle a émis pendant des jours sans qu'il n'arrive rien !

— Elle n'avait pas le choix. Il fallait qu'elle continue jusqu'à ce que je réponde. Maintenant, c'est trop dangereux. Vos transmissions sont très puissantes... si l'ennemi les repère, ce sera la catastrophe.

Le visage de Kalenda demeurait glacial. Lando hésita. L'espionne était-elle au courant des risques... Avait-elle *choisi* de mettre en danger la vie de Tendra ? Ou n'y avait-elle pas pensé ? De la part d'un officier aussi habile, cela paraissait improbable... mais les derniers jours avaient été difficiles pour tout le monde.

Allait-elle mentir ? S'excuser, et prétendre qu'elle n'avait pas réfléchi aux conséquences ?

Non. Si Kalenda avait bien des défauts, elle n'était pas malhonnête.

— Il n'est jamais facile, dit-elle, de prendre une décision rationnelle dans ce genre de cas. Je connaissais le danger, mais les renseignements de votre amie permettront peut-être de sauver des millions de vies. Si je l'avais en face de moi, je saurais sans nul doute lui expliquer ce que nous voulons. Je suis certaine qu'elle a remarqué des dizaines de détails précieux.

— Hélas, vous ne l'avez pas devant vous, dit Luke.

— Non, soupira Kalenda. Si elle pouvait transmettre normalement… même ainsi, je réussirais à lui arracher quelque chose. Ces heures de délais fichent tout en l'air. Si seulement je pouvais lui parler sur une fréquence codée…

— Ça fait beaucoup de « si », dit Luke. Laissons tomber. Quelles sont les probabilités pour que Tendra vous apprenne quelque chose de vraiment intéressant ?

— A peu près zéro, admit Kalenda. Il y a tant en jeu…

— … que vous deviez essayer, admit Luke. Et ça n'a pas marché. Tant pis.

— Ça ne me paraît pas une attitude très « Jedi », dit l'officier avec un sourire amer.

— Même les Jedi connaissent leurs limites.

Kalenda hocha la tête.

— Très bien. Il y a un « grand nombre » de « vaisseaux de guerre » en orbite autour de Sacorria. C'est tout ce que nous savons.

— Eh bien, c'est déjà ça, grommela Lando. Assez bavardé ! Nous serons bientôt sur Centerpoint… Tenter de comprendre quelque chose aux mystères de cette station devrait suffire à nous occuper.

Pour la première fois, le regard de Kalenda croisa le sien.

— Vous parlez d'or, soupira la jeune femme.

Lando Calrissian avait bien résumé la situation. Centerpoint était si gigantesque, si complexe, si différente de tout ce que Kalenda avait vu qu'elle ne savait pas *où* commencer ses analyses. Pendant quarante-huit heures, la flotte bakurienne se contenta d'avancer avec mille précautions. Il semblait qu'Ossilege était vraiment décidé à agir avec prudence. Les vaisseaux volaient au ralenti, s'arrêtant souvent pour scanner la station avec tous les senseurs possibles.

Kalenda ne blâmait pas l'amiral. Par rapport à cette immense structure, l'*Intrus* n'était qu'un moustique.

Même à courte distance, les résultats des scans étaient décevants. Assise devant une console, la jeune femme faisait défiler les images obtenues.

La station *paraissait* déserte, mais comment en être sûre ? L'ennemi aurait pu y dissimuler une flotte de destroyers… sans compter des dizaines de régiments des troupes de choc. Avec les mesures anti-radars appropriées, impossible de les détecter.

Le plus inquiétant, c'était que leurs adversaires ne leur avaient pas encore opposé *un* vaisseau de grande taille. Ceux-ci devaient être cachés quelque part. C'était pour ça que Kalenda voulait arracher à la Source T des informations plus précises. Savoir quel genre de vaisseaux orbitait autour de Sacorria lui aurait permis d'imaginer à quoi ressemblaient ceux qui les attendaient.

A moins que Centerpoint n'ait pas besoin de navires pour se défendre…

Kalenda avait repéré entre cinquante et soixante endroits qui *pouvaient* être des systèmes défensifs. La station était un incroyable amalgame de technologies modernes et anciennes, familières et étrangères. Il n'y avait aucun moyen de déterminer l'âge d'un équipement, de savoir s'il marchait encore, ou qui l'avait fabriqué…

Le lieutenant repassa une fois de plus les images sur l'écran. Des portes blindées, des objets cylindriques placés sur ce qui ressemblait à des plates-formes de lancements, des entrelacs de câbles et de tuyaux.

Qu'est-ce que ça pouvait être ?

Des canons-lasers ? Des batteries de missiles ? Des réservoirs ? Des docks ? Des *cantines* ?

Impossible de le savoir.

Il fallait envoyer une équipe.

Le *Lady Luck* filait vers Centerpoint.

— Pourquoi est-ce toujours moi qui me tape ce genre de boulot ? lança Lando à la cantonade.

— Peut-être parce que vous vous portez volontaire ? répondit Gaeriel Captison, derrière lui.

Lando n'était pas ravi de l'avoir à bord, mais l'ex-Premier ministre de Bakura entendait participer à l'expédition pour représenter son gouvernement. Pis encore, Z-6PO faisait partie du voyage, au cas où des traductions seraient nécessaires.

— J'étais bien obligé, grommela Lando. Luke a besoin de moi.

Parti le premier sur son aile X, le Jedi les précédait d'environ deux kilomètres, soit assez près pour garder le contact visuel.

Depuis le siège du copilote, Kalenda jeta un regard étrange à son compagnon. Ça ne voulait rien dire, car tous ses regards étaient étranges. Peut-être se demandait-elle pourquoi un aventurier égocentrique comme lui prenait encore une fois le risque de se faire tuer ?

— Ne croyez-vous pas qu'un Maître Jedi peut se débrouiller seul ? dit-elle.

— Peut-être, admit Lando. Et peut-être pas. Disons que je lui dois une fière chandelle.

— Comme tout le monde dans la galaxie ! dit Gaeriel.

Kalenda se tourna vers leur compagne.

— En vérité, dame Captison, c'est surtout vous que j'aurais préféré laisser sur l'*Intrus*.

— Merci du compliment...

— Je me suis mal exprimée, continua le lieutenant. Ce que je veux dire, dame Captison, c'est que le capitaine Calrissian et maître Skywalker ont tous deux suivi un entraînement militaire. Ils seront prêts quoi qu'il arrive. L'exploration n'est pas votre spécialité...

— Savoir tirer, esquiver et tuer est une chose utile, reprit Gaeriel, mais j'ai d'autres talents. Vous aurez peut-être besoin d'un négociateur, d'un plénipotentiaire habile.

— Possible, concéda Lando. Jusque-là, on ne peut pas dire que les habitants de ce système se soient montrés particulièrement raisonnables...

Luke Skywalker était heureux. Il était aux commandes de son aile X, D2-R2 à ses côtés. Mon Mothma voulait qu'il devienne un homme politique. Les circonstances étaient favorables ; l'univers entier semblait le pousser dans cette direction.

Peut-être.

Pour l'instant, ce qui comptait, c'était lui, D2 et son vaisseau. Les pilotes aimaient la solitude de l'espace, et Luke ne faisait pas exception. Voler était un plaisir, une échappatoire...

Une escapade même.

Qui ne durerait pas longtemps. Comme toujours, il avait du boulot.

Il regarda la station. Ce n'était pas difficile... elle couvrait tout son champ de vision.

Luke avait du mal à en croire ses yeux. Il avait lu les rapports, il connaissait la taille de Centerpoint... mais les chiffres n'étaient que des données abstraites.

Rien ne l'avait préparé à une telle immensité.

Centerpoint était une sphère de cent kilomètres de diamètre. En comptant les cylindres massifs qui prolongeaient chaque pôle, elle faisait environ trois cents kilomètres de long. A en juger par son aspect, sa construction n'avait pas été planifiée et les niveaux s'étaient ajoutés, de manière chaotique, au fil des millénaires.

Des excroissances de la taille d'un gratte-ciel, des tuyaux, des câbles, des tubes et des antennes paraboliques constellaient la surface. Luke remarqua les restes d'un vaisseau qui avait dû s'écraser là avant d'être transformé en habitation… Du moins à première vue. Car pourquoi ajouter des habitations ? Il ne devait pas manquer de place sur Centerpoint…

Non, les chiffres n'aidaient pas à se représenter la réalité. La station était de la taille d'une lune moyenne. Luke avait visité des mondes plus petits. D'ailleurs, la station avait tout d'une planète : elle était complexe, multiforme et mystérieuse. On pouvait y vivre cent ans sans en apprendre tous les secrets. Pour Luke, c'était la définition d'un monde : un endroit qu'une existence ne suffisait pas à connaître.

Le Jedi avait été sur des centaines de planètes, et jamais il n'avait eu le temps de les visiter en détail. Les gens avaient trop tendance à généraliser, comme si un endroit avait pu être réduit à une seule caractéristique.

Un monde ne saurait être « résumé ».

Dire que Coruscant était une planète urbaine, Calamari une planète aquatique, et Kashyyyk une planète-jungle était trop facile. Il existait une infinie variété de cités, d'océans ou de jungles. Et les choses n'étaient jamais simples. Une planète agricole pouvait avoir un ou deux volcans, une planètevolcanique, quelques champs cultivés ; un monde peuplé d'oiseaux abritait aussi des insectes.

Centerpoint était si grande qu'il était impossible de l'observer selon une échelle cohérente. De l'espace, tout paraissait identique. Pour ajouter à la confusion, la rotation de la station était assez rapide pour être visible. Les planètes tournaient, mais leur mouvement n'était pas remarqué par leurs habitants. Alors qu'on devait sentir bouger Centerpoint.

Les techniques de gravité artificielles asynchrones étaient aussi vieilles que l'Ancienne République. Nul besoin de rotation... Luke n'avait jamais vu une station tourner. Cela lui paraissait tout à fait antinaturel.

Une réaction idiote. Qu'y avait-il de naturel dans un vaisseau ou une station spatiale ?

Autre chose le dérangeait — un point plus fondamental que la taille ou le mouvement. La station était *vieille*. Vieille selon les critères humains, bien sûr et aussi selon ceux de tous les êtres pensants de la galaxie. Si vieille que personne ne savait quand elle avait été construite, ni par qui.

Pourtant, à y réfléchir, était-ce si impressionnant quand on songeait à l'âge des planètes, des étoiles, ou de la galaxie ? Dix millions d'années n'étaient qu'un battement de cœur en regard des quatre, cinq ou six milliards d'années d'existence des étoiles...

Si ce qui paraissait antique aux humains était *adolescent* aux yeux de l'univers, que dire des quelques milliers de générations qui avaient fait « l'Histoire » galactique ? La naissance, l'apogée et la chute de l'Ancienne République, l'émergence et l'effondrement de l'Empire, puis l'aube de la Nouvelle République n'étaient qu'une goutte d'eau dans l'océan du temps...

— .uke .u e.-.u

— Je suis là, Lando, mais ton signal n'est pas très bon.

— .on signa. ... br......

Luke soupira. Il ne manquait plus que ça. Pour s'opposer au brouillage des fréquences, les Bakuriens avaient imaginé une méthode de transmission des voix par des lasers à faible niveau d'énergie. Sans être idéal, le système marchait. Du moins à l'accoutumée. Peut-être auraient-ils mieux fait d'utiliser la radio de Lando...

Il était trop tard pour changer.

— D2, regarde si tu peux nous arranger ça.

Le droïd bipa et siffla. Luke hocha la tête.

— Lando, on recommence. Tu m'entends ?

— Mieux, .erci, mais j'attends avec im..tience de pouvoir revenir à no... système h.bituel.

— Et moi donc.

— Kalenda vient de voir un truc. Jette un coup d'œil au cylindre le plus proche, à son interface avec la sphère. Il y a une .umière clignotante. Tu vo.. ?

Luke jeta un coup d'œil par la verrière.

— Je vois. Attends que j'agrandisse l'image.

Activant l'écran, il zooma sur le pied du cylindre, puis activa l'holocaméra. Une image apparut devant ses yeux. La lumière était bien là, illuminant un gigantesque sas qui s'ouvrait et se fermait à un rythme régulier.

— Si ce n'est pas une invitation à entrer..., souffla Luke.

— Nous ..mmes tous d'..cord, répondit Lando. Même notre boîte de conserve dorée a compris, pourtant il *méprise* plus de six millions de formes de communication...

Luke sourit.

Entre Lando et Z-6PO, ça n'avait jamais été le

grand amour... Les dernières semaines n'avaient rien fait pour arranger les choses.

— Parfait. La question est : acceptons-nous l'invitation ?

CHAPITRE IV

JEU D'ENFANT

Anakin Solo étudia le mur argenté une bonne minute, puis il frappa deux fois un point précis.

Une porte s'ouvrit, révélant un clavier vert muni d'un pavé « cinq touches sur cinq ». Anakin regarda sa découverte, les sourcils froncés.

Le droïd expérimental Q9-X2 l'observait avec l'attention toujours nécessaire quand on surveillait Anakin. Le droïd trouvait plutôt... déconcertant le rapport empathique du petit garçon avec la technologie. Il semblait y avoir un rapport avec la « Force » que la famille Solo jugeait si importante. Le lien d'Anakin avec cette entité lui permettait de voir à l'intérieur des machines et de les commander, voire de réparer à distance. Le gamin n'était pas infaillible, loin de là. Il faisait des erreurs, ou poussait des appareils à fonctionner de manière parfaitement indésirable.

Pourtant, quand on voulait comprendre une technologie, il suffisait de regarder Anakin jouer avec...

Ainsi, le droïd avait deux raisons de se trouver là.

La première était d'empêcher le petit garçon de faire trop de dégâts.

La seconde de noter ses faits et gestes dès qu'il s'amusait avec une machine...

C'était un travail à plein temps, *plus* qu'à plein temps, même. Q9-X2 l'assumait assez facilement, grâce à ses enregistreurs incorporés, mais un droïd avait parfois besoin de recharger ses batteries et Q9 n'avait pas envie de passer ses journées à empêcher un gamin de détruire la planète en appuyant sur le mauvais bouton. Cette tension permanente finirait par endommager ses circuits. Ou risquait de les faire fondre, ce qui revenait au même.

Il lui avait suffi d'en informer son maître pour obtenir quelques moments de repos bienvenus.

Anakin tapa un code sur le clavier et un son aigu retentit. L'expérience avait appris à Q9 que c'était mauvais signe. La « sonnette » semblait être un signal d'alarme.

— Ça suffit, Anakin, dit-il.

L'enfant leva la tête comme s'il s'apercevait seulement de la présence du robot.

— Q9 ! Oh !

Si sa programmation le lui avait permis, le droïd eût soupiré. Cela faisant des heures qu'ils étaient ensemble, Anakin n'avait aucune raison d'être surpris. Pourtant, le petit garçon ne jouait pas la comédie. Pourquoi l'aurait-il fait, d'ailleurs ?

Si Q9 avait entendu parler du phénomène qu'on appelait la « distraction », il n'en avait jamais fait l'expérience.

— Il serait mieux d'attendre que Chewbacca jette un coup d'œil à ça.

— J'ai presque réussi à la faire marcher !

— Sais-tu à quoi sert cette machine ? En as-tu la moindre idée ?

— Non… admit Anakin.

— Te souviens-tu de ce qui est arrivé la dernière fois que tu as entendu ce son ?

— Une trappe s'est ouverte, dit le petit garçon en regardant ailleurs.

— Exact ! Une trappe s'est ouverte… sous moi. Et je suis tombé dans un broyeur à ordures. Si je n'avais pas réussi à allumer mes répulseurs, que serais-je à l'heure où nous parlons ?

— Un petit cube de métal de dix centimètres de côté. Ou alors, tu aurais fondu.

— Bien raisonné. Chewbacca a mis du temps à s'apercevoir que c'était un broyeur, exact ?

— Je l'ai aidé ! protesta le petit garçon.

— C'est vrai. Et nous avons encore besoin de ton aide. Alors que ferions-nous si une trappe s'ouvrait sous *tes* pieds ?

Les yeux d'Anakin s'écarquillèrent.

— Oh. Peut-être que je devrais attendre Chewie.

— Je crois. Viens, allons chercher les autres…

— D'accord.

Le petit garçon se leva et partit. Q9 le suivit, glissant sur ses répulseurs, et soulagé qu'il se soit montré coopératif… pour une fois.

Q9-X2 avait été programmé pour tirer des leçons de ses erreurs et s'améliorer… Mais jamais il n'avait pensé exercer ses talents dans le domaine de la psychologie enfantine. Réussir à se faire obéir d'Anakin monopolisait une partie non négligeable de ses ressources. Le droïd décida de faire un grand ménage dans sa mémoire morte quand tout serait terminé.

Si ça se terminait un jour…

Pénétrant dans la salle du répulseur, il constata avec amertume que la situation avait plutôt l'air de vouloir s'éterniser.

Les humains et lui formaient un groupe hétéroclite, claquemuré dans un endroit immense et mystérieux. S'immobilisant, le droïd étudia le spectacle qui s'offrait à lui.

Au premier abord, la salle semblait trop grande pour constituer une cachette efficace, mais Q9 savait combien il serait difficile à des intrus de la découvrir. Elle était invisible pour tous les systèmes de détection dont le droïd avait entendu parler — à l'exception du super-radar dénommé Anakin Solo. L'enfant l'avait découverte sans effort apparent, ainsi que sa réplique de Corellia.

La salle avait de bonnes raisons d'être dissimulée. Elle abritait le répulseur planétaire qui avait conduit Drall jusqu'à son orbite actuelle, des millénaires auparavant. Ainsi que Corellia, et sans doute les autres mondes habités du système — Selonia, Talus et Tralus. Sur chaque planète se trouvait une salle identique et, dans chaque salle, un répulseur.

Cinq mondes exportés dans le Système Corellien des dizaines de siècles auparavant par une race dont Q9 et les autres ne connaissaient rien, et pour une raison qu'ils ignoraient...

Aujourd'hui, la chasse au répulseur était ouverte. Sur chaque planète, les insurgés étaient à leur recherche. La raison n'était pas évidente. Utilisés d'une certaine manière, les répulseurs pouvaient constituer des armes puissantes... pourtant, ils ne suffiraient pas à gagner la guerre. Selon Ebrihim, on pouvait s'en servir pour détruire un vaisseau en orbite, mais ils étaient peu précis, et difficiles à utiliser. L'élément de surprise jouerait, bien sûr.

Cependant, il ne pouvait servir qu'une fois.

Alors ? Il y avait des moyens plus simples, moins chers et plus sûrs de détruire des vaisseaux...

Pourquoi, en temps de guerre, dépenser de l'argent et de l'énergie pour retrouver des armes d'une efficacité contestable ?

Q9 renonça. Il s'était posé la question deux cent trente-neuf fois, et il ne trouverait pas de réponse la deux cent quarantième.

La salle était un gigantesque cône d'un peu plus d'un kilomètre de haut, aux parois de métal argenté. Sur le sol se dressaient six cônes plus petits, faits du même alliage, et hauts d'environ cent mètres. Les six cônes formaient un cercle ayant pour centre l'axe vertical de la pyramide... Au milieu se trouvait un septième cône, deux fois plus haut que les autres, mais de proportions identiques. Sur sa circonférence s'ouvraient des couloirs donnant accès aux salles secondaires. Dans le sol, des puits menaient à des niveaux inférieurs que les humains et le droïd n'avaient pas encore explorés.

L'endroit était énorme, artificiel, étincelant, glacial... et fondamentalement étranger. Dans ce décor, le campement improvisé aurait semblé incongru aux yeux de n'importe qui.

A ceux du droïd, il semblait absurde.

Le *Faucon Millenium* s'était posé près du centre du cercle — ça avait été toute une histoire de le faire passer par la pointe du cône. Le glisseur de la duchesse était garé à côté. Une corde à linge était tendue entre l'antenne parabolique du *Faucon* et celle du véhicule... Chewbacca économisant l'énergie, même le sèche-linge avait été coupé. Des tables et des chaises pliantes composaient une sorte de salle à manger ; les trois enfants, lassés de l'exiguïté du *Faucon*, avaient déménagé leurs matelas sous le vaisseau. Les lits des jumeaux se touchaient, celui d'Anakin n'étant qu'à quelques centimètres.

Q9 étudia la scène. Jacen et Jaina débarquaient quelque chose du *Faucon* ; assis sur une chaise pliante, Chewbacca le Wookie se colletait avec du matériel récalcitrant. Les deux Dralls — Ebrihim et sa tante, la duchesse — travaillaient.

Selon les critères humains, les Dralls étaient petits ; Ebrihim dépassait à peine Jacen. C'étaient des créatures grassouillettes aux membres courts. Couverts de fourrure, ils faisaient irrésistiblement penser à des peluches. Certains humains avaient du mal à les prendre au sérieux... Une grave erreur, les Dralls étant pour la plupart des êtres sobres, intelligents et raisonnables. Ebrihim passait pour légèrement excentrique aux yeux de sa race, mais Marcha, duchesse de Mastigophorous, était une des personnes les plus raisonnables que le droïd ait rencontrées.

La dernière découverte d'Anakin allait donner du travail aux Dralls, car elle leur fournissait une nouvelle pièce du puzzle qu'ils essayaient de reconstituer. Leur objectif était de comprendre comment marchait le répulseur. Un travail difficile...

Le plus dur était d'attendre.

Et ils attendaient tous.

— Allez, Q9, protesta Anakin. Arrête de rêvasser...

Le droïd ajouta un théorème à son étude analytique de la psychologie enfantine. Si les enfants pouvaient vous faire languir des heures, ils ne supportaient pas de patienter.

— J'arrive, Anakin.

Jacen posa sa caisse par terre ; levant les yeux, il vit Anakin et Q9 approcher.

— Pas trop tôt, murmura-t-il. Je croyais qu'ils ne reviendraient jamais. Maintenant on peut manger.

— Berk, dit Jaina. Dommage qu'ils soient pas restés partis plus longtemps.

— Tu exagères. Les rations de survie ne sont pas *si* mauvaises...

— Elles sont pas bonnes non plus. Surtout la dix millionième fois. D'ailleurs, tu sais pourquoi on les appelle des rations de survie ? Parce que personne n'y survit...

— Ha ha ha ! Très drôle. Ça n'est jamais que la dix millionième fois que tu me sors cette blague...

— Désolée, dit Jaina. (Elle s'assit sur sa caisse.) Il n'y a pas beaucoup de nouveautés, ici.

— Je sais, je sais, soupira Jacen. Les choses ne changent pas vraiment.

Il hésita à aller jeter un coup d'œil au chronomètre du *Faucon*. Sans Chewbacca, qui insistait pour qu'ils mangent et dorment à des horaires réguliers, il n'y aurait eu aucun moyen de savoir que le temps passait. La lumière était toujours la même, sortant d'on ne savait quelle source. Il n'y avait aucun bruit à l'exception de ceux qu'ils faisaient. Chaque pas produisait une série d'échos, venus du haut de la pyramide, qui flottaient dans l'air pendant de longues secondes. Ainsi les sons se mêlaient les uns aux autres : le rire d'Anakin, le grognement de Chewbacca, le bourdonnement d'une machine, le crissement d'une chaise ou les voix des deux Dralls.

Avec ce fond sonore, la salle paraissait moins oppressante... Dès qu'ils arrêtaient de parler ou de marcher, le silence retombait, lourd comme une chape de plomb... Un silence qui, plus que le cadre, leur rappelait l'étrangeté des lieux, l'âge de ses murs, la puissance de ses machines mystérieuses.

La nuit, c'était pire. Les cônes étincelant toujours autour d'eux, ils allaient se coucher... Les enfants sur leurs matelas, Chewbacca dans sa cabine, les deux Dralls dans des sacs de couchage, à l'intérieur du glisseur de tante Marcha. Tout alors était si calme que le moindre écho mettait des heures à s'éteindre. Que ce fût une toux, un murmure, un sanglot d'Anakin ou un ronflement sporadique d'Ebrihim, cela semblait s'envoler vers le ciel avant de se répercuter le long des murs pendant une éternité.

Ce n'était pas une vie géniale, pensait Jacen. A dire vrai, ce n'était pas une vie du tout. Juste une longue attente. Tous, même Anakin, « sentaient » que les choses ne dureraient pas. Il y avait la guerre dehors ; un jour, quelqu'un les trouverait, et ensuite...

Personne ne savait ce qui se passerait ensuite.

— Tiens-toi bien, Anakin, dit la duchesse Marcha, et arrête de taper contre le pied de la table. Avec ces échos, c'est insupportable. (Secouant la tête, elle se tourna vers son neveu.) Honnêtement, Ebrihim, je ne comprendrai jamais les enfants humains. Anakin gagne-t-il quelque chose à faire du bruit comme ça ?

— Je ne le connais pas depuis assez longtemps pour vous donner une réponse précise, chère tante. Il semble que les humains adultes ne comprennent pas toujours le pourquoi des actions des enfants, pourtant ils en ont été eux-mêmes.

— Cela ne me surprend guère. Je sais que nos jeunes peuvent se montrer très difficiles, mais je n'ai pas souvenir qu'aucun se soit conduit aussi mal qu'Anakin...

— Ne parlez pas comme si je n'étais pas là ! cria le petit garçon, indigné. (A la réflexion, les Dralls étaient pires que les adultes moyens.) J'étais juste en train de penser à des trucs.

— Quels trucs ? demanda Jaina.

Voilà qu'ils s'acharnaient tous sur lui, même son frère et sa sœur.

— Des trucs, grommela-t-il.

— Eh bien, Anakin, sache qu'il est très louable de réfléchir, dit tante Marcha. Je suis sûr que l'univers serait un endroit plus agréable si nous méditions tous un peu plus. Si tu pouvais le faire sans taper du pied, je serais ravie. Compris ?

— Compris, dit le petit garçon.

Il détestait céder, mais il n'avait pas envie qu'ils continuent à poser des questions. A cause des pouvoirs Jedi, il faudrait qu'il réponde la vérité, ou les jumeaux s'en apercevraient — et il aurait des ennuis.

Parfois Jacen et Jaina se conduisaient vraiment comme des adultes.

S'il leur avait dit qu'il pensait à ce clavier — celui que Q9 lui avait interdit de toucher — tous se seraient mis à hurler. Pourtant, il savait que cet objet, entre ses mains, pouvait faire quelque chose de très important. Il ignorait quoi, mais il devait essayer.

C'était comme si les touches l'appelaient, lui demandant de se dépêcher, l'implorant de le délivrer pour qu'elles puissent faire leur travail.

Oui, heureusement que les adultes ne l'avaient pas interrogé...

Comme ça, il pouvait y réfléchir tant qu'il voulait.

— Venez, chère tante, dit Ebrihim à la duchesse. Il est tard. Les autres dorment déjà. Nous avons bien progressé, néanmoins nous devons arrêter là pour ce soir.

Les deux Dralls étaient assis dans le glisseur, relisant leurs notes de la journée. Ebrihim avait raison : ils ne pouvaient rien faire de plus pour l'instant.

— Nous avons à peine effleuré le problème, soupira la duchesse. C'est vrai, nous avons une vague idée de comment sont conçus les claviers, et de ce que les couleurs et les codes peuvent signifier. De là à faire fonctionner cette machine, ou simplement à l'éteindre, il y a un grand pas. Comment s'attaquer à un système qui fonctionne depuis au moins dix mille ans — peut-être beaucoup plus ? Nous ignorons comment il est alimenté... Supposons que nous trouvions un moyen de désactiver le répulseur. Où irait la puissance non utilisée ? S'il s'agit d'une énergie géologique, comme nous le supposons, nous pourrions provoquer de graves problèmes géo-sismiques.

« Je crois que cette salle n'est qu'un maillon d'une chaîne complexe. Ce n'est peut-être que le morceau visible de l'iceberg, si tu me permets l'expression, Ebrihim. La partie émergée d'un système de propulsion niché au cœur de notre monde... Et qui, mal utilisé, pourrait le détruire. Je ne vois pas comment en apprendre assez en si peu de temps pour y changer quelque chose...

Ebrihim ricana.

— A moins que nous ne demandions à Anakin de trouver le tableau de commande principal et de jouer avec.

Les yeux de Marcha s'écarquillèrent d'horreur.

— Ne dis jamais une chose pareille, neveu. Même en plaisantant.

Les yeux d'Anakin s'ouvrirent.

Parfaitement réveillé, il fixait la coque du *Faucon Millenium*. Jacen et Jaina dormaient profondément. Chewbacca ayant le sommeil lourd, le petit garçon n'avait pas à s'inquiéter de lui.

Ebrihim et tante Marcha étaient dans le glisseur.

Anakin jeta un coup d'œil. Les lumières étaient éteintes et les portes fermées.

Ce qui laissait Q9. Le droïd passait la plupart de ses nuits en mode veille, connecté à une batterie portable. Il avait pris place entre les deux vaisseaux ; avec un peu de chance, le *Faucon* bloquerait ses senseurs.

En gardant le navire entre le droïd et lui, il devrait pouvoir s'éloigner sans se faire repérer.

Repoussant sa couverture, il se mit à quatre pattes — puis, en silence, rampa de l'autre côté du *Faucon*... pour se retrouver baigné par la lumière éternellement allumée de la salle du répulseur.

Ebloui, il cilla en se remettant sur ses pieds. Il était en sous-vêtements, sans chaussures. Tant pis... Il trottina jusqu'à la paroi de la pièce, prenant garde à toujours avoir le vaisseau dans le dos.

Bien. Il s'engagea dans le premier tunnel venu. L'endroit qu'il cherchait se trouvait de l'autre côté, mais ce n'était pas grave. Les autres se perdaient dans le labyrinthe. Pas lui. Il connaissait d'instinct le chemin.

Il s'approcha de la cloison.

Plus près.

Plus près.

Ici.

Rien n'avait bougé — le clavier était toujours là à l'attendre. Anakin l'étudia pendant une longue minute, puis il tendit une main, paume vers le bas, au-dessus des touches. Il ferma les yeux et *sentit* l'intérieur de la machine — les circuits, les programmes, les protections. Elle avait dormi longtemps, si longtemps, espérant que quelqu'un la réveille...

C'était le moment. Il savait avec une certitude absolue comment la faire fonctionner.

Pas de Q9 derrière son dos pour lui raconter des histoires de trappes.

Il était *sûr*.

Anakin Solo leva la main droite et appuya sur la touche centrale du pavé « cinq sur cinq ». Le voyant passa du vert au violet. Bien. Il hésita, puis, écartant les doigts autant que possible, enfonça les quatre coins en même temps. Les voyants tournèrent à l'orange. Le petit garçon fronça les sourcils. Ce n'était pas ce qu'il attendait, mais tant pis. Autant continuer. Tournant dans le sens contraire des aiguilles d'une montre, il appuya sur la touche centrale de chaque côté du carré. Cette fois, les voyants passèrent au violet, et il se sentit rassuré. Le clavier émit de nouveau le son qui avait effrayé Q9...

Il continua de sonner.

Anakin ferma les yeux et passa la main au-dessus des touches. Oui. Oui. C'était ça. Commençant en bas à droite, il tourna dans le sens des aiguilles d'une montre, et pressa le premier coin, le deuxième, le troisième... Les voyants passèrent de l'orange au violet, comme il se devait. Avant d'appuyer sur la quatrième, il hésita.

Etait-ce vraiment une bonne idée ?

Quand les grandes personnes sauraient, il aurait des ennuis.

Assez pour qu'il vaille mieux arrêter ?

Non. Il fallait qu'il le fasse. Il ne pouvait plus reculer.

Il enfonça la dernière touche. Elle devint violette, et le bruit de grelots se fit plus strident.

Un bourdonnement s'éleva.

Anakin se retourna.

Une partie du sol coulissait. Un instant, l'enfant se demanda si Q9 n'avait pas eu raison en parlant de trappes. Puis une console apparut.

Elle était faite du même métal argenté que les murs de la salle. Devant se trouvait un petit fauteuil, aux formes étranges, conçu pour un corps qui n'était sûrement pas humain. Anakin s'assit, toute inquiétude oubliée... Il était si excité qu'il ne remarqua pas que le siège s'adaptait à son corps, changeant de hauteur pour qu'il accède plus facilement aux commandes.

Il étudia le tableau de contrôle quelques minutes,

puis tendit les mains. Les yeux fermés, il s'immergea dans l'univers complexe des circuits, des interrupteurs, et des câbles qui couraient sous les cadrans et les touches du tableau. Leur nature, leur signification, leurs liens, tout devint clair sans son esprit, comme si les machines lui racontaient leur histoire.

Il comprenait. Il comprenait tout.

Posant les mains sur le tableau de commande, il se sentit envahi d'un curieux désir. Le réveiller. Il fallait qu'il le réveille — le système avait dormi si longtemps. Il voulait s'éveiller, revivre, travailler. Anakin se déplaçait comme dans un rêve, suivant son intuition…, écoutant la Force lui dire ce qu'il *pouvait* faire, et non ce qu'il *devait* faire ou ce qui devait être fait. Il savait, au plus profond de son âme, que l'envie venait de lui et de lui seul ; la machine n'était qu'une machine. Mais peu importait ; tout se passait comme si elle lui avait chuchoté à l'oreille…

Tire ce levier pour lancer le protocole de démarrage.

Tourne ce cadran pour activer le système de transfert de l'énergie géogravitique.

Tape cette séquence de chiffres pour composer les codes de sécurité.

Quelque part, loin sous ses pieds, le sol trembla et un bourdonnement sourd s'éleva. Le « bip » devint plus puissant.

Une zone plane, sur le tableau de commande, vibra à son tour, puis enfla pour adopter la forme d'une manette très semblable au manche à balai d'un vaisseau. Dans un état second, Anakin la saisit sans s'apercevoir qu'elle s'adaptait automatiquement à sa main.

Un hologramme apparut autour de ses doigts, un cube avec cinq cases sur chaque arrête formant un total de vingt-cinq petits cubes transparents. Sous les yeux d'Anakin, l'un d'eux émit une couleur verte.

Avec d'infinies précautions, le petit garçon tira la manette vers lui. Le cube vert tourna au violet, ses quatre voisins devenant verts. Alors le premier cube passa à l'orange, les trois autres au vert, et leurs voisins au violet. Les couleurs continuèrent leur séquence — vert, violet, puis orange —, jusqu'à ce que tout le cube soit devenu d'un bel orange brillant. Le sol recommença à trembler, et le bourdonnement s'amplifia comme si des énergies monstrueuses n'attendaient qu'un signal pour être déchaînées.

Anakin lâcha la manette. Le son strident mourut. La pièce retomba dans le silence ; le bourdonnement diminua peu à peu, jusqu'à être à peine audible.

La manette se fondit de nouveau dans le tableau de commande.

Un nouveau bouton apparut.

C'était un disque d'environ six centimètres de diamètre et d'un centimètre de haut. Sous le regard de l'enfant, le bouton changea de couleur, tournant de l'argent au vert, du vert au violet, du violet à l'orange... Puis il clignota, passant par toutes les nuances de l'orange, de la couleur du métal en fusion à celle d'un coucher de soleil.

Tout était silencieux. Anakin regarda le bouton, les yeux écarquillés, tandis que la lumière faisait danser des ombres étranges sur son visage.

Le bouton. Il l'appelait. Ou était-ce le désir de faire marcher les machines, de les faire agir, qui bouillonnait au fond de son cœur ?

Il l'ignorait... et il s'en moquait.

Levant la main gauche, il la tint quelques instants au-dessus du tableau...

Puis il enfonça le bouton.

Des éclairs jaillirent de la pointe du cône central pour aller frapper les cônes secondaires. Un roulement de tonnerre retentit dans la salle du répulseur, comme si la terre s'ouvrait. La lueur aveuglante des éclairs se refléta sur toutes les parois, baignant les lieux d'une lumière incandescente.

Les six cônes répondirent, envoyant leurs propres éclairs vers le sommet de la pyramide. Puis tout s'arrêta ; les cônes recommencèrent à étinceler, sans avoir été transformés par le phénomène. Le roulement de tonnerre continuait, se répercutant le long des murs comme le hurlement d'un dieu furieux.

La salle vibra et frémit. A l'intérieur du *Faucon*, Chewbacca roula hors de sa couche. Il courait déjà vers le cockpit quand il se souvint que le vaisseau était au sol.

Non... Pis. Il était *sous* le sol, dans une salle close, sans aucun moyen de fuir.

Les boucliers ! Les boucliers fourniraient une protection minimale. Il fallait faire monter tout le monde à bord, et vite.

Le Wookie fonça vers la rampe d'accès.

Les jumeaux étaient sortis de leurs lits, et ils tentaient de rester debout pendant que le sol ondulait sous leurs pieds. Chewbacca leur ordonna de monter à bord, mais son cri se perdit dans le vacarme. Il agita les bras ; Jacen finit par le voir et fit signe qu'il avait compris. Saisissant le poing de sa sœur, il la tira vers le vaisseau. Au premier pas, les enfants tombèrent tête la première ; ils continuèrent à avancer à quatre pattes vers la rampe.

La vibration faiblit ; le bruit diminua un peu. Chewbacca avait l'intuition que le répit serait de courte durée. Il descendit en courant, faisant signe aux jumeaux de se hâter.

Les autres. Il fallait aller chercher les autres ! Le

sol tanguait comme le pont d'un navire en pleine tempête. A quelques mètres de là, le glisseur avait basculé sur le côté. L'écoutille s'ouvrit, laissant passer Ebrihim, qui soutenait sa tante Marcha. Une mauvaise blessure sur la tempe gauche, celle-ci paraissait sonnée.

Sans savoir comment, Chewbacca réussit à franchir la distance qui les séparait… Attrapant Marcha comme un colis, il la cala sous son bras gauche et cria à Ebrihim de foncer vers le *Faucon*. Si celui-ci n'entendit pas ses paroles, il comprit son geste.

Le sol s'était presque immobilisé ; voyant le Drall progresser sans difficulté, le Wookie regarda autour de lui… et découvrit Q9, immobile, étendu près de son système de chargement portable.

Chewie s'approcha pour examiner la situation. Le droïd paraissait mort…

Chewbacca tira sur le câble pour le débrancher, mais le fil était coincé. D'un geste nerveux, il l'arracha, puis saisit le robot de sa main libre et fonça vers le vaisseau.

Les éclairs réapparurent, jaillissant du sommet du cône pour frapper le sol. D'instinct, Chewbacca leva la tête vers la lumière. Puis il ferma les yeux, réalisant à temps son erreur. Ce n'était pas le moment d'être ébloui.

Il se remit à courir…

Le Wookie pouvait éviter de tourner les yeux vers les éclairs, mais il n'y avait aucun moyen de se protéger du bruit. Les six petits cônes répondirent à leur maître, et le sol se remit à trembler, faisant vaciller Chewbacca. Non sans mal, il parvint à conserver son équilibre. Le *Faucon* oscillait sur son train d'atterrissage, tandis que les amortisseurs avalaient les chocs.

Enfin, Chewbacca arriva devant la rampe. Agissant

entre deux secousses, il prit son élan, courut et se retrouva à bord.

Après avoir programmé l'escamotage de la rampe, il courut vers le salon et, aussi doucement que possible, déposa Marcha et le droïd à terre. Ebrihim avait sorti une trousse de premiers soins ; il s'agenouilla près de sa tante.

Les deux Dralls, le droïd, Jacen et Jaina... Chewbacca réalisa qu'Anakin n'était pas là. Par habitude, il avait pensé que le petit garçon se trouvait avec les jumeaux.

Tournant les talons, il bondit vers la porte.

— Anakin est en sécurité ! cria Jacen pour couvrir le bruit assourdissant. Il est dans une sorte de tunnel protégé. Je le sens grâce à la Force. Il n'est pas blessé, et il a plus peur de se faire gronder que du danger. Je crois bien que c'est lui qui a déclenché tout ça...

Chewbacca s'immobilisa, les yeux braqués sur le fils aîné de Yan Solo. Il avait juré de protéger les enfants. Si Anakin était vraiment en sécurité, il pouvait verrouiller le vaisseau et attendre que ça passe. S'il était en danger, que faire ? Partir à sa recherche dans le labyrinthe de couloirs tandis que le sol tremblait ? Il exposerait le vaisseau et ses occupants. De plus, il faudrait baisser les boucliers le temps de sortir, puis de rentrer, et personne à part lui ne savait les utiliser.

Pour la sécurité des deux enfants et des Dralls, il fallait qu'il reste. Bien. Ce n'était pas idéal, mais ça restait la meilleure décision possible dans ces circonstances. S'il avait mal jugé, et s'il arrivait quelque chose à Anakin, il le paierait de sa vie. Ainsi l'exigeait le code d'honneur de son peuple.

Il lui avait fallu un moment pour réfléchir... A présent, il importait d'agir. Fonçant vers le cockpit, il poussa les boucliers à la puissance maximale. Le grondement s'assourdit quelque peu. Chewbacca tenta d'activer les répulseurs. Sans succès. Il jeta un coup d'œil au tableau de bord : tous les systèmes de propulsion étaient morts. Il n'y avait aucune raison logique à ça et ce n'était pas le moment de se poser des questions. Il devait faire décoller ce vaisseau avant que les secousses le réduisent en miettes. Même sans les systèmes de propulsion, il y avait un moyen...

Chewbacca pianota sur le clavier, transférant la puissance des boucliers supérieurs aux boucliers inférieurs, puis il étendit au maximum la zone d'efficacité de ces derniers de façon qu'ils forment une sorte de membrane. Si cette astuce voulait bien marcher, c'était gagné !

Le *Faucon* hésita un moment, puis il se souleva sur le « coussin » improvisé. Le sol tremblait encore, par bonheur, les boucliers faisaient écran.

La question n'était toujours pas réglée. Les boucliers pourraient-ils les protéger contre ce qui allait arriver ? Tant que le Wookie n'aurait pas compris ce qui se passait, il ne risquait pas d'avoir une réponse... Il leva les yeux au moment où une nouvelle série d'éclairs déchirait l'air. Le cycle s'accélérait et gagnait en puissance ; la nature de l'énergie impliquée était inconnue. Chewbacca pouvait seulement espérer que les défenses du *Faucon* seraient adaptées.

Bientôt, les éclairs se succédèrent sans discontinuer ; une vague déferlante d'énergie submergea les cônes.

Alors Chewbacca eut l'impression étrange que les pyramides *buvaient* le feu, absorbant l'énergie qui les entourait. Le roulement mourut ; les sommets des cônes furent entourés d'une sorte de brouillard crépitant aux couleurs d'arc-en-ciel.

Au moment où Chewbacca pensait que le spectacle était à son paroxysme, il s'avisa que le brouillard colorée descendait le long des cônes, flottant vers le centre de la salle… et le *Faucon Millenium*. Frénétique, le Wookie tenta de reprendre le contrôle des systèmes de propulsion.

Sans succès.

Puis le vaisseau fut inondé de lumière, semblant perdu dans une tempête d'étincelles. Tous les systèmes se coupèrent automatiquement, et Chewbacca ne fit aucun effort pour les activer. Il n'avait nulle envie d'avoir des circuits sous tension au milieu d'une telle débauche d'énergie. Enfin, la vague passa — le Wookie eut à peine le temps de la voir carboniser le glisseur, faire exploser le chargeur de Q9 et réduire en cendres le reste du matériel.

Le nuage d'énergie continua sa course, grimpant vers le sommet pour former un anneau étincelant qui gagnait en puissance et en luminosité à chaque seconde.

Enfin, l'anneau se referma lentement avant d'exploser. Les murs de la salle tremblèrent…

Et le phénomène recommença.

Encore, et encore.

Puis un anneau ne se referma pas mais continua à monter et explosa dans le ciel.

Le ciel ! Chewbacca comprit. La salle se transformait et la pointe du cône s'ouvrait pour permettre au répulseur de viser l'espace. Le Wookie jeta un coup d'œil aux senseurs ; par miracle, les boucliers tenaient. Les vagues d'énergie passaient au-dessus du vaisseau sans pouvoir les pénétrer.

Le Wookie ne pouvait plus rien faire. Sa survie, leur survie, n'était pas entre ses mains. Cette machine de titans ferait ce qu'elle avait à faire — ou plutôt ce qu'Anakin lui avait ordonné de faire — et rien ne l'arrêterait.

Il imagina les mégatonnes de rochers, de pierre et de terre que le cône déplaçait au cours de son ascension et les ondes de choc consécutives qui balayaient la surface de la planète. Les tunnels menant à l'entrée avaient dû être détruits, ainsi que le bâtiment dralliste construit juste au-dessus.

Chewbacca sourit. Les Drallistes cherchaient le répulseur planétaire... Eh bien, celui-ci les avait trouvés et anéantis comme ils avaient tenté d'anéantir le gouvernement de la Nouvelle République.

Ce qui prouvait l'existence d'une justice immanente...

Jacen pénétra dans le cockpit et se réfugia dans le fauteuil de son père. Il paraissait tout petit, vraiment effrayé, et néanmoins calme et adulte. La terreur viendrait plus tard. C'était à cela que servaient les cauchemars.

— Elle s'ouvre, dit-il en parlant de la salle. Et elle grandit.

Chewbacca leva les yeux. Il ne l'avait pas remarqué, mais c'était vrai : les parois de la pyramide devenaient plus hautes à mesure que l'ouverture s'élargissait. Peut-être était-ce pour empêcher la terre de se déverser dans la salle — ou pour une tout autre raison. Qui pouvait savoir ce qu'avaient prévu les constructeurs de cet incroyable dispositif ?

— Anakin va bien, continua Jacen. Je sens sa présence ; il est là-bas, ajouta-t-il en désignant la paroi devant lui. Il est terrorisé. Peut-être encore plus que nous... que moi et Jaina, je veux dire.

Malgré son angoisse, Chewbacca ne put s'empêcher de sourire. Un beau rattrapage ! Jacen savait que les Wookies détestaient admettre qu'ils pouvaient avoir peur. Il avait trouvé un moyen de ne pas offenser Chewie, pourtant terrifié.

Qui ne l'aurait pas été ?

Après un grognement interrogateur, le Wookie désigna l'arrière du *Faucon*.

— Ça va, répondit Jacen. Tante Marcha est réveillée, sa blessure n'a pas l'air grave. Mais Q9 est toujours mort... ou en court-circuit... enfin, un truc comme ça. Il ne bouge pas.

Chewbacca hocha la tête. Il essaierait de le réparer quand il en aurait l'occasion. S'il échouait, tant pis ! Ils avaient eu beaucoup de chance. La perte d'un droïd n'était pas un prix trop lourd pour se sortir d'une telle tempête...

Une nouvelle vague d'énergie percuta le *Faucon* ; le vaisseau oscilla et glissa sur la droite.

Un rappel. Ils ne s'en étaient pas *encore* sortis.

CHAPITRE V

DANS LE SAS

Thrackan Sal-Solo, Diktat autoproclamé du Secteur Corellien, et chef de la Ligue Humaine, contemplait la bouteille, en face de lui, et hésitait à se soûler.

Il ne pouvait rien faire qu'attendre.

Thrackan n'avait jamais été patient. Ironiquement, il avait passé la plus grande partie de sa vie à attendre. Attendre qu'un supérieur prenne sa retraite, attendre qu'un plan mûrisse, attendre le bon moment, attendre que Dupas Thomree, Diktat de Corellia, choisisse son successeur, puis attendre sa mort... pour se rendre compte que ce crétin de Gallamby avait pris sa place ! Attendre que l'Empire se réveille et comprenne le danger que représentaient les Rebelles. Attendre que l'Empire contre-attaque après ses premières défaites. Attendre la victoire de Thrawn.

Attendre en vain.

Attendre des triomphes qui devenaient d'humiliantes défaites...

Thrackan serra le goulot de la bouteille comme s'il étranglait un ennemi, puis il se leva et sortit. Son bureau, dans ce complexe souterrain, n'était pas aussi grand ni aussi confortable que celui de son ancien Q.G.... Mais il avait le mérite d'être sûr. La Ligue Humaine avait été obligée d'abandonner le bunker. Ces damnés Seloniens avaient fait évader son cousin Yan, et leur compatriote Dracmus... Un commando capable d'*exfiltrer* deux prisonniers d'un endroit pouvait le faire sauter. Thrackan avait été obligé de fuir.

Un Q.G. de moins. Une nouvelle humiliation à mettre sur le compte de Yan Solo. Un jour ou l'autre, il paierait pour tout cela.

Thrackan sortit à l'air libre. La deuxième équipe se préparait à descendre travailler ; voyant leur chef, certains de ses hommes l'acclamèrent. Thrackan se força à sourire, porta une main à son front et salua sans faire d'effort pour cacher la bouteille. Il ne prétendait pas être un surhomme — il aimait boire un verre de temps à autre.

Plus souvent que ça, même.

Si ses hommes trouvaient quelque chose, son horizon s'illuminerait. Le répulseur planétaire corellien devait être caché sous leurs pieds, dans les tunnels. S'ils ne le dénichaient pas au plus vite, les choses risquaient de se compliquer...

Elles se compliquaient déjà. Yan s'était échappé. Leia Organa s'était échappée. Les Bakuriens étaient parvenus à traverser le champ d'interdiction ; peut-être avaient-ils déjà pris le contrôle de Centerpoint. Le plan ne se déroulait pas du tout comme prévu. Pourtant, il avait réussi à accomplir une partie de sa vengeance. Certains n'auraient pas la chance de s'échapper, se rappela-t-il avec satisfaction. Le gouverneur général Micamberlecto avait succombé à ses blessures lors de l'assaut, au moins selon la version officielle. Thrackan éclata de rire. Si la vérité finissait par se savoir, cela arrangerait ses affaires. La terreur était un outil utile.

Tuer le gouverneur général n'avait été qu'une péripétie. Thrackan jouait à un jeu beaucoup plus dangereux. Il connaissait les dessous de l'histoire et la part de bluff qui sous-tendait le plan. Il était conscient des dangers qui l'entouraient.

Il avait déclaré qu'il contrôlait le tueur d'étoiles… parce que les véritables maîtres de l'engin le lui permettaient pour le moment.

Ils croyaient que Thrackan tiendrait parole et les laisserait révéler leur identité au moment adéquat…

Thrackan n'avait pas l'intention de se laisser aller. Les « maîtres » pensaient qu'il leur livrerait le répulseur planétaire dès qu'il le découvrirait, l'échangeant contre le pouvoir absolu sur la planète Corellia. Très bien. Qu'ils se fassent des illusions. Il avait d'autres plans en tête…

Les chefs invisibles avaient assuré les commandants insurgés que les répulseurs étaient des armes défensives… A la vérité, il s'agissait d'outils de dissuasion, qui fonctionnaient d'autant mieux qu'on ne les utilisait pas.

Oui… Que les autres insurgés, la Supratanière selonienne ou ces abrutis de Drallistes, pensent ce qu'ils veulent. Que les cerveaux de Talus et Tralus croient ce qui les amuse.

Les maîtres invisibles jouaient un double jeu… Thrackan pouvait en jouer un triple.

Pour ça, il fallait que ses hommes découvrent le répulseur et réussissent à l'activer. Par tous les diables, si les Seloniens en étaient capables, les humains l'étaient aussi…

— Diktat Sal-Solo ! Diktat !

Thrackan se retourna. Le général Brimon Yarar — le responsable des fouilles — courait vers lui.

— Qu'y a-t-il, général ?

— Des nouvelles, monsieur. Le répulseur planétaire de Drall est activé.

— *Quoi ?*

— Cela vient de se produire, monsieur. Le brouillage est encore opérationnel et nous n'avons pas d'informations précises, mais nos senseurs ont détecté une augmentation de production d'énergie « répulsive » sur Drall. Anarchique et pourtant bien réelle. Les Dralls ont réussi à faire fonctionner leur répulseur.

— Je n'y crois pas, dit Thrackan. Je n'arrive pas à y croire. Que les Seloniens réussissent, passe encore. Mais les Dralls ?

Parfois, à ses moments de lucidité, Thrackan reconnaissait en secret que les membres de la Ligue Humaine n'étaient pas la crème de la société corellienne. Même avec l'aide des maîtres invisibles, il n'avait pas réussi à recruter du personnel de qualité. Tant pis, il lui fallait faire avec. Ses troupes étaient les seuls outils dont il disposait...

A côté des *Dralls*, ses hommes étaient des gentlemen et des savants ! C'étaient souvent d'anciens techniciens, soldats ou fonctionnaires impériaux. De braves humains... Pas des *Dralls*. Ces imbéciles se montraient d'une honnêteté frisant la stupidité. Thrackan avait réussi à fomenter des révoltes sur Corellia, Selonia et les mondes doubles en s'appuyant sur un vrai mécontentement... Sur Drall, la révolution avait été complètement artificielle. L'idée que ces larves en fourrure eussent réussi à activer le répulseur planétaire était renversante !

A moins...

A moins que les Dralls ne soient pas à créditer de ce miracle. Thrackan avait une idée de l'identité des responsables. S'il ne se trompait pas, cela lui rapporterait un joli petit bonus...

Qu'importe que le répulseur soit activé ! Thrackan aurait pu parier qu'il ne le resterait pas longtemps. Il se tourna vers Yarar :

— Rassemblez les meilleurs techniciens, et une force offensive. (Il porta la bouteille à ses lèvres ; une chaleur diffuse courut dans tout son corps.) Nous allons rendre visite aux Dralls.

Luke regardait l'éclairage clignotant, au-dessus du gigantesque sas, se demandant qui pouvait se trouver de l'autre côté, et s'il était sage de continuer. Lando et lui en débattaient depuis cinq bonnes minutes.

— D'accord, dit-il. Suppose que nous n'y allions pas. Que faire d'autre ?

— Je ne sais pas, répondit Lando. En se .osant sur l'autre .ôté de la sphère, nous pourrions explorer durant des ..maines avant de rencontrer quelqu'un. Ce n'est pas forcément une .auvaise idée...

— Explique-toi ? demanda Luke.

— Tu me connais, je pense toujours grand.

— C'est sûr. Et après ? Cet endroit est énorme.

— Il y a un truc qui cloche. Plus on s'approche, plus j'en suis ...suadé. J'aime réfléchir au ...rquoi des choses... Luke, cette station est cent fois, mille fois trop importante ; son architecture est aberrante. Les indigènes sont habitués, ils pensent que c'est naturel. Crois-moi, il y a dans ces lieux quelque chose que je ne sens pas.

Quelque chose qu'il ne sentait pas... Lando n'avait aucun don pour la Force, Luke en était sûr. Mais ça ne voulait pas dire que ses intuitions étaient négligeables. Fermant les yeux, le Jedi étendit ses perceptions et se projeta dans la station. Il ne détecta qu'un seul esprit humain. *Un seul ?*

Il en avait peut-être d'autres, protégés contre ses sondes mentales. Avec douceur, il effleura l'âme de l'unique habitant de Centerpoint. Aucune trace de duplicité… Rien que de la peur et de l'incertitude. Une jeune femme. Elle semblait angoissée, craintive, et cependant amicale.

— Acceptons l'invitation, dit Luke. Nous passerions des semaines à explorer seuls… et nous n'avons même pas des jours devant nous. Les « indigènes » sont amicaux. En tout cas, il y en a au moins *un* dans cette disposition.

Un long silence suivit. L'unité de communication laser était-elle tombée en panne ?

— Tentons notre chance, dit enfin Lando.

Ils approchèrent… la lumière cessa de clignoter ; le sas s'ouvrit. Luke pilota avec précaution, en orbite synchrone autour de la station. Maintenant qu'il était plus près, il se rendait compte de la taille de l'entrée. L'*Intrus*, le *Défenseur* et le *Sentinelle* auraient pu avancer de front.

Luke frissonna. En comparaison, son aile X n'était qu'un insecte, plongeant dans la gueule béante de Jabba le Hutt…

Lando le suivait de près à bord du *Lady Luck*.

L'amiral Hortel Ossilege n'éprouva aucune joie quand les senseurs de l'*Intrus* captèrent la décharge d'énergie en provenance de Drall. Lors des opérations militaires, les surprises étaient rarement agréables, et moins encore quand elles se produisaient derrière les lignes ennemies.

Lando Calrissian l'avait prévenu que sa stratégie risquait de se révéler dangereuse… Tant pis. Ossilege ne pouvait plus revenir en arrière ; la prudence ne lui rapporterait plus rien. Il fronça les sourcils. Une telle quantité d'énergie ne pouvait provenir que d'un répulseur planétaire.

Etrangement, la décharge semblait avoir été tirée dans le seul but d'attirer l'attention…

Il étudia les écrans des senseurs. Peut-être était-ce tout simplement ça. Avec le blocage des moyens de communication traditionnels, comment annoncer autrement la découverte d'un répulseur ?

Un signal... Leurs ennemis avaient gardé secrète l'existence du répulseur de Selonia. Le signal était donc envoyé par des alliés soucieux de les prévenir qu'ils n'étaient pas les seuls à détenir une arme aussi puissante.

Un avertissement.

Il fallait enquêter, mais le moment était mal choisi. Ses vaisseaux venaient de prendre position autour de Centerpoint. Gaeriel Captison et ses hommes exploraient la station, privés de liaison avec les forces bakuriennes.

Il ne pouvait ni les abandonner ni quitter sa position autour de Centerpoint. Devait-il envoyer un groupe de reconnaissance sur Drall ? Non. Pas un *petit* groupe... Ayant aussi vu le signal, leurs ennemis allaient foncer vers la planète. Les forces de Bakura devaient être prêtes à se battre.

Ossilege sourit. En abordant Centerpoint, Lando Calrissian lui avait recommandé la plus grande prudence...

Une chose était sûre : l'amiral n'aimait pas la prudence.

Il se tourna vers l'enseigne qui attendait à ses côtés.

— Mes compliments au capitaine Semmac. Transmettez-lui l'ordre de se diriger vers Drall. L'*Intrus* enquêtera sur la décharge d'énergie... Le *Sentinelle* et le *Défenseur* resteront en orbite autour de Centerpoint. (Il leva les yeux vers la station qui scintillait derrière la baie vitrée.) Quelqu'un nous a envoyé une invitation. En bons visiteurs, nous devons l'accepter...

L'aile X et le *Lady Luck* avançaient dans le sas. Les boucliers activés, ils étaient prêts à se protéger mutuellement. Des précautions qui ne servaient pas à grand-chose contre une station de la taille d'une petite planète. Aucun des deux pilotes n'avait jugé bon de s'étendre sur le sujet.

L'aile X s'immobilisa quinze mètres au-dessus du sol, puis vira de bord pour couvrir le vaisseau de Lando. L'endroit était si grand et si sombre que les feux d'atterrissage du *Lady Luck* n'étaient pas assez puissants pour que Luke voie quelque chose. Les mâchoires du sas se refermèrent derrière eux.

Ils étaient pris au piège.

Sur les parois, des projecteurs s'allumèrent lentement pour ne pas les éblouir. Ils se trouvaient dans un demi-cylindre allongé dont la partie plate formait le quai. Le sol était couvert de débris : des vêtements, des morceaux de bagage, des containers de transport… et même un petit vaisseau au nez démonté, pillé de ses pièces détachables.

— On .irait que les gens étaient pressés de …tir, émit Lando.

— Oui, on dirait.

Luke fronça les sourcils. Des habitants pressés de quitter la station ? Pourquoi ?

Cela s'était-il passé une semaine plus tôt ou plusieurs siècles auparavant ?

— Ecoute, Lando… En toute logique, le vaisseau transportant des passagers devrait se poser le premier tandis que je resterais en couverture. Etant donné les circonstances, je préfère y aller d'abord. Si c'est un piège, ils me sauteront peut-être dessus et…

— Et quoi ?

— Je ne sais pas. N'atterris pas avant d'être certain que tout va bien.

— Dans ce cas, ma barbe .ouchera le sol avant que je met.. le pied par terre, grommela Lando.

Pas faux, pensa le Jedi.

— Je me pose.

Le chasseur manœuvra sans incident. Luke se préparait à ouvrir son cockpit quand D2 bipa furieusement.

— Quoi ? Ah oui !

Le droïd avait raison. Le sas n'avait pas été repressurisé...

C'était un vrai problème. Luke ne portait pas de combinaison et il n'était pas sûr d'en trouver à bord du *Lady Luck*. Mais pourquoi les aurait-on fait venir s'ils ne pouvaient pas quitter leurs vaisseaux ?

Il regarda autour de lui. Les débris étaient concentrés à l'intérieur d'un périmètre. Pourquoi les fuyards se seraient-ils donné cette peine au moment d'un départ précipité ?

Un éclair éclaira la voûte du sas. Quatre colonnes de lumière apparurent au centre du quai, s'écartèrent et glissèrent vers les coins de la salle. Ils disparurent... Puis le phénomène recommença.

Un signal aussi clair que l'ouverture du sas...

Posez-vous, posez-vous, posez-vous.

— Lando, dit Luke, pose-toi. Ils utilisent un système de pressurisation à champ de force. Je pense qu'ils refusent de l'activer avant que tu sois au sol.

Se servir d'un champ de force évitait de pressuriser en permanence le sas.

— Nous serons pris au piè.. à l'intérieur du champ, objecta Lando.

— Où est la différence ? Nous sommes déjà prisonniers du sas.

— Il y a une différence entre être enfermé dans une cage avec un Rancor et se retrouver dans sa gueule, dit Lando. Bon... D'accord, nous descendons.

94

Le *Lady Luck* se posa avec grâce à une dizaine de mètres de l'aile X.

L'air tremblota ; une brume bleutée se forma autour des vaisseaux. Un tunnel émettant la même lueur bleue se matérialisa entre le *Lady Luck* et une écoutille plus conventionnelle.

— Ils guident chacun de nos pas, souffla Luke.

S'adaptant au changement de pression, l'aile X vacilla sur ses amortisseurs. Les plus petits débris volèrent à l'intérieur de la bulle.

Le Jedi jeta un coup d'œil à ses jauges. L'air et la pression étaient corrects. Bien sûr, il était possible qu'un poison mortel flotte dans l'atmosphère. Mais si l'ennemi avait voulu les tuer, il en avait déjà eu l'occasion une bonne douzaine de fois.

Luke déverrouilla la verrière et l'ouvrit. Retirant son casque, il le rangea dans le cockpit. La gravité était faible… Normal, ils étaient très près de l'axe de rotation. Elle eût sûrement été plus élevée sur l'équateur de la sphère.

L'écoutille du *Lady Luck* s'ouvrit et la rampe se déploya. Lando, Kalenda et Gaeriel descendirent, suivis de Z-6PO, affolé comme d'habitude.

— Cet endroit me déplaît, annonça le droïd. Je suis sûr que nous courons un terrible danger.

— Si tu le dis, murmura Lando. Quel est le dernier endroit que tu as aimé ?

Z-6PO hésita.

— C'est une question intéressante, dit-il. Je ne m'en souviens pas. Il faut consulter mes archives.

— Fais-le plus tard, dit Luke. Nous avons besoin de toi.

— Certainement, maître Luke.

Gaeriel et Kalenda regardèrent autour d'elles. A leurs conduites respectives, il était facile de distinguer la diplomate de l'officier des renseignements.

Agenouillée afin d'examiner les débris, dans l'espoir de découvrir des indices, Kalenda attrapait au vol les morceaux de papier qui flottaient. S'assurant que 6PO était près d'elle, Gaeriel étudia le tunnel qui les mènerait jusqu'à leurs hôtes.

Une série de sifflements et de bips résonna au-dessus de Luke.

— Ne t'inquiète pas, D2. Je ne t'ai pas oublié.

En temps normal, le droïd ne pouvait être débarqué que par une grue… Mais le pilote de l'aile X était un Maître Jedi.

Luke se concentra et souleva doucement son fidèle compagnon.

— Soyez prudent, maître Luke, dit 6PO. Vous voir faire ces acrobaties me rend toujours nerveux.

Comme en écho, D2 laissa échapper un long gémissement.

— Du calme, vous deux. Je pourrais faire ça les pieds au mur. (D2 gémit de nouveau.) Je suis navré. Ce n'est pas gentil de se moquer…

Le droïd n'avait pas encore touché terre quand le sas s'ouvrit à l'extrémité du champ de force. Tout le monde se retourna.

Luke voulut saisir son sabrolaser, mais il se ravisa. Non. L'esprit humain qu'il avait contacté ne leur voulait aucun mal. Celui ou celle qui allait apparaître ne les avait pas convoqués pour se battre.

Après réflexion, Lando et Kalenda arrivèrent à la même conclusion et retirèrent leur main de leur arme.

L'écoutille s'ouvrit ; une femme avança. Elle était grande et mince et semblait nerveuse. Elle hésita un instant, puis haussa les épaules et se dirigea vers eux.

Luke l'observa. Son visage, étroit et pourtant joli, était encadré par de lourdes boucles brunes qui lui descendaient jusqu'aux épaules. Sa visible inquiétude se mua en surprise quand elle vit le droïd.

— Comment faites-vous ça ? demanda-t-elle. Et pourquoi ?

— Plaît-il ? dit Luke.

Il avait oublié que D2 était suspendu dans le vide. S'il avait relâché sa concentration, le droïd se serait écrasé sur le quai.

— C'est une longue histoire, dit Skywalker en faisant atterrir sa charge.

— J'imagine aisément, dit la jeune femme. Je suis Jenica Sonsen, OCO Centerpoint, Ad-Op.

Luke la regarda, ébahi.

— Pardon ?

— Navrée, l'habitude, soupira Sonsen. Officier Chef des Opérations de Centerpoint, Administration et Opérations. Bref, je suis le chef. Le CE de CP a déclaré une évac après l'incident majeur de la première surchauffe et le Sec Exec est parti avec toute la popciv. J'aurais aimé filer, mais j'étais en DO quand l'évac a été déclenchée et j'ai été forcée de rester derrière.

Luke allait lui demander de répéter. 6PO s'interposa :

— Je peux vous aider, maître Luke. Elle utilise des termes similaires au jargon bureaucratique de Coruscant. L'Officier Administratif Sonsen veut dire que le Chef Exécutif de Centerpoint a ordonné une évacuation complète de la station après le premier désastre. Le Secrétariat Exécutif a quitté les lieux avec la population civile... Elle aurait voulu partir avec les autres. Etant l'officier en Disponibilité Opérationnelle au moment où l'évacuation a été ordonnée, elle a été désignée pour rester à bord.

— Elle n'a pas mentionné de désastre, grogna Lando.

— Je vous demande pardon, capitaine Calrissian, se défendit 6PO. Elle a fait référence à un incident majeur. C'est un euphémisme bureaucratique classique.

— On se calme ! lança Sonsen. La boîte de conserve a raison, mais je vous rappelle que je suis là. Vous n'avez qu'à me demander.

— A condition que vous parliez le basic du commun des mortels, dit Lando.

Luke sourit. Son ami n'avait jamais aimé la langue de bois des bureaucrates. Sonsen lui jeta un regard furibard.

— Vous avez peut-être raison, admit-elle enfin. Avant tout, je dois savoir ce que vous faites là. Vos vaisseaux sont apparus de nulle part, comme les chasseurs...

— Etait-ce *vos* chasseurs ? demanda Kalenda. Quel gouvernement représentez-vous ?

— Les chasseurs sur lesquels vous tiriez ? Ce n'étaient pas des Fed-Doub.

— Des Fed-Doub ?

— Désolée. Ils n'appartenaient pas à la Fédération des Mondes Doubles.

Kalenda hocha la tête et se tourna vers Luke.

— La Fédération est le gouvernement élu de Talus et Tralus, expliqua-t-elle.

— Vous ne m'avez toujours pas dit qui vous étiez et ce que vous faites là, insista Sonsen.

— Pardonnez notre impolitesse, dit Gaeriel. Je suis Gaeriel Captison, ambassadrice plénipotentiaire de la planète Bakura. Voici le capitaine Lando Calrissian, le Maître Jedi Luke Skywalker et le lieutenant Belindi Kalenda, tous originaires de la planète Coruscant, et nous représentons la Nouvelle République et Bakura. Nous prenons possession de la Station Centerpoint au nom de la présidente Leia Organa.

— Bien, dit Sonsen. Il était temps. Venez, je vais vous apprendre tout ce que vous avez besoin de savoir.

Elle se dirigea vers le sas.

— Ce n'est pas l'accueil auquel nous nous attendions, dit Gaeriel.

— C'est souvent le cas quand Luke est dans les parages, l'informa Lando. Si elle veut vraiment nous donner les clés, je vous conseille de la suivre.

Sonsen attendait les quatre humains et les deux droïds de l'autre côté du sas.

— Bien, dit-elle. Nous commençons la visite ? (Sa voix était égale, comme si céder la station à des forces armées de passage était un exercice parfaitement naturel.) Je ne vous montrerai pas tout, bien sûr, à moins que vous ne vouliez mourir de vieillesse ici... Cependant, je peux vous expliquer les bases. C'est par là.

Elle leur désigna un ascenseur ; Luke entra. La cage était immense et les cloisons couvertes d'éraflures, comme si l'engin avait servi à transporter des charges importantes. Deux hublots s'ouvraient sur le fond et le plafond de la cabine, mais il n'y avait rien à voir, sinon l'obscurité.

— Un instant, dit Sonsen, pianotant sur un petit tableau de commande. Il faut traverser le sas. Il y a une différence de pression. Et... quelque chose est arrivé à l'atmosphère de l'endroit où nous nous rendons.

Ils entendirent une écoutille se fermer derrière eux. Après un sifflement d'air et un bruit de pompe qui s'amorce, une autre écoutille s'ouvrit, devant eux cette fois. Sonsen appuya sur un bouton ; la cabine se déplaça transversalement. Des phares s'allumèrent, éclairant le tunnel circulaire où ils avançaient.

Nous nous sommes fait avaler par une énorme créature et nous progressons dans son système digestif, pensa Luke.

— Nous commencerons par Hollowtown, dit Sonsen. C'est ce que tout le monde veut voir en premier.

— Hollowtown ? demanda Lando.

Sonsen hésita avant de lancer :

— Vous n'êtes pas très au courant, dirait-on.

— Les événements se précipitent, répondit Luke. Nous n'avons pas eu beaucoup de temps.

— C'est compréhensible. Bon, je vais résumer. Hollowtown est l'espace vide situé au centre de la station. C'est une sphère d'environ soixante kilomètres de diamètre… Vous vous êtes posés à une intersection entre le pôle Nord, le cylindre et la sphère centrale ; à présent, nous nous déplaçons parallèlement à l'axe de rotation, en direction de Hollowtown. Il va falloir traverser une vingtaine de kilomètres de ponts et de coques pour y arriver… (Devant leurs regards perplexes, elle ajouta :) Une « coque » est un pont dont le plafond culmine à plus de vingt mètres. En tout, il y a deux mille niveaux. Au moment où je parle, nous accélérons beaucoup plus que vous ne l'imaginez. Nous atteindrons notre destination dans moins de cinq minutes, pour continuer notre route vers des zones à la gravité supérieure. Plus nous nous éloignerons de l'axe, plus celle-ci sera forte.

— La rotation doit poser un grand nombre de problèmes, dit Kalenda. Pourquoi n'avez-vous pas adopté une gravité artificielle standard ?

— Nous y avons pensé. Bur Op Con — désolée : le *Bureau des Opérations de Construction* — a effectué une douzaine d'études pour déterminer s'il est possible d'immobiliser la station pour faire des travaux.

— Quels ont été les résultats ? demanda Luke.

— Intervention trop chère, trop compliquée…, trop d'inconnues. La structure de la station pourrait ne pas résister. C'est votre problème à présent. Vous n'avez qu'à le résoudre.

— Vous voulez quitter la station ? demanda Luke.

— Evidemment. J'en étais déjà à compter mes jours de service restant sur les doigts d'une main quand a eu lieu la première surchauffe. Vous connaissez la suite…

— Nous ne sommes pas très au courant. Vous vous souvenez ? lui rappela Lando.

— Attendez. Vous n'avez pas entendu parler des surchauffes ?

— Jamais, dit Luke. Nous venons à peine de traverser le champ d'interdiction.

— Vous avez traversé le champ d'interdiction ? répéta Sonsen avec un bref sifflet. Bravo. Celui qui le génère n'est sûrement pas ravi que vous ayez réussi…

— Stop ! dit Kalenda. C'est *vous* qui générez le champ d'interdiction.

— Hein ? De quoi parlez-vous ?

— Le champ d'interdiction a cette station pour centre. Comme le brouillage, par la même occasion…

— C'est vrai ? dit la jeune femme, abasourdie.

— Vous l'ignoriez, fit Lando.

Ce n'était pas une question.

— Absolument ! On dirait que je ne suis pas très au courant non plus.

Luke se sentait de plus en plus étonné. Comment ceux qui commandaient la station pouvaient-ils ne pas savoir qu'elle générait le champ ?

Et de quelles surchauffes parlait Sonsen ?

Les choses n'étaient pas aussi simples qu'ils l'imaginaient...

— Nous devons avoir une conversation, dit-il.

L'ascenseur glissait vers Hollowtown.

CHAPITRE VI

À L'INTÉRIEUR

— Sur Centerpoint, la chose essentielle à comprendre, c'est que personne ne comprend rien, expliqua Sonsen. Nous vivons là, c'est tout. Le *pourquoi* de l'existence de la station nous dépasse. En revanche, nous pensions savoir ce qu'elle faisait... Jusqu'à ce que les terroristes nous montrent quelques trucs.

— Quels terroristes ? demanda Lando.

— J'aimerais beaucoup pouvoir vous répondre... Hélas, personne n'a revendiqué les attentats. Même anonymement. Nos suspects, les TraTaLibbers, les DoubleMondistes et les autres ont nié toute participation. D'ailleurs, s'ils avaient eu une telle puissance, ils auraient pris le contrôle de la station... (Elle hésita.) Centerpoint est coupée de tout depuis le brouillage. Les enquêteurs ont peut-être réglé l'affaire ; je n'ai aucun moyen de le savoir...

Luke en doutait. Il pensait savoir de quoi parlait Sonsen et il avait l'intuition que les terroristes n'avaient rien à voir dans tout ça.

— Parlez-nous des attentats.

— Vous constatez les dégâts par vous-mêmes, expliqua la jeune femme. Hollowtown produisait assez de nourriture pour toute la station. Il y avait des parcs, de belles maisons, des lacs et des cascades. Un endroit charmant. Puis quelqu'un a commencé à jouer avec le Brilleur...

— Le Brilleur est une sorte de soleil artificiel ? demanda Luke.

— C'est ça, lui confirma Sonsen. Quelqu'un l'a rendu complètement fou.

— Qui contrôle le Brilleur ? demanda Lando.

— Personne, bien entendu ! s'exclama Sonsen, l'air abasourdi comme si Lando avait demandé où se trouvait le bouton « marche-arrêt » commandant la rotation de la galaxie. Il est là, c'est tout. Comme la station.

— Le Brilleur est *là*..., répéta Lando. Personne ne sait comment il fonctionne ? Comment il produit de la lumière ?

— Il y a des théories sur le sujet. La plus populaire affirme que le Brilleur tire son énergie du flux gravifique qui circule entre Talus et Tralus. Personne n'est allé vérifier...

— Vous ne savez pas comment fonctionne la machine qui vous permet de vivre ? demanda Gaeriel.

— Non, répondit Sonsen. Savez-vous comment marchent les moteurs hyperluminiques qui vous ont amené ici ?

Luke sourit. Jenica Sonsen tapait dans le mille. Aucun être intelligent ne comprenait toute la technologie qu'il utilisait... Les habitants de Centerpoint étaient plus conscients du problème que d'autres...

Imitant Sonsen, ils approchèrent des hublots de l'ascenseur. Un point lumineux brillait à l'extrémité du tunnel.

— Nous arrivons à Hollowpoint. Regardez... vous apercevez le Brilleur. Il est redevenu normal. Au moins pour le moment...

L'ascenseur sortit du tunnel. Avec un mouvement qui leur souleva le cœur, il tomba en chute libre. Personne ne fit trop attention au changement de direction.

Ils étaient trop occupés à regarder Hollowtown...

Ou ce qui en restait.

Le Brilleur était un point éclatant suspendu dans le ciel, au centre de la sphère. On aurait cru un soleil miniature, chaud, brillant et réconfortant.

Hélas, il n'y avait rien de réconfortant dans les paysages qu'il éclairait.

Hollowtown avait été carbonisée.

Des nuages de cendres volaient un peu partout, soulevés par des courants d'air venus d'on ne sait où. Luke aperçut les restes squelettiques de bâtiments brûlés. Là où autrefois s'étendaient des plantations ne subsistaient plus que des souches calcinées. Un lac s'était asséché. Les carcasses des bateaux de plaisance gisaient sur le fond comme des jouets qu'un enfant aurait oubliés dans sa baignoire.

C'était un endroit terrible... un lieu de cauchemar. Et qui avait été si beau...

— En temps normal, j'aurais arrêté l'ascenseur et je vous aurais fait faire un petit tour, mais il n'y a plus d'oxygène, dit Sonsen. Je ne sais pas si nous aurons de nouveau de l'air respirable. Cet ascenseur aussi pose un problème. Il était équipé d'une pompe qui aspirait l'air extérieur... Après la première surchauffe, les techniciens ont bricolé un système de recyclage d'atmosphère pour que je puisse continuer à l'utiliser. C'est le moyen de transport le plus rapide...

— Que s'est-il passé exactement ?

— La première surchauffe remonte à trente ou quarante jours.

— C'était avant le brouillage, dit Kalenda. Je n'en ai pas entendu parler. Ça aurait dû faire les gros titres...

— Nous avons essayé de garder le secret, dit Sonsen. Le gouvernement Fed-Doub était déjà affaibli, et ce que veulent les terroristes, c'est de la publicité. Le gouvernement a craint de provoquer une panique ou de favoriser une insurrection. La suite a prouvé qu'il avait raison : le secret a été gardé, mais les réfugiés ont été transférés sur leurs planètes d'origine... Et nous avons eu nos rébellions. Une sur Talus, deux sur Tralus. Un des groupes, j'ignore lequel, a envoyé des chasseurs et déclaré que la station lui appartenait. Que pouvais-je faire ? Les combattre seule ? Ils m'ont laissée tranquille. Puis vous les avez chassés.

— Que voulez-vous dire, « seule » ? demanda Gaeriel. Vous êtes l'unique personne présente sur la station ?

— J'en doute, répondit Sonsen. C'est un endroit gigantesque. Nous avons tenté d'évacuer tout le monde. Pourtant, ce n'est pas parce que je n'ai vu personne que tous sont partis...

— Vous avez dit : « la première surchauffe », interrompit Lando. Combien y en a-t-il eu d'autres ?

— Une seule. Deux en tout. La seconde a eu lieu un jour avant que le champ d'interdiction et le brouillage s'activent. Et ne me demandez pas quel était le but des terroristes : il n'y avait plus personne à terroriser et plus rien à brûler.

— Je vois, dit Lando. (Il fronça les sourcils.) Cette station est bien au barycentre de Talus et Tralus ?

— Oui, dit Sonsen. Ça aussi, vous l'ignoriez ?

— Je voulais juste une confirmation. Le Brilleur est au centre exact de Hollowtown, qui est au centre exact de la station. Correct ?

— Il y a peut-être un ou deux centimètres de décalage. Vous n'avez qu'à prendre une règle et aller vérifier...

Ignorant le sarcasme, Lando étudia les deux bouts de l'axe de rotation.

— Ces structures coniques qui émergent du sol... Que pouvez-vous me dire sur elles ?

Luke regarda par les hublots et plissa les yeux. L'ascenseur continuait son chemin. Oui... les cônes étaient bien là. Lando devait les avoir repérés au moment où ils étaient devenus visibles... comme s'il s'attendait à leur présence.

Les deux configurations étaient identiques : un gros cône central entouré de six « collègues » plus petits.

— Les Montagnes Coniques du Sud et les Montagnes Coniques du Nord, dit Sonsen en haussant les épaules. Vous n'avez qu'à deviner ce que c'est. Les gens essaient de les escalader, mais ce n'est pas facile. Que voulez-vous savoir d'autre ? Les noms des bateaux qui gisent au fond du lac ?

— Non, répondit Lando, l'esprit ailleurs. C'est tout ce que j'ai besoin de connaître...

— Super ! railla Sonsen. Un jour je prendrai cinq minutes pour étudier tout ce qu'il y a d'important sur votre planète...

— Hum. Quoi ? Non, non. Je suis navré. Je ne voulais pas vous vexer... Je crois que j'en sais assez pour comprendre ce qui se passe.

— Après cinq minutes ? N'y voyez aucune offense, mais les gens des RenTé ont réfléchi un peu plus longtemps que vous sans rien trouver.

— RenTé ? demanda Luke.

— Dans le contexte, je pense qu'il s'agit des Renseignements Techniques, expliqua 6PO.

— Je suis sûr que vos agents sont compétents, reprit Lando. C'est seulement une question de point de vue. Toute votre vie, vous avez observé Hollowtown de l'intérieur. Avec du recul...

D2 laissa échapper un sifflement inquiétant. Déployant son téléobjectif, il regarda en l'air, se tourna vers 6PO et lança une série de bips saccadés trop rapides pour que Luke comprenne.

— Très bien, D2, dit 6PO. Je vais me renseigner... Sache qu'il est très impoli d'interrompre les gens. Administratrice Sonsen, mon ami voudrait savoir si les deux « surchauffes » ont commencé de manière soudaine, ou s'il y a eu une augmentation constante de l'intensité de la source lumineuse.

Sonsen fronça les sourcils. Au fil des minutes, elle trouvait ses visiteurs de plus en plus bizarres.

— Vos droïds sont... intéressants, dit-elle. En effet... nous pensons que l'intensité a augmenté pendant près d'une demi-heure. Si nous n'en sommes pas sûrs, c'est que personne n'a survécu. Les appareils de mesure ont été détruits.

D2 se balança d'avant en arrière et bipa en tournant la tête.

— Mon Dieu, dit 6PO, je suis d'accord. Nous devons nous en aller au plus vite...

— Hein ? demanda Lando. Pourquoi ? Que se passe-t-il ?

Le droïd doré se tourna vers Luke et le regarda sans cacher sa surprise.

— Vous n'avez rien remarqué ? Bien sûr. Je suis désolé. Vos yeux compensent automatiquement les changements... C'est une illustration intéressante de la différence qui existe entre les perceptions humaines et...

— 6PO, dit Lando, fixant le droïd, si tu ne t'expliques pas, je désactive définitivement ton système vocal. Où est le problème ?

— Il est simple comme bonjour, capitaine Calrissian. La luminosité du Brilleur a augmenté de six pour cent durant les cinq dernières minutes.

— Anakin !

Jacen sentait la proximité de son petit frère, et il savait que celui-ci était conscient de sa présence. Mais ça ne l'aidait pas. Anakin avait peur, il se sentait coupable et il ne voulait pas se montrer.

C'était un paradoxe incroyable. S'il y avait un enfant, dans l'histoire de la galaxie, qui méritait d'avoir des problèmes, c'était bien Anakin. Leur but était de cacher l'existence de la salle, et il n'aurait pas pu la rendre plus visible s'il avait essayé...

L'énormité de son acte interdisait qu'on lui en veuille. Il n'avait pas compris ce qu'il faisait. Sinon, il se serait abstenu. C'était juste un petit garçon qui aimait jouer avec les machines...

— Anakin ! Tout va bien ! Personne n'est furieux !

A vrai dire, Chewbacca n'était pas tout à fait ravi, Tante Marcha n'avait pas apprécié de se faire ouvrir le crâne et de voir son glisseur vaporisé, et quand ils remettraient Q9-X2 en marche, le droïd n'irait pas jusqu'à féliciter le dernier-né des Solo.

Mais ils n'étaient pas « furieux ».

Pas exactement.

— Allez, sois sympa... Viens...

Il ne servait à rien de poursuivre Anakin, car il irait se cacher plus loin. Jacen devait réussir à le faire sortir de son plein gré.

— Je veux rester là, dit une petite voix.

C'était un premier pas. Jacen connaissait assez son

frère pour savoir qu'il ne demandait qu'à être convaincu.

— Viens, Anakin. Tu ne peux pas rester là pour toujours.

— Si !

— Il commence à faire noir. (Pour une raison inconnue, l'éclairage avait disparu maintenant que la salle était à l'air libre. De plus, la nuit tombait.) Et la nourriture ? Tu n'as pas faim ?

— Un peu.

— Un peu *beaucoup*, j'imagine. Ecoute… Pourquoi ne viens-tu pas chercher quelque chose à manger ? Et si tu veux retourner te cacher après, tu pourras…

C'était une proposition idiote, bien sûr, mais ça permettrait à Anakin de sauver la face.

Un long silence. C'était bon signe. Anakin réfléchissait. Jacen attendit une minute et essaya à nouveau :

— Anakin ? Reviens au cam… au vaisseau et viens manger.

Impossible de lui dire de revenir au campement, car il n'y en avait plus. Tout ce qui se trouvait à l'extérieur du *Faucon Millenium* avait été carbonisé.

— Je peux venir et retourner me cacher ? demanda Anakin.

— Tout ce que tu veux, promit Jacen.

Après tout, Anakin n'avait pas demandé la permission de s'enfuir, la première fois. Il ne la demanderait pas dès la prochaine occasion, à moins qu'ils ne le mettent aux fers. Même ainsi, Jacen se demandait s'il n'arriverait pas à leur fausser compagnie.

— D'accord. Attends une seconde.

Anakin apparut devant l'entrée du couloir. Il s'arrêta et regarda son aîné.

— Ça va, Anakin. Vraiment.

En fait, ça n'allait pas, pourtant Anakin comprenait ce que Jacen voulait dire. Il avança à petits pas... puis courut se jeter dans les bras de son frère.

— Je suis désolé, Jacen. Je ne voulais pas faire de mal.

— Je sais, je sais. Ce que tu *voulais* faire ne compte pas. L'important, c'est ce qui arrive...

Jacen crut entendre la voix de son père prononcer ces mêmes paroles. Il ne pensait pas à ce que ses parents auraient fait à sa place — simplement *à eux*. Ils avaient sûrement des ennuis. La dernière fois qu'ils les avaient vus, ils étaient coincés dans la Maison Corona. Etaient-ils encore là-bas ? Le cousin de son père les avait-il enfermés autre part ? S'étaient-ils enfuis ?

Jacen sentit la culpabilité l'envahir.

Pourquoi ne s'était-il pas plus fait de souci pour eux ?

— Papa et maman me manquent, gémit Anakin, le visage contre l'épaule de son frère.

Jacen fut surpris d'entendre son cadet dire ça à ce moment précis. Le cerveau d'Anakin fonctionnait comme le sien...

— Moi aussi, répondit-il. Moi aussi. Viens, allons rejoindre les autres.

Se tenant par la main, les deux enfants se dirigèrent vers le centre de la salle. Anakin regarda le plafond où on voyait maintenant le ciel.

— Eh bien, dit-il. Les choses ont changé.

— Ouais, acquiesça Jacen. Tu peux dire ça.

Il leva les yeux et ne put s'empêcher de s'émerveiller. Le ciel s'assombrissait et la surface intérieure du cône réfléchissait la lumière des étoiles. Le crépuscule tombait, pourtant il n'y avait aucun moyen de voir le soleil se coucher. Ils n'apercevaient qu'une tache sombre semée de quelques étoiles.

A l'extérieur du *Faucon*, tout avait été réduit en cendres. Jacen et Anakin s'immobilisèrent.

— Le vaisseau est encore cassé ! protesta Anakin.

— Les systèmes de propulsion ont explosé avant que Chewbacca n'active les boucliers.

— Ça n'est pas bon, acquiesça Anakin.

Jacen regarda en l'air, au-delà du sommet du cône, un kilomètre ou deux au-dessus de leur tête. A moins que Chewbacca ne répare le vaisseau, ou qu'ils ne découvrent un moyen d'escalader les parois, ils étaient coincés.

— Comme tu dis. Viens. (Il faillit révéler à Anakin qu'il était attendu, mais cela ne l'aurait pas encouragé à continuer son chemin.) Entrons.

Assise dans le salon du *Faucon Millenium*, la duchesse Marcha de Mastigophorous se morfondait. La compagnie n'était pas très gaie. Ebrihim disputait une partie de sabacc avec Jaina. Que la petite fille ait perdu plusieurs donnes indiquait dans quel état elle se trouvait. Q9, ou plutôt ce qui restait de lui gisait au fond du compartiment. On aurait dit un corps momifié que personne n'avait pris la peine d'enterrer.

Marcha avait mal au crâne, et pourtant elle avait eu une sacrée chance. N'avoir aucun tué était un miracle. A moins que Q9 ne soit mort... Chewbacca n'avait pas encore été capable de le ranimer.

Ils étaient prisonniers. La majorité de leurs rations avait été détruite, car elles se trouvaient à l'extérieur du *Faucon*, dans le glisseur, ou dans des conteneurs. Les réserves ne dureraient pas éternellement. Ils devaient avoir de l'eau pour six jours et de la nourriture pour dix.

Et s'ils vivaient assez pour avoir faim, ils auraient de la chance. L'activation du répulseur avait éliminé les Drallistes... mais quelqu'un, quelque part, avait dû survivre et remarquer le phénomène.

Il y avait deux possibilités. Primo, des scientifiques dralls viendraient enquêter sur les secousses sismiques ou l'orage électromagnétique. Cela semblait hélas peu probable. Il y avait une guerre et les services publics étaient fermés. Secundo, un groupe armé équipé de matériel de détection aurait capté la décharge et allait débarquer pour enquêter.

Le traitement que des militaires leur réserveraient était déjà un problème. Il y avait aussi la question du répulseur... Marcha doutait que les intentions des insurgés de tout poil puissent être humanitaires.

En offrant cette technologie à l'ennemi, Anakin avait peut-être perdu la guerre à lui tout seul.

Ses opinions, la duchesse les gardait pour elle. La situation n'était déjà pas brillante... elle s'aggraverait bien assez sans ses tristes prédictions.

Leur seul espoir était que Chewbacca répare les moteurs du *Faucon*. A genoux parmi les câblages, le Wookie y travaillait, vérifiant un par un les circuits. Il faisait de son mieux. Néanmoins Marcha ne pensait pas qu'il réussirait.

Non, l'avenir n'était pas rose.

Jacen et Anakin pénétrèrent dans le salon ; Ebrihim et Jaina se tournèrent vers eux. Chewbacca, qui les avait entendus, apparut dans l'encadrement de la porte.

— Salut, dit Anakin. Je suis revenu. Je... je suis désolé. Je voulais faire de mal à personne, mais j'en ai fait. Désolé.

Un miracle d'euphémisme. L'enfant avait condamné des millions d'individus à courber l'échine sous la tyrannie. Au pire, on pouvait imaginer que le prestige de la Nouvelle République souffrirait de la défaite, et qu'elle imploserait tôt ou tard.

Un sacré poids à faire porter à un gamin.

— Ça ira bien, Anakin, dit Jaina. On trouvera le moyen de tout arranger. Ne t'inquiète pas.

Marcha échangea un regard avec son neveu, puis avec le Wookie. Ils avaient aussi peu envie qu'elle de débiter des platitudes. Il y avait pourtant des situations où l'optimisme se révélait nécessaire.

— Bien sûr, tout ira à merveille, s'entendit-elle dire avant de se lever. Viens là, Anakin.

Le gamin fondit en larmes et se jeta dans ses bras.

— Là, là, dit-elle en l'enlaçant. Là, là...

Eût-elle connu le sens de son étrange litanie qu'elle se serait peut-être réconfortée dans la foulée...

CHAPITRE VII

QUE LA LUMIÈRE SOIT

— Dites-le. Dites que ce « machin » ne peut pas accélérer ! soupira Lando.

L'ascenseur continuait sa descente sur l'équateur de Hollowtown, avançant sans se presser vers la sortie la plus proche. A mi-descente, le Brilleur avait commencé à étinceler.

Jenica Sonsen secoua la tête.

— Ce machin ne peut pas accélérer, concéda-t-elle.

— Je le savais !

Le Brilleur devenait aveuglant. A quelle vitesse sa luminosité augmentait-elle ? Difficile à dire. Pour une fois, 6PO avait raison. L'œil humain s'adaptait automatiquement aux changements d'intensité lumineuse. Il n'y avait aucun moyen d'estimer la progression de la « surchauffe » en cours... Lando aurait pu le demander au droïd, bien sûr, mais même en temps de crise, il n'avait pas envie de lui faire plaisir.

En plus, un rapport circonstancié de 6PO les aurait rendus fous.

— Nous en sommes à plus vingt pour cent, annonça Luke.

Bien sûr. Avec ses pouvoirs de Jedi, il lui était possible de faire ce genre d'estimations...

— Mais la luminosité n'est pas tout. La température augmente. A combien de degrés l'ascenseur peut-il résister ?

— Je n'en sais rien, avoua Sonsen. Personne ne s'est posé la question. C'est un ascenseur, pas un vaisseau spatial. Une chose est sûre. Il fait plus chaud...

— Si vous le désirez, je peux vous faire un rapport détaillé...

— 6PO, tais-toi ! hurla Lando. Inutile que tu nous casses les oreilles ! (Il toucha du bout d'un doigt la paroi de la cabine.) Aussi chaud qu'un percolateur. Ça promet.

— Dans combien de temps arrivons-nous ? demanda Kalenda.

— Dans cinq minutes, répondit Sonsen. Hélas, il y a un problème.

— Lequel ? s'enquit Lando.

— La différence de pression entre les régions équatoriales de Hollowtown et la Coque Un, de l'autre côté du sas. C'est rien du tout, à peine huit pour cent —, mais c'est suffisant pour nécessiter une écoutille. J'ai réussi à la faire fonctionner après la première surchauffe et je ne suis pas certaine que mes réparations aient tenu...

— Nous sommes coincés ! dit sobrement Lando.

— Mon Dieu ! hurla 6PO. Nous allons rôtir !

— Toi, tu parles quand on t'adresse la parole, ordonna Sonsen au droïd. Nous ne sommes pas coincés. Il y a un sas destiné au personnel, plus petit et

116

plus simple, à côté de l'ascenseur. Il fonctionne encore. Si nous ne réussissons pas à ouvrir le premier, nous emprunterons celui-là...

— Il n'y a plus d'oxygène, objecta Luke.

— Et même s'il y en avait encore, respirer nous tuerait, renchérit Lando. Les niveaux de CO_2 sont très élevés et il y a toutes sortes de toxines dans l'atmosphère.

— Et comment passerons-nous par le sas auxiliaire ? demanda le Jedi.

— Il est assez grand, mais il ne serait pas avisé d'essayer tous en même temps. Un tableau de commande se trouve de notre côté ; il doit être manœuvré à la main. Il faudra que j'ouvre la porte de l'ascenseur, que je coure au sas et que je le déverrouille. Inutile que tout le monde reste planté derrière moi à attendre... Il faudra former deux groupes.

— Ça devient intéressant, dit Lando.

— N'est-ce pas ? Espérons que nous aurons de la chance. Le sas de l'ascenseur fonctionnera peut-être.

— Peut-être. S'il est bloqué, je vous accompagnerai jusqu'au sas de secours. Depuis la Cité des Nuages, j'ai l'habitude des atmosphères toxiques.

— Lando, dit Luke, si quelqu'un doit aller avec elle, c'est moi.

— Non. Tu es le plus résistant ; nous avons tous besoin de toi. Tu nous protégeras... Moi, je ne m'occuperai que de Sonsen et du sas.

— Tu as peut-être raison, admit Luke à regret. L'air ne posera pas de problèmes aux droïds. C'est déjà ça.

— Kalenda et moi ne sommes pas si fragiles, protesta Gaeriel.

— Non, madame, et je ne voulais pas insinuer que vous l'étiez, dit Lando. Sonsen doit y aller parce qu'elle sait manœuvrer la porte, et il faut quelqu'un pour l'accompagner. Je ne suis pas un héros, mais ma tolérance aux produits toxiques me désigne d'office. J'ajouterai que le lieutenant Kalenda ne proteste pas...

Gaeriel Captison jeta un coup d'œil au visage inexpressif de l'espionne.

— D'accord, dit-elle. Je fais de la politique depuis assez longtemps pour savoir quand reculer.

Il y eut un long silence.

— Nous ralentissons, annonça Luke. Et la chaleur est en train de brasser l'air.

Lando regarda par le hublot. Luke avait raison. Les courants chauds et froids, à des pressions différentes, étaient un mélange idéal pour générer des turbulences, en particulier dans une enceinte confinée et en rotation.

Des tornades miniatures projetaient poussière et débris à travers les airs.

L'ascenseur ralentit et vibra sous l'attaque des vents tourbillonnants. Un nuage de poussière opaque enveloppa la cabine ; des milliers d'impacts résonnèrent contre les parois.

Alors le monde extérieur réapparut aussi vite qu'il avait disparu.

L'ascenseur approchait des régions équatoriales et la surcharge se faisait plus gênante à mesure que l'angle de descente se réduisait. Un mécanisme de balancier permettait à la cabine de conserver sa stabilité.

— Nous devrions commencer à décélérer, dit Sonsen.

Lando voulut s'appuyer à la paroi pour garder l'équilibre. Coup de chance, il se retint à temps. A quelques centimètres, il sentait déjà la chaleur du métal.

118

La cabine se déplaçait à quelque vingt-cinq centimètres seconde. Les nuages se dissipèrent, révélant un bâtiment de deux étages sur la façade duquel s'ouvrait une double porte.

— C'est l'entrée principale, dit Sonsen. Je vais essayer en automatique.

La cabine avança d'un mètre ; rien ne se passa.

— C'est en panne ? demanda Gaeriel.

— Il faut du temps pour pomper l'air. Nous y voilà.

Les portes commencèrent à s'ouvrir lentement... puis se bloquèrent.

— Enfer ! cria Sonsen. Comme la dernière fois. Je vais passer en manuel. Avec un peu de chance...

Tournant le commutateur « auto-manuel », elle pressa le bouton « Ouverture des portes du sas Hollowtown ». Les portes grincèrent un peu, mais ne s'écartèrent pas.

Elle écrasa le bouton « Fermeture des portes » et les battants se rapprochèrent de trois centimètres avant de se bloquer.

Sonsen recommença la procédure ; cette fois, le mécanisme refusa obstinément de réagir.

— Nous sommes mal partis, souffla-t-elle. Les portes ne s'ouvriront pas assez pour laisser passer la cabine, et elles refusent de se fermer. Or le sas ne peut pas fonctionner si elles ne sont pas closes.

— Il n'y a pas de sécurité manuelle ? demanda Lando. Pas de moyen de forcer l'ouverture ?

— Non, aucun. Pourquoi faire, quand il y a de l'air respirable des deux côtés et un autre sas à dix mètres de là ? Je vous le répète, c'est un ascenseur, pas un vaisseau spatial...

— D'accord, on sort, dit Lando. Pas de temps à perdre, on se prépare...

Il retira sa tunique, la déchira, en gardant un grand

morceau qu'il fourra dans sa poche avec son couteau.

— Protégez-vous la bouche et le nez, dit-il. Si vous vous évanouissez ou si vos réflexes vous forcent à respirer au mauvais moment, un petit morceau de tissu suffira à bloquer le plus gros des toxines. Et si vous êtes forcée d'inhaler de l'air, faites-le par le nez. C'est un meïlleur filtre que la bouche.

— Espérons que le sas de secours s'ouvre si vite que vous aurez immolé votre chemise pour rien, dit Sonsen.

— Déchirer ma garde-robe me brise le cœur, mais tant pis. Il y a des sacrifices indispensables. Où est le deuxième sas ?

— Le hublot est trop petit ; on ne peut pas le voir d'ici. C'est de ce côté, à une dizaine de mètres du sas principal. La pression... (Sonsen s'interrompit et regarda le plafond, où étaient suspendus les réservoirs d'air.) ... ne mettra pas longtemps à s'équilibrer. Attendez une seconde... J'ai une idée. Nous avons des bouteilles d'air. Si nous les vidions à l'intérieur de la cabine, nous obtiendrions une pression supérieure à celle de l'extérieur. Et en ouvrant la porte, notre air jaillirait en force, chassant la pollution...

— Ce qui créerait une barrière atmosphérique, jubila Lando. Bonne idée ! En fermant les portes assez vite après notre départ, le deuxième groupe aurait peut-être encore assez d'air pour respirer.

— Aidez-moi à grimper là-haut, dit Sonsen.

Luke s'agenouilla et lui fit la courte échelle. La jeune femme s'accrocha à ses épaules pour grimper, puis elle posa son pied sur ses mains.

— D'accord, dit-elle. On monte !

Luke se releva aussi facilement que s'il avait été seul.

— Capitaine Calrissian, votre ami est fort. Doucement, maintenant. Un peu à droite... non, l'autre
droite — *ma* droite, votre gauche. Reculez un peu.
Bien. (Jenica Sonsen testa du bout d'un doigt le
régulateur atmosphérique.) C'est chaud, mais pas
assez pour brûler. Pas encore.

— Je suggère que vous vous dépêchiez, dit 6PO.
Le Brilleur vient de passer la barre des trente-cinq
pour cent.

— Et si nous laissions le droïd derrière nous ?
demanda Jenica en réglant le régulateur aussi haut
que possible.

Lando tendit l'oreille.

— Vous avez mon soutien, dit-il. Ça fait des années que j'essaie de m'en débarrasser...

— Oubliez ça, vous deux, dit Luke. J'ai partagé
trop d'aventures avec 6PO.

— Tant pis, dit Sonsen. Ça devrait aller. Faites-
moi redescendre.

— Bon, dit Lando. Alors, administratrice Sonsen,
quel est le plan ?

— Je vais ouvrir la porte. Une bourrasque miniature sortira de la cabine. Ça devrait ralentir l'entrée
de l'air contaminé. Lando et moi foncerons aussi
vite que possible jusqu'au second sas. Gaeriel, dès
que nous serons sortis, fermez la porte en appuyant
sur ce bouton. D'accord ?

— D'accord.

— La porte refermée, le régulateur se remettra en
marche et il pompera de l'air pur. Il y aura de l'air
vicié à l'intérieur, mais toujours moins que dehors.
Alors, respirez autant que vous pouvez. Donnez-
nous trois minutes, pas plus, pas moins, puis sortez
en courant et venez nous rejoindre... Ça nous aura
laissé le temps de passer le sas et d'ouvrir la porte
extérieure. Entrez vite. Si les droïds peuvent vous

121

suivre, tant mieux. Sinon, laissez-les de ce côté ; nous les ferons passer au cycle suivant. Ils n'ont pas à respirer, eux. Compris ?

— Compris, répondit Luke.

— Nous allons être abandonnés ! gémit 6PO.

D2 laissa échapper un bip sinistre.

Lando ne leur prêta aucune attention. Pas alors que Hollowtown était prête à se faire carboniser une seconde fois, et eux avec. Et ce n'était pas le pire. S'il avait raison, leur mort serait anecdotique par rapport à ce qui arriverait plus tard…

— Parfait, dit-il. Attachez votre foulard. Il faut avoir autant d'oxygène que possible dans le sang et dans les poumons avant de sortir. Que tout le monde respire rapidement. Vous retiendrez plus facilement votre souffle. (Regardant par le hublot, il désigna les nuages de poussière et de cendres.) Ne respirez ça sous aucun prétexte ; ça vous trouerait les poumons. Bien. D2, tu chronomètres. Suivez-nous dans trois minutes. C'est parti !

Jenica se noua un foulard autour du bas du visage, vérifia que tout le monde l'avait imité et appuya sur le bouton.

L'air s'échappa de la cabine avec un rugissement et un mur de chaleur suffocant le remplaça, accompagné par des fumerolles toxiques. Jenica fonça droit devant elle, suivie de Lando, aveuglé par la fumée. Ils n'avaient rien prévu pour les yeux. Où était-elle ? L'avait-il déjà perdue ?

Les nuages se dissipèrent un instant et il vit la jeune femme se diriger vers le bâtiment.

La chaleur était presque pire que l'air empoisonné et la poussière. La sueur coulait le long de son corps, trempait ses tempes, pénétrait dans ses yeux. Il résista à l'envie de s'essuyer le front et de respirer.

Jenica Sonsen était déjà arrivée au sas ; elle tentait de manipuler les commandes, mais les boutons étaient trop chauds. Lando sortit son morceau de chemise de sa poche et le lui tendit.

Avec un signe de tête, elle enveloppa sa main de tissu, appuya sur le bouton de pressurisation du sas, puis abaissa un gros levier. La porte s'ouvrit brutalement.

La jeune femme agita le bras pour faire signe à Lando d'entrer...

Ce dernier n'avait nul besoin d'invitation.

Il regarda autour de lui. Mauvais... Une vingtaine de personnes auraient pu y tenir à l'aise. Et plus l'endroit était grand, plus la masse d'air à pomper était importante.

Ce fut alors qu'il réalisa qu'il était seul ; Sonsen avait disparu. Se retournant, il la découvrit allongée sur le sol, toussant à s'étouffer.

Ses poumons étaient prêts à éclater, pourtant il s'obligea à retourner la chercher. Saisissant la jeune femme par les bras, il la tira à l'intérieur en pestant contre la gravité équatoriale de la station.

A moitié aveuglé par les fumées toxiques qui lui brûlaient les yeux, Lando aida Jenica à se relever et chercha désespérément les commandes de fermeture. La jeune femme réussit à se remettre debout. Toussant à fendre l'âme, elle désigna un coin du sas.

Lando fonça vers le levier et l'abaissa, non sans se brûler la main. La porte mit une éternité à se refermer.

Il écrasa le bouton du système de pompage à la seconde où la porte claquait. Hélas, les dispositifs automatiques l'avaient devancé — non en pompant le bon air, mais en évacuant le vicié.

Les poumons de Lando exigeaient qu'il respire. Il était prêt à s'évanouir, pourtant il n'en avait pas le droit. S'il perdait connaissance, il inspirerait par réflexe et ça le tuerait.

La pression s'équilibra et la porte intérieure s'ouvrit. L'air était plus frais et la différence de température était suffisante pour générer un courant d'air.

Lando lâcha Jenica et tomba à genoux, remarquant à peine la chaleur du sol tant il était concentré sur ses poumons. Il toussa, haleta, retira le tissu de son visage, toussa de plus belle puis cracha une immonde gelée qui était entrée dans sa bouche il ne savait comment.

— Sortir, dit-il d'une voix qui n'était rien de plus qu'un croassement. Nous devons sortir. Préparer le sas pour les autres.

A côté de lui, Jenica acquiesça d'un grognement, car elle était incapable de s'exprimer plus clairement. Ils s'aidèrent à se relever et titubèrent hors du sas.

Des nuages de fumée toxique flottaient dans l'atmosphère, mais il y avait aussi de l'air, propre à défaut d'être pur. Ils pouvaient respirer.

Jenica abaissa le levier qui commandait la fermeture de la porte intérieure du sas.

— Attendez ! hurla Lando.

Il venait de remarquer près de la porte une étagère pleine de matériel de secours — dont deux bouteilles d'air et des masques. Il en attrapa une, l'ouvrit à fond et la jeta dans le sas. Presque tout l'oxygène serait perdu, mais ça n'avait pas d'importance. A plein débit, la bouteille se viderait en dix ou quinze minutes. Cela permettrait aux autres de tenir quelques secondes de plus à l'intérieur du sas. Même aveuglés par les fumées, ils entendraient le sifflement de la bouteille ; alors, quelqu'un trouverait le masque et l'enfilerait.

Jenica abaissa le levier d'ouverture de la porte

extérieure du sas, puis se retourna et se laissa aller contre le mur. Prenant la deuxième bouteille, Lando s'assit sur le sol, en face d'elle, ouvrit le robinet et lui posa le masque sur le visage.

Jenica respira avec peine et fut prise d'une nouvelle quinte de toux. Elle essaya encore une fois, avec un meilleur résultat.

— Beurk, dit-elle, faisant une grimace. Dire que j'avais tout essayé pour ne pas respirer cette saloperie...

Elle tendit le masque à Lando, qui le posa sur son visage et respira longuement. L'oxygène était merveilleusement pur et doux.

— Ne peut-on rien faire d'autre pour les aider ? demanda-t-il.

— Pas vraiment, répondit la jeune femme en secouant la tête. Il y a un hublot, là. La sécurité ne me permettra pas de contrôler les deux portes en même temps. Je peux essayer d'ouvrir celle qui est de notre côté avant que le sas se repressurise. Nous gagnerons quelques secondes...

Il leur avait fallu une minute trente pour arriver jusque-là et ça leur avait semblé des millénaires. S'ils ne voulaient pas se retrouver seuls, il fallait se préparer. Lando prit une nouvelle bouffée d'oxygène et tendit le masque à Jenica.

— Allons, dit-il. Modifiez la programmation pour ouvrir la première porte plus tôt.

— J'espère que vos amis n'auront pas plus de mal que nous. C'était déjà juste...

Se levant, elle se frotta le visage. Elle regarda ses mains, encore plus sales.

— Mon Dieu... je dois être affreuse...

— Vous étiez plus présentable avant, concéda Lando en souriant. Vous avez un bon centimètre de poussière sur le visage.

— Rien qui ne puisse partir avec un peu d'eau et

de savon, dit-elle. Je ne veux pas savoir dans quel état sont mes cheveux.

Luke Skywalker regardait D2-R2 en attendant que les trois minutes s'écoulent. Il se forçait au calme et à la lucidité. Les Jedi n'étaient pas impatients...

... Sauf dans des moments comme celui-ci. La situation leur échappait. La température de la cabine avait grimpé quand l'air s'y était engouffré. Ils suaient à profusion et tous, lui y compris, avaient du mal à respirer.

— Combien de temps, encore ? dit Kalenda entre deux quintes de toux.

— Une trentaine de secondes, je crois, répondit Luke. Préparons-nous. Et passez devant, que je vous surveille.

Gaeriel voulut protester ; Luke l'interrompit :

— Ce n'est pas le moment d'être héroïque. Mes pouvoirs de Jedi me donnent un avantage que vous n'avez pas. Sinon, je me serais entraîné des années pour rien... D2, 6PO, vous me suivez. Nous irons peut-être plus vite que vous... Dans ce cas, vous resterez à l'extérieur — et nous rouvrirons le sas aussitôt. D'accord ?

D2 bipa et tourna le dôme qui lui tenait tête.

— Je suis d'accord avec D2, dit 6PO. Nous sommes peut-être immunisés, contre une atmosphère empoisonnée, mais les produits toxiques et les températures extrêmes peuvent nous abîmer. Ne tardez pas.

— C'est promis, dit Luke.

— J'en suis heureux, dit 6PO.

Apparemment, la parole d'un Maître Jedi était suffisante... même pour un droïd de protocole.

— Kalenda, Gaeriel, êtes-vous prêtes ?

— Pas vraiment, dit Gaeriel en toussant un peu. Je

126

ne serai *jamais* prête pour ce genre de choses. Alors allons-y…

Kalenda approuva d'un signe de tête.

— C'est parti, dit Luke en appuyant sur le bouton.

Une rafale d'air surchauffé s'engouffra dans la cabine. A mesure que le Brilleur pompait de l'énergie dans le système, les vents soufflaient plus violemment. Gaeriel mit un pied dehors et aurait été emportée si Kalenda ne l'avait pas retenue.

Luke sortit à son tour.

La chaleur était incroyable ; les gaz toxiques lui attaquaient la peau. *Un Jedi ne connaît pas la peur*, songea Luke. *Il ne connaît que le calme.*

Les trois humains tournèrent autour de la cabine de l'ascenseur, pour réaliser qu'elle les avait protégés jusque-là. La bourrasque les frappa de plein fouet, les aveuglant.

Luke profita d'une relative accalmie et aperçut la porte du sas. Puis il jugea qu'il serait stupide de garder les yeux ouverts plus longtemps… S'il ne voulait pas perdre la vue, mieux valait progresser à l'aveuglette. Se concentrant au maximum, il utilisa la Force. Kalenda et Gaeriel étaient à un mètre de lui, et elles se dirigeaient dans la mauvaise direction. Le vent les avait désorientées.

Bravant les rafales, Luke saisit la main de Kalenda et la tira vers lui pour la remettre dans la bonne direction.

Sa poitrine brûlait. De l'air… Il avait besoin d'air. Et si lui éprouvait un besoin urgent de respirer, les autres devaient être à l'agonie.

Plus près, encore plus près… Il se rapprochait du but, l'acuité de ses sens de Jedi lui permettant de savoir où il se trouvait.

Ça ne le faisait pas avancer plus vite, et ça ne lui donnait pas le pouvoir de faire tomber le vent.

Là. C'était là. Il n'osait pas ouvrir les yeux, mais il aurait juré qu'ils étaient devant le sas. Il poussa Kalenda et Gaeriel à l'intérieur, entra à son tour... pour se heurter à quelque chose de métallique.

— Il semble que D2 et moi sommes arrivés avant vous, maître Luke ! hurla 6PO dans la tempête.

Si un droïd pouvait parler sans crainte de s'empoisonner, ce n'était pas le cas de Luke. Il fit un signe de tête, puis alla plus en avant dans le sas pour se protéger de la morsure du vent.

Il ouvrit les yeux à temps pour voir la porte se refermer.

Un éclair orange jaillit derrière lui. Au milieu du sas, Kalenda et Gaeriel toussaient.

La longue robe blanche de Gaeriel était en feu. Luke bondit et couvrit la jeune femme de son corps pour étouffer les flammes.

Par chance, sa combinaison de vol était ignifugée... Il eut une brève sensation de chaleur contre la poitrine, puis le feu s'éteignit.

Il se releva et aida Gaeriel à faire de même.

Quelque débris incandescent devait avoir embrasé le tissu de sa robe.

Mais comment avait-elle pu brûler sans oxygène ?

Entendant un sifflement, le Jedi regarda autour de lui. Un masque à oxygène. Lando et Sonsen avaient jeté un masque dans le sas et Gaeriel s'était trouvée juste au-dessus. Sa robe avait retenu l'oxygène.

Cela aurait pu la tuer.

Il dénoua le foulard qui couvrait le visage de la Bakurienne et lui plaqua le masque sur le nez. A demi inconsciente, elle se débattit jusqu'à ce qu'elle comprenne ce qu'il voulait faire. Alors elle saisit le respirateur, ouvrit la bouche, inspira longuement, et se remit à tousser.

Luke tendit le masque à Kalenda, qui prit deux courtes bouffées avant de le lui rendre.

Luke chassa tout l'air de ses poumons et inspira autant d'oxygène que le masque pouvait lui en fournir. Ce fut alors qu'il réalisa que des taches sombres avaient commencé à danser devant ses yeux.

Même les Maîtres Jedi avaient besoin de respirer...

Il tendait le masque à Gaeriel quand la porte intérieure s'ouvrit. L'air s'échappa, formant un nuage aveuglant mais inoffensif.

Ils avaient réussi.

— Elle brûlait ? demanda Gaeriel en regardant sa robe.

Jenica Sonsen les avait guidés jusqu'à un petit poste de secours. Tous avaient des égratignures et des brûlures mineures qu'il faudrait soigner. Ils avaient également besoin de se laver et d'enfiler des vêtements propres.

Cela pourrait attendre...

— Je brûlais et je ne le savais pas ?

— C'est une chose dont peu d'entre nous peuvent se vanter, dit Luke. Je suis désolé d'avoir dû vous renverser sur le sol...

— Et moi d'avoir jeté le masque dans le sas, dit Lando.

— Qu'aucun de vous ne se sente coupable, dit Gaeriel. L'oxygène nous a sûrement sauvé la vie. J'allais m'évanouir et j'aurais inhalé des produits toxiques... Et Luke, je préfère sacrifier ma dignité plutôt que de récolter des brûlures au troisième degré.

— Nous avons eu beaucoup de chance, dit Kalenda en pulvérisant un spray sur sa main brûlée. Je crois qu'il ne nous restait pas plus de cinq minutes.

— D2, où en est-on à l'intérieur ? demanda Luke.

Connecté au port principal du poste de secours, D2-R2 s'agita et bipa.

— Mon Dieu, dit 6PO. En vérité, les choses empirent.

— Pour ceux qui ne parlent pas le droïd, que vient de dire la poubelle à roues ? demanda Jenica qui reprenait du poil de la bête.

— Là où nous nous trouvions il y a dix minutes, la température vient d'atteindre le seuil critique. Les derniers capteurs affichent cinq cents degrés — les autres ont cessé de fonctionner.

— Ennuyeux, dit Lando. Sacrément ennuyeux...

Sonsen secoua la tête :

— Et ce n'est pas une attaque des terroristes, qu'ils frappent deux fois était déjà peu probable, alors trois...

— En effet... vous vous trompiez sur ce point, dit Lando. Les habitants de la station n'étaient pas les cibles visées... seulement des témoins malchanceux.

Jenica se tourna vers lui.

— Capitaine Calrissian, il serait peut-être temps de nous expliquer ce que vous avez compris.

— Possible, répondit Lando en soupirant. Je crains que vous n'appréciiez pas mon idée. D'ailleurs, je me trompe peut-être... Mais ça paraît tellement évident.

— Quoi donc ? s'impatienta Luke.

— Centerpoint, dit Lando. *Centerpoint* est au *centre* de toute l'histoire. Réfléchissez. Depuis le début de cette crise, nous avons souffert des effets de trois prouesses technologiques stupéfiantes. La première, et la plus simple à expliquer, est le brouillage. Impressionnant, mais il suffit d'une source de puissance adéquate. Et d'où vient-il ?

— Centerpoint, dit Jenica. Sans que la Fed-Doub le sache. Pourtant, nous contrôlons cet endroit...

— Ou vous pensiez le contrôler, reprit Lando. Ensuite vient le champ d'interdiction. Rien d'incroyable, mis à part sa taille. Avec un générateur gravifique assez puissant, c'est possible. Et d'où vient-il ?

— De Centerpoint, répéta Jenica. D'après ce que vous aviez commencé à dire, c'est lié au fait que nous soyons au barycentre des planètes.

— Exact ! Je ne sais pas comment, pourtant Centerpoint *utilise* l'énergie gravifique des Mondes Doubles. Quelqu'un a trouvé le moyen de convertir cette énergie en champ d'interdiction...

— Et la troisième prouesse ? demanda Luke.

— Les novae, bien sûr. Le Starbuster. Nous nous demandions comment il fonctionnait et où il se trouvait. Je suis sûr que nous sommes *dedans*. La surchauffe du Brilleur signifie qu'une étoile va bientôt mourir...

CHAPITRE VIII

NÉGOCIATIONS SERRÉES

Corell montait à l'horizon de Selonia. La tanière Hunchuzuc avait installé ses « invités » dans une superbe villa, construite sur mesure pour accueillir les dignitaires humains.

— Dracmus, je suis fatigué d'attendre, dit Yan.

— Patience, Honorable Solo. L'attente n'est pas fatiguée de vous.

— Ben voyons, répondit Yan. Vous n'avez jamais répondu clairement à une question de votre vie ?

— Que voulez-vous dire par *clairement* ?

Yan Solo se tourna vers sa femme, assise à la table du petit déjeuner.

— Tu vois ce que j'endure ? demanda-t-il. (Comme chaque matin, Dracmus était venu leur rendre visite ; comme chaque matin, Yan se demandait pourquoi.) Des énigmes à la noix. C'est tout ce que j'ai.

— Calme-toi, Yan, dit Leia. La patience est la qualité essentielle d'un diplomate.

— La mienne a des limites, rappela le Corellien.

— J'ai bien peur d'être d'accord avec Yan, déclara Mara Jade. Dans l'univers, les choses vont trop vite pour que j'attende ici plus longtemps…

— Je ne suis même pas sûr de savoir pourquoi nous sommes là, ronchonna Yan. Depuis que vous m'avez libéré, j'ignore si je suis votre prisonnier ou votre compagnon d'armes. Sommes-nous des otages ? Ou devons-nous négocier quelque chose ? Et dans ce cas, de quoi s'agit-il ?

— Ce n'est pas aussi simple, dit Dracmus. Pour mon peuple, ces concepts — prisonniers, partenaires, compagnons d'armes, négociateurs — ne sont pas si éloignés. Pour mon peuple, on peut être tout ça en même temps… ou tour à tour.

— Quel est notre rôle, dans ce cas ? demanda Yan avec un soupçon d'agacement dans la voix.

— Il n'est pas encore déterminé. Pour mon peuple, le consensus est tout. Mais l'ambiguïté a de nombreux avantages. Quand l'issue est incertaine, mieux vaut poursuivre à l'infini les négociations.

— Des types en armes et des vaisseaux tirent sur nos hommes. Je ne vois aucune ambiguïté à…

— S'il vous plaît, coupa Dracmus. Je comprends votre impatience, mais ce que vous demandez est impossible. Notre peuple…

— Les traditions sont d'excellentes excuses pour les génocides, lança Mara. Chaque fois que j'ai eu à traiter avec un Selonien qui ne voulait pas faire quelque chose, il m'a expliqué que c'était contraire à ses coutumes, ou qu'il était difficile pour son peuple de prendre une décision. *Mon* peuple a toujours respecté vos usages et accepté votre culture. A présent, ça suffit ! Il ne s'agit pas d'une négociation commerciale. C'est une question de survie. Il est temps pour vous d'accepter *nos* traditions avant que nous soyons tous morts… Exprimer ce que nous pensons, dire la vérité, choisir un cap et le tenir, voilà notre façon d'être !

— S'il vous plaît, dit Dracmus. Vous devez patienter. Les problèmes sont complexes. Il faut prendre le temps de les résoudre.

— Nous n'avons plus de temps, explosa Mara. Comment *prendre* ce qui n'existe plus ? J'ai été beaucoup de choses, mais jamais je ne serai votre prisonnière.

— Que signifient ces paroles ? demanda Dracmus.

— Informez vos chefs que je quitte les lieux. Dans une heure, j'embarquerai à bord du *Feu de Jade* et je décollerai. Mes compagnons sont les bienvenus... Avec Leia, nous avons réussi à échapper à la Ligue Humaine et à fuir Corellia alors que l'opposition était bien plus redoutable qu'ici. Mon vaisseau ayant transporté la présidente sur votre planète, toute action violente serait considérée comme une attaque contre la Nouvelle République, dont vous prétendez reconnaître l'autorité. En clair, je vous suggère de ne pas essayer de me retenir. Vous n'y parviendriez pas, et je ne saurais être tenue responsable des désagréments qui en résulteraient.

— Mais... Mais...

— Le seul événement susceptible de retarder mon départ serait une rencontre avec un représentant du pouvoir selonien... si on m'assure qu'il répondra *clairement* à nos questions et aura mandat pour prendre des décisions. Si cette personne ne se présente pas avant une heure, je quitterai les lieux.

— Je la suivrai, dit Yan en se tournant vers sa femme.

— Moi aussi, renchérit Leia, un peu ennuyée.

— Mais... mais..., bafouilla Dracmus.

— Vous avez une heure, lança Mara. Disparaissez !

— Je vais voir ce que je peux faire, déclara la Selonienne. Je vous en supplie, ne partez pas !

— Une heure, dit Mara. Remuez-vous !

Dracmus acquiesça, se retourna et détala.

— Si je ne croyais pas à l'efficacité d'un front uni, j'aurais hésité à vous suivre, déclara Leia. Les effets de cette intervention auraient été pires si j'avais refusé de vous appuyer. Je suis une diplomate, pas vous. Vous auriez dû me laisser parler...

— Je vous ai laissée parler, et tout ce que nous avons obtenu, ce sont des vacances forcées dans une villa. Je suis une femme d'affaires, une marchande. La négociation est mon fonds de commerce.

— Parce que insulter nos hôtes est une manière de négocier ?

— La négociation est l'art d'obtenir ce qu'on veut, dit Mara. Pas celui de plaire à l'autre camp.

— Ce n'est pas l'*autre* camp. Ce sont nos partenaires. Nos alliés, même...

— S'il s'agissait vraiment de nos alliés, nous n'aurions pas besoin de négocier, dit Mara avec une certaine logique.

Yan remarqua que l'irritation de Mara Jade avait disparu en même temps que Dracmus. La jeune femme avait joué un rôle. A présent, elle était calme et détendue.

— Que ces gens soient des alliés ou des adversaires, je doute que nous parvenions à nos fins en les malmenant, continuait Leia.

— Nous le saurons dans cinquante-sept minutes, répondit Mara avant de se servir une nouvelle tasse de thé. J'ai déjà traité avec des Seloniens. Et vous ? Ou Yan ?

— Je parle leur langue, je les ai côtoyés lors de réceptions... Jamais je n'ai négocié avec eux, admit Leia.

— Je n'ai pas traité avec eux non plus, dit Yan. Pas depuis que j'ai quitté Corellia, en tout cas.

— Alors, il vous faut comprendre quelque chose,

135

déclara Mara. (Leia ouvrit la bouche, prête à protester, mais Yan leva une main pour la réduire au silence.) C'est un peu difficile à expliquer… Pensez à une partie de sabacc où chaque joueur sait que l'autre bluffe et continue à miser pour sauver la face. Ou à deux armées qui envoient des troupes à la boucherie pour un morceau de terrain inutile. Il y a des cas où les humains oublient le *but* de la compétition, la compétition en elle-même devenant vitale. Quelquefois la chose a un sens — très souvent, elle est irrationnelle.

« Ce trait de caractère doit favoriser la survie de notre race, sinon l'évolution l'aurait éliminé. Parfois on a en vue la prochaine main, la bataille suivante… Ayant compris qu'on ne lâchera pas, l'adversaire décidera peut-être d'abandonner la lutte. La plupart du temps, il ne s'agit pas d'un raisonnement conscient…

— Cette attitude ne représente rien pour les Seloniens, dit Yan.

— Exact, acquiesça Mara. Je parlais d'une réaction humaine. Nous sommes beaucoup plus individualistes que les Seloniens. Leur discours sur le consensus n'est pas que de la rhétorique : ils sont vraiment comme ça. L'harmonie est pour eux une nécessité, comme la victoire pour nous, quel qu'en soit le prix. Savoir ce qu'ils veulent nous demander aurait pu prendre des semaines. Il fallait leur faire comprendre qu'ils risquaient de tout perdre s'ils ne se décidaient pas tout de suite.

— Etait-ce bien prudent ? demanda Leia.

— Je ne sais pas. Parfois, il est presque plus important d'avancer que de savoir où on va.

— Le « presque » change beaucoup de choses, dit Yan.

Mara acquiesça.

— Nous allons pouvoir déterminer notre stratégie.

dit-elle. En découvrant ce qui se passe ici, nous arriverons à prendre une bonne décision... Dracmus nous a appris que les planètes du système sont équipées de répulseurs et que quelqu'un de l'extérieur coordonnait les recherches. Bien. On peut se servir des répulseurs pour abattre un vaisseau. Mais je peux citer des dizaines d'armes qui sont plus faciles à obtenir, à utiliser et à contrôler. J'en déduis que nous ne connaissons pas la raison de la course au répulseur de Corellia. N'oubliez pas que Dracmus a dit que les insurgés des autres mondes cherchaient aussi ces dispositifs... à moins qu'ils ne les aient déjà trouvés...

— A quoi les utiliseraient-ils ?

— Je n'en ai pas la moindre idée, dit Mara. Néanmoins, on ne s'amuse pas à chercher quelque chose avec autant de hargne quand on n'en a pas vraiment besoin. Pas au milieu d'une guerre, lorsqu'on essaie d'économiser ses forces. Les différents partis subversifs semblent accorder une grande valeur aux répulseurs. Je commence à me demander si ceux-ci ne sont pas l'unique raison de l'existence de ces groupes. En un sens, ils sont une façade, un écran de fumée. Ils n'existent pas, ils dissimulent le véritable ennemi.

— Que voulez-vous dire ? demanda Leia.

— Les insurrections sont une couverture pour camoufler la recherche des répulseurs. Elles ont été *orchestrées*... même Dracmus l'admet. Quelles sont les probabilités pour que *cinq* révolutions se produisent en même temps sur *cinq* planètes ? Une coïncidence ? Non... Il s'agit d'une manœuvre dont l'objectif est les répulseurs.

Leia semblait songeuse.

— Ça n'a pas de sens, sauf si une force extérieure organise le complot, dit-elle. Je ne vois pas la Ligue Humaine contacter la Supratanière selonienne pour organiser une petite sauterie. Un groupe venu d'ailleurs aura eu plus de facilités à prendre contact avec les différentes factions, puis à les aider à mettre au point la logistique... Nous avons vu que les insurgés coopéraient à l'occasion — ils ont tous participé à l'attaque contre les vaisseaux bakuriens...

— Pourquoi aideraient-ils cette « force extérieure » ? demanda Yan. Qu'ont-ils à y gagner ?

— Je ne sais pas, répondit Leia. Si je m'occupais des négociations, je dirai quelque chose comme : « Prenez notre argent, notre expérience, notre logistique, puis prêtez-nous vos hommes pour chercher les répulseurs... Quand nous aurons vaincu la Nouvelle République, nous vous offrirons le pouvoir absolu sur votre planète. En échange, nous voulons les répulseurs. »

— Les insurgés ne peuvent pas ignorer la valeur de ces systèmes, objecta Yan.

— C'est ce qui a dû se passer avec la Ligue Humaine, dit Leia. Quand elle a commencé à jouer avec le Starbuster, les mystérieux manipulateurs n'ont pas dû apprécier...

— S'ils l'ont su, ajouta Mara. Peut-être sont-ils extérieurs à ce système solaire. Ils ont des représentants, des observateurs... mais une fois le brouillage activé, comment suivre les événements ? Qui sait si la Ligue Humaine n'a pas jeté les « observateurs » en prison ? Le champ d'interdiction enclenché, personne ne peut les inquiéter. Un jour ou l'autre, le champ et le brouillage seront désactivés... Ce jour-là, Thrackan Sal-Solo dirigera la planète, et peut-être même le système. Et si votre cher cousin a mis la main sur les répulseurs, il aura tous les atouts dans son jeu... (Elle s'interrompit.) Ou pas. Nous ne savons toujours pas à quoi servent ces dispositifs ni pourquoi ils sont importants.

— Dans ce cas, le véritable problème n'est pas

l'insurrection, mais les répulseurs, dit Leia. Coupez les liens entre les insurgés et la « force extérieure », prenez le contrôle des répulseurs, utilisez-les contre les instigateurs de ce mauvais drame et les troubles disparaîtront d'eux-mêmes...

— Super, dit Yan. Voilà qui est facile à réaliser.

— Plus que tu ne le crois. Il s'agirait de politique et d'espionnage... pas d'une guerre, dit Leia. C'est une bonne nouvelle, puisque nous n'avons aucune force de frappe dans le quadrant. Pour l'aspect militaire, nous espérons obtenir de l'aide des Seloniens. (Elle se tourna vers Mara.) A moins qu'ils n'éventent votre bluff dans quarante-cinq minutes...

— Je ne bluffais pas, lâcha Mara Jade.

— Avez-vous une idée de la position des Seloniens dans cette affaire ? demanda Yan. La Supratanière et la tanière Hunchuzuc continuent-elles à se battre ? Je n'ai vu aucun signe de conflit et Dracmus n'a rien dit... Or, elle ne sait pas très bien garder les secrets.

— Que la guerre civile soit terminée ne me surprendrait pas, dit Mara. Mais ce serait une mauvaise nouvelle... Cela voudrait dire que la Supratanière a pris le contrôle du répulseur. Les Seloniens arrêtent de se battre quand un camp prouve qu'il a un avantage décisif. Le clan vaincu demandera à négocier sa reddition ; il voudra s'allier aux vainqueurs.

— Vous pensez que nos nobles alliés de la tanière Hunchuzuc ont décidé qu'ils avaient perdu ? demanda Yan. D'après vous, ils traitent avec la Supratanière et nous sommes leur monnaie d'échange ?

— Quelque chose comme ça. La Supratanière veut peut-être se servir de nous comme otages — ou comme jetons de sabacc. Ses chefs entendent peut-être négocier directement avec Leia. N'oublions pas que nous ignorons toujours qui a découvert le répulseur. Notre camp a peut-être gagné, allez savoir !

— L'inestimable Mara Jade a décrit la situation avec brio, dit une nouvelle voix.

Tous se retournèrent pour découvrir une Selonienne plus âgée que Dracmus, plus grande aussi, et un peu voûtée. Sa fourrure tirait sur le gris ; ses yeux pétillaient d'intelligence.

— Je m'appelle Kleyvits, dit-elle. Je parle au nom de la Supratanière. Nous avons rallié la tanière Hunchuzuc à notre cause. (Elle sourit en montrant deux rangées impressionnantes de dents.) Ce qui signifie que nous *vous* avons gagnés.

Assez attendu, pensa Tendra Risant. Il était temps d'agir.

Le *Gentleman Caller* était coincé dans l'espace. Si le champ d'interdiction restait activé, il mettrait des mois à atteindre les premières planètes du système Corellien.

Supposons que le champ disparaisse ? Le *Gentleman Caller* n'était pas le vaisseau le plus rapide de la galaxie, mais il ne mettrait qu'une minute ou deux pour parcourir la distance dans l'hyperespace. Tendra connaissait l'existence de la flotte en orbite autour de Sacorria. Pour se diriger par là, il lui faudrait attendre que le champ d'interdiction disparaisse. Une fois qu'elle serait à l'intérieur, le champ pourrait être réactivé… Elle n'aurait besoin que de quelques secondes pour passer.

Il suffisait de savoir quand appuyer sur le bouton.

L'ordinateur de navigation était équipé d'un analyseur de champ gravifique qui réagissait à la présence de la barrière invisible. Il serait chargé de la prévenir quand le champ disparaîtrait. Alors, il ne lui resterait plus qu'à calculer un cap et à plonger dans l'hyperespace avant la réactivation du champ.

Etait-ce une bonne idée ? Tant de choses pouvaient mal se passer…

Si elle ne faisait rien, elle risquait de devenir folle. Pour rester saine d'esprit, il lui fallait s'occuper.

Et elle aurait donné n'importe quoi pour quitter ce vaisseau.

— Freen ? Mallow ! Fischer ! Mash ! Norchal. Normal. Reprise du processus normal. Reprise ? Reprise du processus normal ! Zouwi ! Freen !

La tête de Q9 fit trois tours complets et une série de sondes, de senseurs et de bras mécaniques jaillirent de leurs compartiments.

— Pas tout à fait, dit Anakin en fronçant les sourcils.

Il éteignit le droïd. Les membres artificiels se rétractèrent ; tous les voyants s'éteignirent. Anakin examina les entrailles du robot et débrancha un câble.

— Celui-là est à l'envers.

Il le rebrancha, appuya sur un bouton...

Le droïd s'activa, soudain plus calme. Sa tête tourna une seule fois ; ses voyants s'allumèrent, aucun appendice extravagant ne lui poussa. Il bipa deux fois.

— Reprise du processus normal ?

— J'espère, dit Ebrihim. Si tu savais tout le mal que nous avons eu pour te réparer...

— Tréparer ? Krand ai-je P-été Krassé ? demanda Q9. Excrusez-mpoi. Systèmes voclaux non sbatilisés. Unk mopent.

Une moitié des voyants s'éteignit, puis se ralluma.

— Recommençons, si vous le voulez bien. Réparer ? Quand ai-je été cassé ?

— Anakin a activé le répulseur et il y a eu une sorte de tempête, dit Ebrihim. Nous avons eu peur de te perdre, mais Anakin et Chewbacca t'ont réparé.

A dire vrai, Ebrihim se demandait si Q9 était aussi endommagé qu'ils l'avaient cru. Anakin avait mis à peine une heure pour le « *ressusciter* ». Chewbacca l'avait-il laissé travailler pour qu'il se rachète ? Ou le talent du petit garçon lui permettait-il de réussir là où le Wookie avait échoué malgré des siècles d'expérience ?

Chewie ne s'était intéressé que quelques minutes à Q9. Il avait trop de travail avec les propulseurs.

La vie était pleine de petits mystères qui n'étaient jamais résolus...

Ebrihim ne maîtrisait pas assez la langue du grand non-humain pour l'interroger sur un point aussi délicat. Et il n'était jamais sage de trop questionner un Wookie.

— Je vous suis reconnaissant à tous de m'avoir réparé, dit Q9. Qu'en est-il de l'activation du répulseur ? N'était-ce pas une idée intrépide ? Qui en est à l'origine ?

— C'est moi, répondit Anakin, les yeux baissés sur ses chaussures. Je suis désolé. Je ne voulais pas causer tous ces problèmes.

— Je suis soulagé par tes regrets. Je le serais encore plus si tu n'avais *rien* fait. Je suppose qu'il y a eu un certain nombre de conséquences...

— Anakin a causé quelques petits dégâts, dit Ebrihim. Nous en parlerons plus tard. Pour l'instant, lance un diagnostic interne. Tu devras peut-être effectuer certaines corrections...

Q9 activa ses répulseurs.

— C'est en cours, dit-il. J'aimerais ne pas être le seul à faire ce genre de chose.

Sur ces mots, il sortit.

— Qu'a-t-il voulu dire ? demanda Anakin.

— Il suggérait aux petits garçons de tirer les leçons de leurs erreurs.

142

— Ce n'est pas ce qu'il a dit, objecta Anakin.

— Ma version était plus fleurie. Le sens est le même...

L'enfant regarda Chewbacca et Ebrihim.

— Vous voulez dire que je devrais réfléchir davantage avant de jouer avec une machine ?

— C'est exactement ça, continua Ebrihim. Maintenant, sors d'ici et va t'amuser. Avec tes jouets, pas avec un système planétaire.

Il regarda le petit garçon courir vers les jumeaux.

— Tout le problème est qu'Anakin ne fait pas la différence entre une machine et un jouet. C'est fichtrement ennuyeux...

Chewbacca acquiesça en ramassant ses outils.

— Je suis heureux d'avoir retrouvé Q9, continua Ebrihim. Merci de votre aide. Il est temps que j'aille relever ma tante... Mon tour de garde commence bientôt.

Le Wookie se fendit d'un jappement ; le précepteur quitta le salon.

Les deux Dralls montaient la garde dans le cockpit du *Faucon*... En cas de problème, les détecteurs les préviendraient.

Chewbacca retourna à ses réparations. Les Wookies n'étaient pas d'un naturel optimiste, mais Chewie sentait qu'il était près de pouvoir réactiver un moteur au moins. Ce ne serait pas parfait, l'important étant de pouvoir quitter ce piège...

Ebrihim entra dans le cockpit. Sa tante était installée dans le fauteuil du pilote. A l'aide de vieux vêtements, elle avait improvisé un coussin pour se surélever et mieux surveiller les senseurs.

— Bienvenue, neveu. Q9 est passé et a lâché quelques remarques insultantes. Je suis heureuse de le savoir de nouveau en état de marche.

— Moi aussi, chère tante. Quelles sont les nouvelles ?

— Aucune, dit la duchesse en secouant la tête. Nous devons être...

Elle s'arrêta, les yeux rivés aux détecteurs... Cinq secondes passèrent.

— Il semblerait que j'ai parlé trop vite, dit-elle avant d'écraser le bouton de l'alarme.

Les mugissements furent assez forts pour que les enfants l'entendent de dehors.

— Que se passe-t-il, ma tante ? demanda Ebrihim.

— Comme tu le vois, dit-elle en étudiant l'écran, c'est un vaisseau. Hélas, savoir *ce* que c'est m'indiffère. Je préférerais savoir de *qui* il s'agit.

CHAPITRE IX

OÙ ET QUAND

— C'est fou ce qu'on peut trouver quand on sait où chercher, dit Lando en étudiant les informations qui défilaient sur l'écran. Et ça ne fait pas de mal d'avoir à sa disposition quelqu'un d'aussi doué que D2. Même 6PO a été utile.

Le droïd de protocole tourna la tête brusquement.

— Utile ? Je dirais essentiel. Sans moi, vous n'auriez pas réussi à traduire le dixième de ces informations.

— N'exagère pas, dit Lando. D'accord, tu nous as aidés. Là ! je l'ai dit. Mais j'allais ajouter que nous n'aurions jamais réussi sans l'administratrice Sonsen.

Jenica Sonsen sourit et lui flanqua une claque dans les côtes qu'elle aurait certainement voulue moins puissante...

— Ne vous emballez pas. Je me suis contentée de vous montrer les protocoles de connexion.

Avec ces données, Lando avait pu repérer, dans la

masse d'informations sur Centerpoint, les signes avant-coureurs des problèmes.

Des systèmes inconnus soudain activés. Des fluctuations de puissance. Des baisses et des augmentations de différentes catégories de radiations, certaines étant assez significatives pour nécessiter l'évacuation temporaire d'une partie de la station.

Le réalignement progressif de l'axe de Centerpoint sur une nouvelle direction...

— Comment aviez-vous expliqué le changement d'orientation ? demanda Lando.

— Centerpoint est un système autocorrecteur, dit Jenica. Le barycentre n'est pas stable. La station s'est toujours légèrement déplacée... Le phénomène s'était déjà produit.

Lando hocha la tête.

— Je viens de confirmer mes soupçons, reprit-il. Cette structure — six petits cônes autour d'un grand — est l'exacte réplique d'un ancien modèle de répulseur. Les répulseurs actuels sont fabriqués de la même façon, mais à l'échelle microscopique. Si on n'en construit plus d'aussi gros, c'est que la taille du répulseur est directement fonction de celle de l'« objet-cible » (Lando afficha un diagramme de Centerpoint et désigna les « montagnes » de Hollowtown.) Ces cônes sont énormes... il le faut, s'ils doivent déplacer une planète.

— Les mondes habités ont leur propre répulseur, objecta Kalenda. Pourquoi les bâtisseurs de Corellia avaient-ils besoin de Centerpoint ?

— Parce qu'il ne s'agit pas *simplement* d'un répulseur, répondit-il. C'est un répulseur *hyperspatial*. Cette station a été conçue pour ouvrir un portail dans l'hyperespace, afin de capturer une planète et de la ramener ici. Comme un rayon tracteur...

— Comment fonctionne-t-elle ? demanda Luke.

— Je ne sais pas, dit Lando. Ainsi que l'a souligné l'administratrice Sonsen, savoir comment ça marche n'est pas toujours important. Pour ma part, je pense qu'il s'agit d'une lentille qui amplifie et concentre une forte décharge d'énergie à travers l'hyperespace. Le système « pompe » littéralement le flux gravifique de Talus et Tralus...

— Mais à quoi peut servir un super rayon tracteur ? demanda Jenica.

— Là n'est pas la vraie question, dit Lando. Le vrai problème se formule ainsi : pourquoi votre peuple a-t-il utilisé un répulseur hyperspatial comme une station habitable ? Les architectes de ce système solaire ont fabriqué Centerpoint, ils l'ont fait fonctionner et ils l'ont abandonnée là. Vos ancêtres — enfin, les ancêtres de quelqu'un — ont décidé qu'ils pourraient y vivre... La structure appelée Hollowtown n'a pas été prévue pour être un lieu d'habitation. C'est une salle de condensation qui sert à charger le répulseur.

— Charger le répulseur ? Attendez... Vous prétendez que Hollowtown n'est qu'une batterie ?

— En substance, dit Lando.

— Pourtant nous vivions là !

— Peut-être, mais ce n'était pas fait pour ça.

— Alors pourquoi le Brilleur restait-il allumé en permanence ? demanda Jenica. Il a produit de la lumière et de la chaleur pendant des milliers d'années. Nous pensions que c'était pour éclairer Hollowtown ; nous avons dû nous tromper. Je veux dire... si vous avez raison.

— Il y a de fortes chances pour ça, dit Lando. Imaginons que la station fonctionne comme un four à hydrogène. Le Brilleur est peut-être une veilleuse...

— Le système qui nous chauffait et nous donnait de la lumière n'était qu'une veilleuse ?

— Peut-être. Qui peut savoir ? Les concepteurs de Centerpoint ont pu le laisser là pour servir de soleil. Ils voulaient peut-être convertir le condensateur en zone d'habitation. Après tout, ils n'avaient plus aucune raison de réactiver le répulseur hyperspatial. Ils avaient achevé la construction du Système Corellien...

— Nous nous éloignons du sujet, dit Kalenda. Pouvez-vous expliquer pourquoi Centerpoint *est* le Starbuster ?

— Très bien. Soit vous me croyez sur parole, soit je vous démontre mathématiquement que l'énergie nécessaire pour tirer une planète à travers l'hyperespace peut être utilisée pour détruire une étoile. Diriger le répulseur vers un soleil est suffisant pour déclencher une nova.

— Nous vous croyons sur parole, dit Jenica. Les maths n'ont jamais été mon fort.

— Il faudrait des générations pour effectuer ces calculs, mais tout ce que nous avons, c'est deux droïds et pas de temps devant nous. (Lando fit un sourire amer.) Je crois avoir compris les grandes lignes de ce qui s'est passé. La station modifie son axe de rotation. Ça donne naissance à de nombreux rapports sur les « surcharges inexpliquées », les « décharges de radiation », les « impulsions imprévues », et toute une série de jolies formules bureaucratiques signifiant que personne ne comprend ce qui se passe.

« D'après moi, à ce moment, Centerpoint se prépare à tirer. C'est la première surchauffe du Brilleur : des milliers de morts, le chaos, la panique et l'évacuation. Peu de temps après, la première nova explose, et la guerre civile éclate dans le système. Alors, l'axe de Centerpoint se modifie une fois de plus... C'était le changement le plus drastique qu'ait connu la station. Personne n'était présent pour s'en rendre compte, pourtant les senseurs ont tout enregistré. Puis il y a eu des fluctuations de puissance dans nos appareils d'enregistrement... Ces phénomènes ont commencé quand le brouillage et le champ d'interdiction ont été activés. Nous avons ensuite la deuxième surchauffe, puis la deuxième nova.

— Comment avons-nous pu ne pas remarquer le « tir » ? demanda Jenica. La décharge d'énergie a dû être énorme... Il n'y a eu ni vibration ni effet secondaire...

— La station émet simultanément un champ d'interdiction et un brouillage. Sentez-vous quelque chose ?

— L'alignement..., intervint Kalenda. Que signifie-t-il ?

Lando fit apparaître un projecteur holographique et afficha un diagramme des étoiles voisines de Corellia.

— Le point rouge correspond à notre position. Voici l'alignement original du pôle sud de Centerpoint. (Une ligne bleue partait du centre de l'image pour aller se perdre dans l'espace.) Et le voici après la première réorientation. (Une ligne rouge traversa le cœur d'une étoile.) Je vous présente TD-10036-EM-1271. La première nova.

Lando tapota sur quelques touches... Une ligne dorée traversa une nouvelle étoile.

— Thanta Zilbra, reprit-il. La deuxième sur la liste. Une population de quelques dizaines de milliers de gens. Je suppose qu'ils sont tous morts, car il est impossible qu'on ait évacué à temps une telle colonie. (Il tapota à nouveau sur la console. Une ligne violette traversa un troisième astre.) Voici la troisième étoile qui figure sur la liste... Bovo Yagen. Les planètes de son système abritent entre huit et douze millions d'habitants, et qui sait combien de satellites, de stations, de spatioports... (Il soupira.) Centerpoint est le Starbuster, et il est programmé pour faire exploser cette étoile et réduire ses habitants en cendres.

— Quand ? demanda Kalenda.

— D2 se charge du calcul. Nous devons tenir compte du temps de voyage de l'impulsion dans l'hyperespace, et de la durée nécessaire à la réaction en chaîne. Si les programmeurs veulent respecter les délais, Centerpoint tirera dans cent vingt-trois heures, dix minutes et treize secondes. Douze heures et douze minutes plus tard, l'étoile s'effondrera... et elle explosera.

— Mon Dieu, dit Jenica. Centerpoint est une arme !

— Celui qui la contrôle régnera sur le secteur corellien... et peut-être même sur la galaxie, dit Gaeriel. Faites ce qu'on vous ordonne, ou nous détruisons votre étoile...

— Attendez, intervint Luke. Quelque chose ne va pas. Si Centerpoint est le Starbuster, il s'agit de la composante la plus importante du système corellien. Pourquoi cette excitation autour des répulseurs planétaires ? Les insurgés auraient mieux fait de s'intéresser à Centerpoint.

— Il y a trois raisons, répondit Lando. *Primo*, les inconnus qui sont derrière cette histoire ont déjà la mainmise sur la station. Je parierais qu'il y a quelque part une salle de contrôle très protégée. Nous ne la trouverions pas, même en cherchant des siècles... Et il n'y a sûrement personne à l'intérieur. Tout est automatique, ou commandé à distance. *Secundo*... C'est peut-être le coup de la bonne vieille fausse piste. Avec tout ce foin autour des répulseurs, personne ne s'inquiète du Starbuster. Et *tertio*...

— C'est évident, dit Kalenda. Je pense que j'ai

trouvé. Je n'ai pas mis mon nez dans la théorie depuis mes cours, à l'Académie, mais si je me souviens bien, ces systèmes peuvent fonctionner ensemble — c'est bien ça ? Il serait possible de se servir de cette liaison pour orienter le Starbuster...

— Exact, acquiesça Lando. Les répulseurs planétaires peuvent brouiller le système hyperspatial de Centerpoint. Ils sont les seuls à être assez puissants pour le faire... Cependant, ils fonctionnent aussi comme des amplificateurs. La pratique ne doit pas être évidente. En théorie au moins, les répulseurs pourraient être commandés par Centerpoint. La puissance et la portée de l'arme en seraient considérablement augmentées. Pour l'instant, elle les puise dans Talus et Tralus. Supposez qu'elle puisse pomper l'énergie de Selonia, de Corellia et de Drall ?

« Je n'ai pas réfléchi à la géométrie de cette configuration... mais avec cinq planètes à sa disposition, il serait sûrement possible au Starbuster de puiser directement dans le soleil... de Corell. Si j'avais conçu le système, je m'en serais assuré. Imaginez alors la puissance du Starbuster, qui frapperait aussitôt à volonté, n'importe où dans la galaxie. Les maîtres de Centerpoint pourraient capturer n'importe quelle planète, l'attirer dans ce système, la lâcher autour d'une étoile... Ils pourraient faire exploser des soleils et activer un champ d'interdiction ou un brouillage couvrant la galaxie... Ainsi qu'une foule d'autres choses auxquelles nous n'avons pas pensé.

— Bien des mystères prennent un sens, admit Luke. Tu disais qu'on pouvait utiliser les répulseurs pour lutter contre Centerpoint. Comment ?

— Si un des répulseurs terrestres braquait un faisceau sur la station, il modifierait le comportement du répulseur hyperspatial.

— Les répulseurs planétaires peuvent-ils déplacer Centerpoint ?

— Pas vraiment. La station est plus puissante qu'eux. Je le répète, ils peuvent altérer son fonctionnement...

— Bien, dit Kalenda. Maintenant que nous savons tout ça, que faire ?

— Pas grand-chose, avoua Lando avec un geste d'impuissance. Nous ne savons pas qui contrôle cette arme, ni comment ni d'où. Nous avons une vague idée de la manière dont elle marche. De là à la désactiver...

— Il doit bien y avoir un câble ou un circuit principal, dit Jenica. Il suffit de le couper ou de le détruire.

— Sûrement... mais nous ignorons *où* le trouver. Il faudrait fouiller chaque pont, chaque coque, chaque compartiment de cette station. Et si nous le découvrions, pourrions-nous le détruire ? Souvenez-vous que cette station tournait dans l'espace bien avant la naissance de l'Ancienne République...

— Dans ce cas, faisons tout sauter, proposa Gaeriel.

— Avec quoi ? Nous avons un croiseur et deux destroyers. Aucun ne transporte une bombe capable de détruire un objet long de trois cents kilomètres. Si les ingénieurs bakuriens avaient le temps, ils pourraient peut-être placer suffisamment de charges pour que l'explosion soit efficace. Manque de chance, nous n'avons que cent vingt heures devant nous.

— Il y a une chose à faire, dit Luke. Transmettre l'information. Dire à nos alliés ce que nous avons découvert. *Si* nous trouvons Yan, Leia et Chewbacca, qui nous révéleront *qui* sont nos alliés, nous pourrons agir. En mettant la main sur un répulseur planétaire, et en comprenant comment le faire fonctionner, nous arriverons peut-être à éviter le pire...

— Ça fait beaucoup d'hypothèses, répondit Lando en secouant la tête.

— Je sais, répondit Luke. Et il nous faudra les transformer en certitudes pour gagner cette course contre le temps...

Le vaisseau plongea dans la salle du répulseur. Ebrihim eut le temps de reconnaître l'emblème peint sur le fuselage. Un crâne humain, un poignard entre les dents...

— La Ligue Humaine ! hurla-t-il. Peut-on lever les boucliers ?

— Non ! cria Marcha. Les enfants sont dehors. Il faut les attendre !

Ebrihim sauta dans le fauteuil du copilote et se tourna vers la console tactique. Le vaisseau ennemi se posa.

Des silhouettes sombres armées jusqu'aux dents sortirent avant que les amortisseurs n'aient stabilisé le navire.

Des armes. Ebrihim n'y connaissait rien, mais il devait essayer. Il devait y avoir un système automatique pour que les lasers...

Deux énormes mains le prirent par les épaules et le posèrent sur le siège adjacent. Chewbacca s'assit et activa les systèmes de défense. Les armes du *Faucon* se mirent en batterie.

— Les enfants sont à bord ! cria Marcha. Rentrez la rampe ! Levez les boucliers !

Chewbacca écrasa la commande de fermeture de l'écoutille et tendit la main vers celles des boucliers... Trop tard. Un soldat portant un blaster énorme les regardait, juste sous le cockpit. Les troupes ennemies étaient à l'intérieur du périmètre des boucliers. Le Wookie appuya sur les commandes... L'éclairage faiblit au moment où les convertisseurs dérivèrent l'énergie vers les générateurs.

Rien ne se passa.

Chewbacca rugit de rage. Des brouilleurs. Ils

avaient dû fixer des brouilleurs à la coque pour empêcher les boucliers d'apparaître…

Un barbu sauta de la barge d'assaut et s'avança vers eux avec un sourire mauvais.

— Sal-Solo, dit Ebrihim. C'est lui.

— Le cousin de papa ? demanda Anakin.

Le Drall se retourna. Les enfants s'étaient faufilés jusqu'au cockpit. Ils étaient tous réunis.

— C'est son cousin et le vôtre, mes petits, dit Marcha. Mais je doute que vous le trouviez sympathique.

Ebrihim n'écoutait pas. Une idée était née dans son esprit au moment où il avait réalisé qu'ils étaient *tous* dans le poste de pilotage.

Ce n'était pas vrai ! Ils n'étaient pas *tous* là. Si Ebrihim l'avait pensé, leurs ennemis dehors feraient la même erreur.

Il avait une idée. Pas un plan, juste une idée qui leur permettrait peut-être de s'en tirer… Un coup de poker.

Leur seule chance.

Ils n'avaient que quelques secondes pour agir…

Mauvaise nouvelle, son idée reposait entièrement sur Q9.

Avec béatitude, Thrackan Sal-Solo laissa son regard découvrir les lieux. C'était un véritable cadeau des dieux. Il se promena dans son nouveau royaume argenté, l'admirant à l'idée de tout ce qu'il allait pouvoir accomplir… pour lui.

Il avait enfin à sa disposition un répulseur planétaire.

Il avait tout fait pour en découvrir un à temps. Ce n'était pas celui de Corellia, mais celui de Drall… Quelle ironie ! Qu'importait… Il en avait un, c'était l'essentiel. Levant les yeux, il admira la vue, le disque bleu à des centaines de mètres au-dessus de sa tête. Puis il étudia l'assemblage majestueux de cônes qui constituait le répulseur.

Il était à lui. A lui !

Enfin, il se tourna vers le *Faucon Millenium*. Quel merveilleux bonus ! Mettre la main sur le vaisseau aurait suffi à humilier Yan, mais découvrir à bord le Wookie et les enfants de son cousin... que pouvait-on rêver de mieux ? Les deux abrutis de Dralls n'avaient aucune valeur comparés aux enfants. C'était sa chance de se venger... et s'il manœuvrait bien, la clé de la victoire.

Il avait le moyen de manipuler Leia Organa Solo. La présidente n'avait plus le choix : elle serait forcée de négocier.

Et la Nouvelle République en sortirait si discréditée qu'elle ne pourrait survivre longtemps...

La destruction de Thanta Zilbra et de Bovo Yagen auraient le même effet. Voyant la Nouvelle République incapable d'empêcher de tels désastres, les habitants de la galaxie perdraient toute foi en elle. La révolte serait alors possible.

La galaxie verrait Thrackan Sal-Solo comme l'homme qui avait abattu la Nouvelle République, et qui avait osé prendre les enfants de la présidente en otage.

Un homme à craindre. Un homme avec qui compter.

Thrackan sourit. Avoir les enfants ne lui servait à rien tant que Yan et sa femme n'étaient pas au courant. Il fallait qu'il coupe le brouillage. C'était facile... Une impulsion codée envoyée au poste de contrôle de Centerpoint le désactiverait.

Les premiers utilisateurs de la station n'aimeraient pas le voir utiliser leur technologie, mais ils auraient dû y penser avant d'envoyer des émissaires qui acceptaient les pots-de-vin.

La dernière carte était jouée. Il était en possession d'un répulseur planétaire. Parmi les insurgés du secteur Corellien, lui seul savait à quoi il servait.

Détruire un vaisseau n'était rien à côté de la puissance du Starbuster.

Il faudrait du temps avant que ses techniciens parviennent à utiliser le répulseur. Cela n'avait pas d'importance. Il était en position de bluffer. Prétendre qu'il le contrôlait serait suffisant.

Plus que suffisant.

Sur l'écran des détecteurs longue portée, l'amiral Hortel Ossilege regarda le vaisseau de la Ligue Humaine plonger dans la gueule du répulseur. Les scanners travaillaient au maximum de leurs possibilités. La barge d'assaut était donc bien trop éloignée pour qu'ils puissent utiliser les armes de l'*Intrus*.

Il était rageant d'être battu d'un cheveu… mais l'amiral ne le montrerait pas.

Il admira l'audace d'un commandant qui jetait son vaisseau dans la bouche d'une arme capable de le réduire en cendres. Si l'*Intrus* avait pu intervenir dans l'atmosphère, il ne s'y serait pas risqué. Et cela même si le destroyer n'était qu'une infime fraction de la puissance de feu de la Nouvelle République.

Ossilege enviait la liberté de manœuvre de son adversaire.

Et en parlant d'audace… Ossilege étudiait un répulseur identique à celui qui avait détruit le *Gardien* et sûrement aussi puissant.

Quelqu'un venait de l'activer. Quelqu'un qui devait également savoir comment viser et tirer…

Logique. Ce *quelqu'un* était sans doute un allié de la Ligue Humaine. En ce cas, plonger dans la gueule du répulseur n'était pas un acte audacieux, simplement une prise de possession.

Pourtant... Cela ressemblait à un assaut, pas à un atterrissage sur une base secrète. On eût dit que l'autre camp avait été aussi surpris que l'amiral.

Comme si la Ligue Humaine avait tiré avantage d'un coup de chance.

Ossilege sentait que ce n'était pas terminé. Quelque chose allait se passer. Un événement qu'il pourrait exploiter.

La barge n'était qu'un petit vaisseau. A bord, il ne pouvait y avoir plus de vingt ou trente hommes. L'*Intrus* pouvait les écraser même s'ils contrôlaient une arme puissante.

L'amiral avait toujours pensé que les armes comptaient moins que les hommes. Il sourit. Il était à la tête d'un groupe d'intervention. S'il se révélait impossible d'attaquer de front le répulseur, il y aurait d'autres formes de combat... Elles exigeaient plus de temps, plus de finesse, mais avec un peu d'audace, elles fonctionnaient à merveille.

Ossilege se tourna vers un enseigne.

— Mes salutations au capitaine Semmac. Que l'*Intrus* se place en orbite géostationnaire autour de la planète, hors de vue du site du répulseur ! Force d'assaut en état d'alerte ! Certains développements sont à prévoir...

L'enseigne salua et s'éclipsa. Ossilege étudia l'image du répulseur, puis, levant la main, il fit un salut moqueur au commandant de la barge d'assaut.

— Vous avez gagné le premier round, dit-il à l'écran. Mais le combat n'est pas fini.

CHAPITRE X

UNE PIERRE DANS LE LAC

Pénétrant dans le gigantesque sas où attendaient le *Lady Luck* et son aile X, Luke poussa un soupir de soulagement.

Ils étaient revenus aussi vite que possible. Chaque seconde rapprochant Bovo Yagen de la destruction, il n'y avait pas de temps à perdre.

Le Jedi voulait agir, mais il devait d'abord s'assurer d'un certain nombre de *faits*. Assis sur un conteneur abandonné lors de l'évacuation, il ferma les yeux et projeta ses sens aussi loin que possible.

— Leia est sur Selonia, dit-il enfin. Il n'y a aucun doute. Je la sens. Je crois que Yan est avec elle, ainsi que Mara Jade. Les trois enfants sont sur Drall... si ce que Kalenda nous a dit est vrai, Chewbacca les accompagne. Je capte un esprit qui pourrait être celui de Chewie... Hélas, je ne suis pas sûr. Pas à cette distance. Ils ont l'air soucieux. C'est difficile à expliquer... Je crois que Leia et les enfants sont prisonniers.

— Allons les sortir de là, lança Lando. Prends D2 et l'aile X. Trouve les coordonnées des enfants et transmets-les-moi. Je déposerai Gaeriel et Jenica sur l'*Intrus* où elles pourront raconter à l'amiral Ossilege ce que nous avons appris... Jenica est le seul expert actuel de Centerpoint ; elle nous sera utile si les choses tournent mal. Ensuite, je foncerai sur Drall avec Kalenda pour voir ce que je peux faire pour les enfants.

— Vous n'êtes pas très optimiste, hein ? demanda Jenica.

— Nous ignorons où est le répulseur de Drall, répondit Lando. Chewbacca est un excellent ingénieur, mais pour faire fonctionner quelque chose, il faut y accéder. Bien sûr, nous devons sauver les enfants. A moins qu'ils ne soient assis sur le répulseur, je ne vois pas comment ça nous aidera. (Il se tourna vers Luke.) Leia nous sera plus utile. Le répulseur de Selonia est en activité, et il est probablement contrôlé par ceux qui la retiennent. Ton boulot sera de la mettre au courant de la situation. Espérons qu'elle pourra convaincre ses geôliers de brouiller Centerpoint...

— Plus facile à dire qu'à faire, se plaignit Luke.

— Tout ça paraît raisonnable, dit Jenica. Mais il n'y aura personne pour garder la station.

— Je ne pense pas que le départ de deux vaisseaux, de deux droïds et de cinq personnes changera quelque chose à l'affaire, plaida Lando. Que pourrions-nous contre une invasion ? Attendre que les soldats atterrissent et leur sauter dessus par surprise ?

Jenica parut songeuse.

— C'est vrai. Ici, nous sommes pieds et poings liés.

— Nous devons partir... et agir, dit Lando.

Le porte-parole de la Supratanière était assis devant eux.

— Nous ne vous retiendrons pas longtemps, expliqua-t-elle.

Mara, Leia et Yan occupaient un côté de la table. Dracmus était assise à gauche de Kleyvits, soulignant ainsi que son clan s'était soumis aux vainqueurs.

— Une fois les accords signés, nous pourrons nous séparer, continua la Selonienne.

— Il n'est pas question de signer quelque chose, dit Leia, de la lassitude dans la voix.

L'après-midi touchait à sa fin ; ils étaient toujours à l'intérieur de la somptueuse villa-prison. Car c'était bien une prison. La Supratanière avait dressé un champ de force autour du *Feu de Jade* et des gardes étaient postés un peu partout. Le vaisseau attendait sur la piste de décollage, non loin de là, mais fuir paraissait hors de question.

— Même si je voulais négocier, je n'en ferais rien tant que nous serons prisonniers, expliqua la présidente de la Nouvelle République. Et même si je cédais, le document serait nul. Mon gouvernement ne ratifierait jamais un traité signé sous la contrainte.

— Il n'est pas question de contrainte. Vous serez libres de partir quand nous serons d'accord sur un compromis...

— Vous nous retenez contre notre gré, dit Leia. Il y a donc contrainte.

— Je vous implore d'y réfléchir, insista Kleyvits. Tout ce que nous vous demandons, c'est de reconnaître la réalité. Nous sommes libres et nous ne faisons plus partie de la Nouvelle République. Votre planète est à nous, un point c'est tout.

160

— Vous n'êtes pas plus libres qu'avant, dit Mara. Il n'y avait pas de dictateur pour vous imposer des sentiments ou des actes. Vous n'avez rejeté aucune tyrannie. Ce n'est pas la liberté de Selonia que vous demandez à Leia de reconnaître, c'est la domination de la Supratanière.

— Hé, s'écria Yan, pourquoi s'embêter comme ça ? Donnons-lui ce qu'elle veut. La liberté. La liberté de ne pas faire de commerce, et d'empêcher toute importation. La liberté d'interdire les voyages interstellaires. L'embargo total. Ça vous plaît ?

— Cela nous convient. Les membres de la Supratanière prônent le rejet de toute influence extra-selonienne. Et vous, ma bonne amie, dit Kleyvits en se tournant vers Dracmus, parlez donc au nom de la tanière Hunchuzuc. N'êtes-vous pas d'accord pour dire que l'autarcie serait la plus belle des victoires ?

— Oh oui, éminente Kleyvits, répondit Dracmus d'une voix humble. Les gens de Selonia devraient être isolés de l'univers.

— Et vos amis ? Vos collègues de Corellia, où vous avez vécu toute votre vie ? demanda Yan, écœuré.

— Ils se réjouiront avec moi de la liberté retrouvée, répondit Dracmus, les yeux baissés.

— Vous jouez mal la comédie, Honorable Dracmus, constata Yan. J'ai vu des morts qui mentaient mieux que vous.

Dracmus jeta un regard inquiet à Kleyvits.

— S'il vous plaît, ne mettez pas en doute ma sincérité, Honorable Solo.

— Ne vous inquiétez pas pour ça : je n'ai *aucun* doute.

— J'insiste pour que nous revenions au sujet de notre conversation, dit Kleyvits. Reconnaissez l'indépendance de Selonia et le pouvoir de la Supratanière, ou vous ne quitterez pas cette planète en vie.

— C'est d'accord, dit Leia.

Kleyvits se pencha vers elle avec un sourire.

— Nous avons réussi ?

— Absolument. Nous choisissons la seconde solution. Tuez-nous tout de suite.

La Selonienne laissa échapper un long soupir et pianota sur la table du bout de ses griffes acérées.

— Bien, dit-elle. Je crains que nous n'en ayons encore pour un bon moment...

Dans le poste de commande, Thrackan Sal-Solo regardait le pilote faire monter la barge d'assaut vers la pointe du répulseur planétaire.

Doucement, doucement... Le vaisseau resta un instant immobile puis vira de bord pour s'aligner sur deux points brillants, au-dessus de l'horizon, Talus et Tralus. Thrackan aurait pu voir Centerpoint, avec une bonne paire de jumelles.

Tout était prêt. Il n'avait plus qu'à appuyer sur une touche pour expédier le signal radio. Après, il ordonnerait à son pilote de redescendre dans le répulseur. Ce ne serait plus qu'une question de temps. Le signal atteindrait Centerpoint et le centre de contrôle. Sans brouillage, il n'aurait plus besoin de faire toute cette gymnastique pour transmettre ses conditions. Rien ne pourrait les bloquer.

Thrackan n'était pas du genre à aimer les métaphores, mais si on l'avait interrogé, il eût dit qu'il venait de lancer une pierre dans un lac. Les ondes se propageraient dans toutes les directions. S'il était en mesure de prédire certaines des conséquences, la partie qu'il jouait était risquée.

Les ondes pouvaient atteindre des rivages inconnus...

Il avait coupé le brouillage parce que cela servait ses intérêts. A présent, ses ennemis pourraient communiquer entre eux.

162

Les maîtres du tueur d'étoiles utiliseraient leur réseau de communication principal pour couper le champ d'interdiction. Puis ils s'abattraient sur les vaisseaux bakuriens comme des oiseaux de proie. Parfait. Que les deux factions se battent, qu'un camp triomphe... Les vainqueurs seraient affaiblis par la bataille et les forces de Thrackan auraient plus de chances de remporter la confrontation finale.

Les propriétaires actuels de Centerpoint bloqueraient sans doute le système secondaire que Thrackan venait d'utiliser, empêchant de commander à distance la salle de contrôle. Il ne pourrait pas rétablir le brouillage. Tant pis... Cela n'avait guère d'importance. Tout ce que les ennemis de Thrackan apprendraient, ils l'apprendraient *trop tard*.

Quelles seraient les conséquences de son jet de pierre ? Quels risques allait-il courir ? Il n'avait aucun moyen de le savoir.

Une chose était sûre. Couper le brouillage lui donnait la possibilité d'annoncer haut et fort que les enfants de Yan étaient en sa possession. Son cousin l'entendrait, le saurait... et il ne pourrait rien y faire.

Quelle vengeance eût été plus douce ?

Thrackan appuya sur le bouton.

Ossilege avait les yeux fixés sur les détecteurs longue portée de l'*Intrus*. La barge d'assaut était restée un moment immobile au-dessus du répulseur — sûrement pour envoyer un message qui aurait été bloqué par le cône — puis elle avait replongé dans sa cachette.

Il se tourna vers l'officier de l'armement.

— Navré, monsieur. Je n'ai pas eu le temps de tirer. Pas à cette distance, et avec une atmosphère entre nous. Si la cible était restée immobile trente secondes de plus...

L'officier ne termina pas sa phrase, mais Ossilege comprit. Il soupira. Si la barge était restée immobile assez longtemps pour que l'*Intrus* tire, la guerre aurait peut-être déjà été terminée…

— Eh bien… On s'éloigne cinq minutes et on ne reconnaît plus rien, dit Lando pendant que le *Lady Luck* émergeait du sas cyclopéen de Centerpoint. Où est l'*Intrus* ?

— Qui est l'*Intrus* ? demanda Jenica.

— Un vaisseau. Un croiseur bakurien. Il ne passe pas facilement inaperçu, mais je ne le vois pas.

— Il y a deux énormes vaisseaux…

— Il y en avait un troisième.

— Alors où est-il ?

— Je l'ignore. Un imprévu, sans doute. Ossilege a dû charger sabre au clair, même s'il n'en avait pas vraiment besoin…

— Je ne suis pas sûre d'aimer votre ton, Lando, dit Gaeriel d'une voix sévère.

— Je ne suis pas sûr d'aimer les risques que prend Ossilege, répondit Lando. Qu'allons-nous faire ?

— Difficile à dire. La vie sera tellement plus simple quand les communications seront rétablies. (Gaeriel réfléchit.) Peut-on arranger une liaison laser avec un des deux destroyers ?

— Non, répondit Lando. Il sera plus facile et plus rapide d'aborder le vaisseau le plus proche pour demander ce qui se passe.

— D'accord. Nous nous déciderons après.

— Très bien, lança Lando. C'est parti…

Jaina laissa échapper un soupir. Les choses allaient mal. Assis dans l'« enclos », les prisonniers regardaient les troupes et les techniciens de la Ligue

Humaine déballer leur matériel. Visiblement, ils comptaient s'installer.

La petite fille regarda autour d'elle. Le champ de force qui les retenait était produit par un générateur extérieur... qu'il leur était impossible d'atteindre. Cela énervait prodigieusement Anakin. Voir un objet qu'il ne pouvait toucher lui déplaisait plus encore qu'être prisonnier...

Les deux autres enfants essayaient de le distraire, et ce n'était pas facile. Les Dralls, eux, avaient trouvé une solution pour tromper l'ennui : récapituler tous les ragots familiaux des dix dernières années. Et leur lignée était féconde.

Les heures passaient tandis qu'ils discutaient de la santé d'un cousin, des problèmes d'argent d'un oncle, du divorce scandaleux d'une grand-tante et des penchants contestables de son cinquième mari.

Chewbacca faisait les cent pas dans le champ de force, sa rage contenue ne pouvant empêcher les techniciens de la Ligue Humaine de fouiller autour du *Faucon Millenium*. Parfois un type ouvrait un panneau et éclatait de rire, stupéfait par les rafistolages du Wookie.

A ces moments-là, il était difficile d'empêcher Chewie de flanquer de grands coups dans le champ de force. La seule chose qu'il y gagnait, c'était de la fourrure brûlée sur les poings et les avant-bras.

Quand Thrackan Sal-Solo se dirigea vers l'enclos, les deux Dralls seuls étaient assez calmes pour évaluer rationnellement la situation. Un technicien accompagnait leur geôlier. Il portait un enregistreur holographique.

— Bon après-midi à vous, dit Thrackan.

Il avait une voix si proche de celle de son père que Jaina eut envie de hurler.

Cousin Thrackan, pensa-t-elle. C'était étrange, ça sonnait faux, mais c'était pourtant exact.

— Salut, dit-elle.

Jacen murmura la même chose. Anakin leva les yeux vers leur cousin et éclata en sanglots. Difficile de lui en vouloir : il ressemblait tant à Yan… en plus sombre, plus lourd, avec des cheveux plus gris. La barbe aidait à différencier les deux hommes. Cela précisé, leurs similitudes n'en devenaient que plus visibles. C'était comme voir une version de leur père dominé par le Côté Obscur : ce que Yan Solo serait devenu s'il avait laissé la colère, l'aigreur et la paranoïa prendre le dessus.

— Fais taire cet enfant, ordonna Thrackan.

— Je ne peux pas, répondit Jaina. Il va peut-être se calmer, mais il a peur de vous.

— Il n'a aucune raison d'avoir peur, répondit Thrackan. Pas encore.

Voilà qui était rassurant, vraiment…

— Tout va bien, Anakin, murmura Jaina à l'oreille de son frère. Crois-moi.

— Que voulez-vous ? demanda Jacen.

— Rien d'important, répondit Thrackan. Juste prendre quelques clichés de famille.

Chewbacca rugit, grogna, montra les dents, et désigna l'intérieur de l'enclos.

— Je ne parle pas ta langue, Wookie, pourtant, il semble que je n'ai pas besoin de traduction. Non, merci. Je resterai à l'extérieur.

— Pourquoi voulez-vous des holos ? demanda Marcha.

— Ça semble évident, même pour un membre de ta race. Je me prépare à faire cesser le brouillage… Les holos me permettront de prouver que vous êtes mes prisonniers. Je doute que quelqu'un se soucie du sort de deux Dralls abrutis et d'un Wookie psychotique, mais les parents de ces charmants bambins seront peut-être plus conciliants en apprenant que je tiens leurs rejetons *et* un répulseur planétaire…

Marcha, duchesse de Mastigophorous, se dressa de toute sa « hauteur » et dévisagea son gardien d'un regard noir.

— Vous allez faire une terrible erreur, dit-elle. Pour votre propre sécurité, je vous conjure de reconsidérer votre attitude.

— Tu n'es pas en position de menacer, Drall, répondit Thrackan. Garde ta salive.

— Très bien. Vous porterez la responsabilité des conséquences. L'honneur exigeait que je vous prévienne... Un sage sait reconnaître un avertissement d'une menace.

Le sourire disparut un bref instant du visage de Thrackan, pour réapparaître, aussi agaçant et mesquin qu'avant.

— La conversation est terminée, dit-il. Les trois gamins, venez près de moi. Les autres, reculez au fond de l'enclos.

— Pourquoi... commença Ebrihim.

— Parce que je le veux ! cracha Thrackan. Parce que si vous n'obéissez pas, je modifierai le champ de force pour réduire l'enclos de moitié. Parce que je vous ferai abattre, si j'en ai envie. (Il sourit méchamment.) Et parce que je ferai mal aux enfants si vous n'obéissez pas tout de suite. Allez, au fond !

Les deux Dralls et le Wookie se regardèrent, puis s'exécutèrent. Ils n'avaient pas le choix.

Anakin s'était un peu calmé ; Jaina l'aida à garder son sang-froid. Le moyen le plus efficace de le distraire était de lui montrer un type en train d'utiliser une machine.

Cela avait aussi d'autres avantages...

— Regarde Anakin. Regarde ce qu'il fait.

Le petit garçon s'essuya les yeux. Les trois enfants se tenaient à la limite du champ de force, et ils étudiaient avec attention les gestes du technicien de la Ligue.

Ce dernier s'agenouilla près du générateur de champ et tira une clé de sa poche. Il l'introduisit dans une serrure électronique, tourna d'un quart de tour et modifia plusieurs réglages. Un nouveau champ de force s'activa, coupant l'enclos en deux et séparant les enfants des autres prisonniers.

L'homme retira la clé.

— Diktat, il serait sage d'augmenter la brillance du champ afin de le rendre plus visible sur l'enregistrement holo.

— Les prisonniers seront-ils plus difficiles à voir ?

— Un peu, mais ils resteront reconnaissables et la vue du champ ne laissera pas de doute sur leur sort.

— Très bien, dit Thrackan.

Le technicien appuya sur une touche : le champ s'obscurcit. Son supérieur hocha la tête.

— Parfait. Filmez, maintenant. Une longue séquence sur chacun d'entre nous, suivi d'un plan large. Je veux qu'il n'y ait pas d'ambiguïté.

Le technicien fit quelques derniers réglages et commença à enregistrer.

— Ça devrait suffire, Diktat Sal-Solo, dit-il après un moment.

— Très bien. Allons régler le transmetteur.

— Et le champ de force, monsieur ?

Thrackan réfléchit.

— Laissez-le comme ça, dit-il enfin. Je préfère que les enfants restent isolés. Ils auront plus de mal à comploter avec les autres...

Il se retourna ; le technicien le suivit. Jaina les regarda s'éloigner.

— Tu en as vu assez ? demanda-t-elle à Jacen.

— Pas vraiment, répondit-il. Je doute de pouvoir

manipuler le générateur avec la Force. Je ne suis pas assez précis. En plus, c'est le technicien qui a la clé.

— Et toi, Anakin ?

— Si je pouvais m'approcher, je pourrais faire quelque chose, dit le gamin. Changer des trucs... Mais il faut une clé pour couper ou activer les champs de force. Tu l'as bien vu. Il faut une clé.

— Aucune chance dans ce cas, dit Jaina.

— Ne dites pas ça, les enfants, souffla la duchesse Marcha, debout de l'autre côté. Il y a toujours de l'espoir, surtout contre un adversaire qui croit que l'arrogance suffit à gagner les guerres.

La petite fille s'approcha.

— Il a commis une erreur, tante Marcha ?

— Oh, oui, répondit-elle. Et une grosse.

Chewbacca laissa échapper un jappement, regarda autour de lui pour vérifier qu'aucun soldat ne l'observait, et s'approcha de la barrière. Ouvrant la main, il montra un objet aux enfants.

Un communicateur de poche.

Jaina regarda Chewbacca avec un grand sourire.

— J'aurais dû le savoir, dit-elle. Dans ta fourrure, tu peux cacher ce que tu veux. Et qui irait fouiller un Wookie ?

Chewbacca grogna à cette remarque.

— Bon... et alors ? demanda Jacen. Ce truc n'émet pas à plus de quelques kilomètres.

— Tu oublies quelqu'un qui est tout près, dit Ebrihim. Quelqu'un qui a un équipement de communication intégré. Quelqu'un qui doit être fatigué d'attendre...

Q9-X2 était effectivement fatigué d'attendre, une réaction plutôt surprenante pour un droïd. Un autre robot se serait basculé sur veille après avoir programmé ses circuits d'alarme. Pas Q9. Il avait peur de rater quelque chose... Et tant pis s'il n'y avait rien à voir, quand on reposait la tête à l'envers dans une des caches de contrebande du *Faucon Millenium*.

Il était plus désagréable de rester confiné que d'avoir la tête à l'envers. Le temps pressant, son maître l'avait fourré dans le premier compartiment venu.

Les instructions d'Ebrihim étaient simples :

Attends au moins quatorze heures. Ne sors pas avant que les alentours soient sûrs. Puis examine le vaisseau et estime la situation. Enfin détermine la meilleure méthode pour nous venir en aide et applique-la.

Le droïd était bien trop excité pour se désactiver. Il avait effectué quelques auto-diagnostics et analysé son journal de bord.

Quand Anakin avait réveillé le répulseur, il avait failli être détruit...

Les droïds réalisaient rarement leur mortalité. Dans sa cachette, Q9 avait eu tout le temps de considérer les conséquences de sa propre destruction. Il avait failli « mourir » et, dans un futur proche, la chose risquait de se reproduire. Dans ces circonstances, se désactiver était une folie. Si un de ses composants flanchait ou était *sur le point* de flancher ? Il programmerait un réveil, se désactiverait et la commande ne serait jamais exécutée.

En clair, il n'avait pas envie de s'éteindre s'il n'était pas sûr de pouvoir s'allumer de nouveau.

C'était peut-être absurde, mais il n'y avait rien à faire.

Q9 avait peur de s'endormir.

Il décida d'attendre encore un peu.

Dans le hangar du *Sentinelle*, Gaeriel Captison observait le *Lady Luck*.

— Notre devoir est clair, dit-elle. Nous allons sur Drall pour rejoindre l'*Intrus*.

— Absolument, dit Lando. Si quelqu'un a découvert un répulseur, c'est là qu'il faut être.

Jenica secoua la tête.

— Je reste ici. Le *Sentinelle* et le *Défenseur* protègent la station Centerpoint… et je suis la seule experte disponible.

Lando hocha la tête.

— Vous avez raison. Et vous, lieutenant Kalenda ?

— Ce n'est pas évident… Je pense que ma place est aux côtés de l'amiral Ossilege.

Pour garder un œil sur lui ? se demanda Lando.

— Bien, répondit-il. Montez à bord.

— Et moi ? protesta 6PO. Dois-je venir ? Mes compétences de diplomate et de traducteur seront plus utiles sur Drall qu'ici.

Le dilemme était terrible. Lando mourait d'envie de laisser le droïd sur le *Sentinelle*… Hélas, la boîte de sardines ambulante avait peut-être raison. S'ils atteignaient le répulseur et rencontraient des Dralls qui ne parlaient pas basic ?

— Grimpe, grogna-t-il.

6PO trotta maladroitement sur la rampe d'accès.

Après avoir fait leurs adieux à Jenica, Gaeriel et Kalenda embarquèrent. Lando hésita. Il avait quelque chose à dire à Jenica Sonsen, et il n'en aurait peut-être plus jamais l'occasion.

Il semblait d'ailleurs qu'elle attendait qu'il se décide.

… Finalement, ce fut elle qui prit la parole.

— N'est-ce pas le moment de déclarer que vous n'avez jamais rencontré quelqu'un comme moi, et que vous voudriez mieux me connaître ? Ou que nous avons partagé des moments forts, et que nous ne devrions pas laisser cette magie s'évanouir ?

Allez-y… Prononcez les paroles sublimes auxquelles aucune femme résiste…

Lando ignorait si elle se moquait de lui, si elle l'avertissait qu'il n'avait rien à espérer, ou si elle le poussait à agir. Le plus étrange, c'était que ça n'avait aucune importance.

Avec Jenica, ça aurait pu marcher, il le sentait… Pourtant, ça n'irait pas plus loin.

— Il n'y a pas si longtemps, j'aurais prononcé ces mots, et je les aurais crus, soupira Lando. Pour les oublier presque aussitôt, bien entendu. Le problème, c'est que j'ai dit quelque chose de similaire à une autre dame, très récemment. Comme je continue de croire à mes déclarations, je vais être obligé de m'abstenir.

Jenica sembla surprise, mais pas autant que Lando lui-même.

— C'est sans doute le baratin le plus classe que j'aie jamais entendu. Votre égérie a beaucoup de chance. (Elle tendit la main ; Lando la serra.) Soyez prudent. J'aurais apprécié que vous me fassiez la cour, juste pour connaître ma réaction… Maintenant, je ne saurai jamais…

Lando se fendit d'un sourire qui aurait pu servir de publicité à un dentiste.

— Moi non plus, dit-il. Prenez soin de vous.

Il lui lâcha la main et grimpa à bord du *Lady Luck*.

Gaeriel l'attendait dans le cockpit ; Kalenda s'était installée à la place du copilote.

— Alors ? dit-elle en commençant à programmer le cap. Elle a accepté ?

Ses yeux n'avaient pas quitté le moniteur, mais l'ombre d'un sourire flottait sur son visage. Lando crut entendre derrière lui un gloussement indigne d'un ex-Premier ministre.

— Pardon ?

— Vous lui avez demandé si vous pouviez l'inviter à dîner une fois que tout ça serait terminé. Qu'a-t-elle répondu ?

Lando rougit. Etait-ce si évident ? Sa réputation était-elle si universelle ?

— Hum... bien... A vrai dire, elle m'a... hum... demandé si j'allais lui demander et je lui ai répondu que je ne pouvais pas. Des promesses à tenir.

Kalenda se retourna et le regarda dans les yeux.

— Vous plaisantez.

— Non, dit Lando. Pas du tout. Je ne sais pas pourquoi je vous en parle... C'est bien ce qui s'est passé... Sur l'honneur d'un marchand...

— Hé bien, madame le Premier ministre, je crois que notre pari n'avait pas de raison d'être. Capitaine Calrissian, il est temps de partir.

— Oui... C'est vrai... balbutia Lando.

Ses vérifications terminées, il enfonça quelques touches et le *Lady Luck* s'éleva.

Il y avait des moments où il se rendait compte qu'il avait encore beaucoup à apprendre des femmes...

Prenant de la vitesse, le vaisseau fonça vers Drall.

Luke Skywalker poussa les moteurs de son aile X à leur puissance maximale. Le jeu des orbites avait rapproché Selonia de Centerpoint, mais les distances étaient encore respectables et il était pressé. Bien qu'intrigué par l'absence de l'*Intrus*, il ne s'était pas arrêté pour se renseigner. Sa mission d'abord. Bovo Yagen et ses millions d'habitants. Ils avaient un espoir de les sauver... Eviter la destruction de l'étoile marquerait aussi la fin de l'insurrection du Système Corellien.

La galaxie accordait peu d'importance aux possibilités. L'univers ne s'occupait pas de ce qui *pour-*

rait se passer. Leurs chances de succès étaient minimes. La survie de douze millions de personnes dépendait peut-être du temps qu'il mettrait pour rejoindre Selonia et Leia.

Douze millions d'êtres... A l'échelle cosmique, ça ne représentait rien. Qu'était donc l'histoire humaine face à l'immensité de l'univers ? Une fraction de seconde, un battement de paupière. Pourtant... Douze millions de vies, de rêves, d'espoirs, de mémoires et d'histoires disparaîtraient.

Toutes les générations qui ne verraient jamais le jour...

Un potentiel à jamais volé à la galaxie...

Comment pouvait-on détruire une étoile — belle, complexe, puissante et majestueuse — dans le seul but d'asseoir sa domination politique ?

Non. Nul n'utiliserait les novae comme des armes. Pas dans *sa* fraction de seconde de vie.

Du moins, s'il pouvait l'empêcher.

D2 siffla et bipa un avertissement. Luke vérifia ses écrans.

— Oh, oh... Nous avons de la compagnie.

Une escadrille de huit Chasseurs d'Attaque Légers montaient à sa rencontre. Il soupira. Il n'avait pas besoin de ça maintenant. Peut-être pourrait-il les effrayer sans perdre de temps...

Il abaissa les boucliers pour dériver l'énergie vers les systèmes d'armement.

D2 protesta vigoureusement.

— Calme-toi, D2. Je lèverai les boucliers dès que nous serons à portée de leurs armes.

Luke avait combattu des CAL peu de temps auparavant et il connaissait leurs performances. Une aile X avait une classe supérieure. De là à combattre huit appareils en même temps...

La meilleure manière de gagner cette bataille était d'éviter l'affrontement.

Il fallait leur prouver que son aile X améliorée était invincible.

Projetant ses sens, Luke toucha l'esprit des pilotes seloniens. Il ne cherchait pas à les manipuler, mais à les juger. Le tempérament selonien, si friand de consensus, n'était pas un avantage dans une bataille. Ils se battaient mieux seuls, dans l'intérêt d'un groupe, plutôt *qu'en* groupe.

Ceux-là étaient nerveux. Dans l'esprit de deux ou trois pilotes, Luke capta l'impression désespérante de replonger en enfer. Sans doute était-ce des vétérans des récents combats avec les Bakuriens…

Compris. Si Luke réussissait ce qu'il préparait, ces gens seraient en vie ce soir.

Luke vérifia ses armes, chargées au maximum. Dérivant toute l'énergie disponible sur les propulseurs, il fonça à près de cent pour cent de leur puissance maximale. L'aile X bondit vers les CAL à une vitesse terrifiante. Deux chasseurs tirèrent au jugé ; l'un toucha presque son équipier…

Luke savait les risques qu'il prenait à voler sans boucliers. Si un rayon le touchait par hasard…

Ce serait dommage, un point c'était tout !

Ce combat allait demander tout son talent de pilote, toutes ses compétences de Jedi ainsi qu'une bonne dose de chance.

Désactivant l'ordinateur tactique, il ferma les yeux et pilota l'aile X à l'instinct. Il tira une fois, deux fois, trois fois. Trois tirs, qui touchèrent les batteries de laser CAL. Trois chasseurs qui pouvaient encore voler, mais plus se battre.

Le message était clair :

Je suis plus rapide, plus lourd, j'ai de meilleures armes et je tire de plus loin. Je pourrais vous détruire si je le voulais… Je ne le veux pas. Ne me faites pas changer d'avis.

Les trois vétérans comprirent le message et modifièrent leur trajectoire. Deux autres chasseurs hésitèrent… puis les suivirent.

Ce qui en laissait trois. C'était toujours mieux que huit… Mais seuls les pilotes qui avaient vraiment envie d'en découdre restaient.

Les trois vaisseaux foncèrent sur lui, en formation triangulaire et furent bientôt à distance de tir. Luke ralentit, leva ses boucliers, mais ne dériva pas l'énergie sur les armes. D'une façon ou d'une autre, le combat serait terminé avant que leur puissance soit épuisée.

D2 s'excita dans son dos et un texte défila sur l'affichage de la console, trop rapidement pour que Luke puisse le lire.

— D2, qu'est-ce que c'est ?

Les sifflements du droïd résonnèrent dans son casque. Les trois CAL fonçaient sur lui. Il prit une décision.

— D2, plus tard. J'ai un autre problème ; le tien attendra.

Si les trois pilotes n'étaient pas faciles à effrayer, ça n'en faisait pas pour autant de bons tacticiens. Ils étaient trop près les uns des autres. Le tir qui en manquait un pouvait toujours en toucher un autre…

Luke ne voulait pas tuer s'il n'était pas obligé. Il bascula son sélecteur de tir de « laser » sur « torpille » et programma une torpille à protons pour une explosion de « proximité ».

Les trois CAL tirèrent en même temps, réussissant à coordonner leur attaque malgré le brouillage des communications. Pas mal. Ils étaient peut-être meilleurs que prévu.

Les lasers s'écrasèrent autour de l'aile X et Luke se félicita d'avoir réactivé ses boucliers. Il tira une torpille au cœur de la formation de CAL, comptant sur l'effet de surprise. Plus personne ne se servait de torpilles à protons dans les combats spatiaux. Elles étaient plus lentes et moins précises qu'un tir laser, et servaient seulement pour abattre des cibles sans défense.

Les trois CAL tirèrent à nouveau. Sous l'impact, l'aile X dévia de sa trajectoire. Luke secoua la tête. Les prochains tirs traverseraient ses protections…

Il coupa les moteurs, laissant l'aile X continuer en planant. Que l'ennemi pense qu'il avait perdu ses moyens de propulsion. Ainsi il aurait encore plus de mal à le trouver quand…

La torpille explosa au centre de la formation, illuminant l'espace et aveuglant les pilotes durant une ou deux secondes. Avec un peu de « chance », leurs appareils seraient hors service pendant un temps équivalent.

Luke alluma les propulseurs et accéléra.

L'aile X fonçait sur l'onde de choc, ses boucliers lui offrant juste assez de protection pour passer…

Luke s'accrocha à ses commandes pour maintenir le cap. Puis ce fut terminé ; il avait traversé l'orage. Deux des CAL faisaient des tonneaux, leurs commandes en rideau, tandis que le troisième tentait de rétablir son équilibre.

Luke ne comptait pas s'éterniser.

Il calcula une nouvelle trajectoire pour Selonia, et fila.

Quelques secondes s'écoulèrent. Luke poussa un soupir de soulagement. C'était passé près, trop près. Etre un Maître Jedi n'avait pas que des avantages. Un pilote de chasse normal n'aurait pas hésité un instant à abattre ses adversaires. Il sourit.

Un jour, ses obligations envers les autres lui coûteraient la vie…

D2 siffla pour attirer son attention. Luke programma son cap et s'enfonça dans le fauteuil du pilote.

— D'accord, D2, dit-il. Que se passe-t-il ?

Le droïd prit le contrôle de la console principale et l'écran passa en mode communication.

— Le brouillage est désactivé ! dit Luke. Mais pourquoi...

D2 répondit avant que Luke ait pu terminer sa question. L'écran s'éclaircit et le droïd passa un message enregistré pendant le combat spatial.

Un crâne humain stylisé avec un poignard entre les dents s'afficha sur l'écran. Le Jedi reconnut le symbole... La Ligue Humaine. Le crâne s'effaça pour être remplacé par le visage de Thrackan Sal-Solo.

Luke ne sourit pas quand il écouta ce qu'il avait à dire.

CHAPITRE XI

LES ONDES SE PROPAGENT

Le soir tombait ; Kleyvits et Dracmus étaient sur le point de se retirer. Yan avait perdu le compte du nombre de fois où elles étaient venues demander si Leia avait changé d'avis...

C'était leur troisième ou quatrième visite de la journée.

Certaines personnes ne savaient pas s'arrêter.

Leia, Yan, Mara et les Seloniens en étaient aux salutations diplomatiques quand la console des communications s'alluma.

Yan sursauta ; les autres se tournèrent vers l'écran rempli de parasites.

— Du calme, dit Mara. Quelqu'un a dû se servir du système automatique, celui qui sert pour les messages prioritaires.

Un crâne énorme apparut, accompagné par un vacarme affreux. D'après le grain et la distorsion de l'image, le signal était émis par un émetteur non compatible avec le procédé selonien.

Yan réalisa ce qui se passait.

— Hé, une seconde ! Ça signifie que le brouillage est désactivé ! nous pouvons...

— Chut, dit Leia. Si Thrackan annule le brouillage pour faire une annonce, c'est que c'est important. Je veux l'écouter.

Elle appuya sur la touche « enregistrement » et s'assit.

— Comment savez-vous qu'il s'agit de Sal-Solo... commença Dracmus.

Ce dernier apparut sur l'écran. Assis dans la salle de contrôle de ce qui ressemblait à un petit vaisseau militaire, il sourit avec autant de chaleur que le crâne qu'il remplaçait. Il y avait quelque chose de maladroit dans cette mise en scène, comme si elle avait été improvisée. L'image tremblait un peu, sans doute à cause d'un enregistreur holographique défectueux.

— Je vous présente les salutations du Système Corellien. Je suis Thrackan Sal-Solo, Diktat de Corellia. J'ai ordonné l'arrêt du brouillage pour annoncer à tous ceux qui se trouvent dans le système deux nouvelles capitales. Primo, nous avons pris le contrôle du répulseur planétaire de Drall. Habitants du Système Corellien, la Nouvelle République vous avait caché l'existence de cette arme extrêmement puissante...

— Parce que nous ne savions pas qu'elle existait, murmura Yan.

— Chut ! siffla Leia.

— Maintenant, elle est en notre possession. Bientôt, nous contrôlerons également le répulseur de Corellia. Ces dispositifs vous sont inconnus. Sachez seulement qu'ils nous permettront de nous protéger de nos ennemis, quels qu'ils soient.

— La Ligue a mis la main sur le répulseur de

Drall ? demanda Dracmus en se tournant vers Kley-vits. Comment est-ce possible ?

— La seconde nouvelle est de portée plus person-nelle, continua Thrackan. Nous avons recueilli les trois enfants de Leia Organa Solo, la présidente de la Nouvelle République. (Yan se tourna vers Leia et vit de l'horreur apparaître sur son visage.) Des étrangers les tenaient prisonniers, et nous les avons délivrés. Ils sont à présent sains et saufs. J'espère pouvoir les ramener à leur mère... Pour cela, il faut qu'elle sorte de sa cachette et qu'elle confirme sa reconnaissance de l'indépendance du Secteur Corel-lien. Je vous offre ces images pour vous prouver que nous avons le répulseur et que les enfants sont en bonne santé...

— Espèce d'ordure, pourriture à deux crédits ! hurla Yan. Tu mens !

L'écran s'obscurcit puis se ralluma, montrant un énorme cône argenté. L'image était claire. L'holoca-méra balaya une barge d'assaut, puis le *Faucon Millenium*.

Des hommes en uniforme patrouillaient autour des vaisseaux. Six grands cônes se dressaient autour d'un septième, plus monumental encore.

— Il est identique à notre répulseur..., dit Drac-mus avant que Kleyvits ne la fasse taire d'un regard.

L'holocamera bascula vers le sol et fit un gros plan sur un groupe de personnes qui se tenaient dans un endroit clos par un champ de force.

Les enfants étaient enfermés dans une zone déli-mitée, Chewbacca, Ebrihim et une autre Drall, que Leia ne connaissait pas, étant détenus à proximité. La caméra se promenait de visage en visage. Ils aperçurent Jacen, triste mais déterminé ; Jaina, inquiète pour Anakin ; Anakin, intéressé par la caméra. Son visage était zébré de larmes et conges-tionné comme s'il venait de pleurer.

Thrackan revint au premier plan et sourit froidement.

Leia ravala un sanglot et Yan sentit son estomac se nouer.

Thrackan avait enlevé des enfants. *Ses* enfants. Sa chair et son sang. Yan sentit monter en lui une rage implacable. Thrackan voulait les effrayer avec ces images...

Il avait tort...

L'holocaméra s'arrêta sur le second Drall, puis sur Chewbacca. Quelque chose, dans l'attitude de son vieil ami, donna de l'espoir à Yan. Chewie se tenait droit, il regardait la caméra et montrait ses crocs... Il n'avait pas l'air abattu.

Le Wookie avait encore un ou deux atouts dans sa manche...

— Ceci est suffisant pour vous prouver que je dis la vérité. J'attends la réponse du chef de l'État, et, en tant que Diktat du Secteur Indépendant de Corellia, j'en appelle à tous les Corelliens afin qu'ils me prêtent allégeance.

Le crâne et la dague réapparurent, puis l'écran s'éteignit.

— Yan... Yan... dit Leia les yeux pleins de larmes. Il a nos enfants. Il a nos enfants et nous... nous ne pouvons pas accepter ce qu'il nous demande ! Nous ne pouvons pas !

— Je sais, répondit Yan. Et même si tu le faisais, ça ne servirait à rien.

Si Leia confirmait l'indépendance de Corellia, elle serait démise de ses fonctions, puis arrêtée pour trahison et l'accord serait annulé. Tout cela étant parfaitement normal. Si Corellia était autorisée à faire sécession, la Nouvelle République pouvait s'effondrer. Même une tentative manquée — un échec noble et héroïque — l'affaiblirait. La blessure pourrait être fatale. Combien mourraient dans les guerres et les insurrections à venir ? Combien d'enfants seraient massacrés ?

— Je sais que nous ne pouvons pas accepter, dit Yan. Mais comment laisser les petits entre ses mains ?

— C'est horrible et terrible ! dit Dracmus. Thrackan se retourne contre son propre sang, sa propre tanière !

Kleyvits la regarda, ébahie.

— Qu'est-ce que vous racontez ?

— Ne le savez-vous pas, éminente Kleyvits ? Thrackan Sal-Solo est du même sang que Yan Solo, celui des enfants de Leia Organa Solo ! Aussi proches que deux clans de la même tanière ! Il menace les *siens* !

— C'est impossible ! dit Kleyvits. Comment un être pourrait-il faire une telle chose ? Je suis abasourdie. (Elle se tourna vers Leia.) Thrackan vous demande de *confirmer* votre reconnaissance de l'indépendance corellienne... L'avez-vous donc reconnue ? Je ne comprends pas...

— Thrackan Sal-Solo a menti, dit Dracmus, la voix pleine de dégoût. Il a proféré de nombreux mensonges. La moitié de ses paroles étaient fausses, ou prononcées pour donner à ses inventions un vernis de vérité...

— C'est impossible ! Il a dit que...

— Silence, vous deux ! C'est *possible*, puisqu'il vient de le faire ! (Mara désigna Yan et Leia.) Il a blessé profondément cet homme et cette femme. Respectez leur peine. Disparaissez ! Laissez-leur le temps de pleurer et fichez-nous la paix avec vos négociations absurdes !

— Non ! hurla Yan.

Toute la haine dirigée contre son cousin se focalisa sur une nouvelle cible, plus proche et plus facile à frapper. Il trouva les mots qui pouvaient servir d'armes, les mots qui feraient mal à l'ennemi qui se tenait devant lui.

— Restez où vous êtes ! Vous, Kleyvits ! Comment pouvez-vous cracher sur Thrackan Sal-Solo parce qu'il retient ceux de son sang en otage ? Vous faites la même chose ! *Vous* nous retenez en otage !

— Mais… vous n'êtes pas de ma famille, ni de mon sang !

— Elle est de votre famille, dit Yan en désignant Dracmus. Et vous prenez son esprit en otage en l'obligeant à nous harceler. Dracmus m'a sauvé la vie et j'ai sauvé la sienne. Elle m'a accordé sa protection ; nous avons combattu ensemble. Ce n'est pas un lien de sang… Mais n'est-ce pas comme une famille ? Nous étions alliés contre la Supratanière. Vous l'obligez maintenant à cracher sur ses amis pour vous amuser…

— Honorable Solo. S'il vous plaît… n'en dites pas plus, souffla Dracmus.

— Il y a bien plus, reprit Yan, les yeux fixés sur son amie. Votre peuple ne sait pas mentir. Oserez-vous prétendre que mes paroles sont fausses ?

— Non, répondit Dracmus. Non, je ne le peux pas.

Yan eut une illumination. Il se trompait peut-être ; s'il avait raison, s'il comprenait les Seloniens…

Oui… Oui !

— Et vous Kleyvits, dit-il. Parlez-nous de votre répulseur. Qui le contrôle ? Quelles mains sont posées sur les commandes ?

— Celles de bons Seloniens, bien sûr, répondit Kleyvits en regardant Yan, l'air soupçonneux.

— *Quels* Seloniens ? demanda Yan. Les vôtres ? Sont-ils de la Supratanière ?

184

Kleyvits resta interdite. Son regard passa de Yan à Dracmus. Ses moustaches frémirent et ses griffes jaillirent avant de se rétracter.

— Je ne peux en dire plus, dit-elle.

Yan jubila. Il avait gagné. Il le savait. Hélas, il ne pouvait pas jouer la carte suivante. Seule Dracmus pouvait emporter la main. C'était le moment crucial : la Selonienne pouvait choisir de n'avoir rien entendu, ou…

— Vous avez tort, éminente Kleyvits, cracha Dracmus. Vous avez tort jusqu'au plus profond de votre âme déshonorée. Vous devez en dire plus. Et même en dire *beaucoup* plus.

— Je ne dirai rien…

— Qui ? demanda Dracmus. *Qui* contrôle le répulseur ? Nous avons capitulé parce que vous nous avez montré votre force. Mais ce pouvoir n'est pas le vôtre ! C'est une ignominie ! Qui ?

— Je n'en dirai pas…

— Vous allez répondre ! hurla Dracmus avec la hargne d'un Wookie. (Ses yeux brillaient ; ses poils étaient hérissés. Sa queue battait de colère.) Qui ?

— C'est… ils sont… ils… les… les Rejetés. Les Sacorriens. Les Seloniens de la Triade.

— Mon Dieu, murmura Mara. Les Sacorriens. La Triade. Je n'arrive pas à y croire.

Le silence tomba sur la pièce.

Il ne dura pas.

— Si un humain m'avait dit une telle chose, je me serais jointe à l'honorable Jade, et j'aurais refusé d'y croire, déclara enfin Dracmus d'une voix si calme qu'elle en paraissait plus dangereuse. Mais je suis obligée de vous croire, Kleyvits. Vos paroles m'écœurent. La vérité me donne envie de vomir.

Kleyvits se laissa tomber à quatre pattes et se contorsionna aux pieds de Dracmus. Ce n'était pas un rituel vide de sens. Elle se soumettait et la suppliait de l'épargner.

— Levez-vous ! siffla Dracmus. Levez-vous et venez avec moi. D'autres doivent entendre la vérité. D'autres doivent être dégoûtés. Les jours de la Supratanière sont désormais comptés !

Kleyvits se releva et s'inclina devant Dracmus. Celle-ci ne réagit pas et quitta la pièce, les humains déjà oubliés. Kleyvits la suivit, tête basse, les rôles du vainqueur et du vaincu soudain inversés.

— Je ne comprends pas, dit Yan. Je soupçonnais quelque chose de louche. Je pensais que le répulseur avait été découvert par des agents étrangers, ce qui nous aurait permis de prendre Kleyvits en défaut... Que s'est-il passé ?

— Je vous expliquerai plus tard, dit Mara. Occupez-vous de Leia.

Yan se tourna vers sa femme, assise sur une des confortables chaises de la villa-prison. Elle sanglotait, des larmes roulant sur ses joues.

— Oh, Yan ! Nos enfants. Il a nos enfants.

— Je sais. Je sais. Mais il ne les gardera pas longtemps. Je te promets que nous allons...

Leia se leva et regarda en l'air, une lueur bizarre dans les yeux. Son attitude avait changé du tout au tout. Yan se tourna vers Mara, l'air interrogateur, se demandant si les événements n'avaient pas fait craquer sa femme. Non... Leia était d'une tout autre trempe.

— C'est Luke, dit-elle. Je le sens. Il arrive. Il utilise la Force pour me joindre. Il se sert de moi comme d'une balise.

— Quand arrive-t-il ? demanda Yan. A quelle vitesse...

Sa question fut étouffée par le rugissement d'un vaisseau survolant la villa.

186

Yan se précipita dehors et vit l'aile X de Luke s'éloigner, puis faire demi-tour et effectuer un nouveau passage.

Cette fois, l'appareil s'approcha plus lentement et tourna autour de la villa, tirant quelques salves de laser pour convaincre les gardes d'aller s'occuper ailleurs. Leia et Mara rejoignirent Yan. Ils agitèrent les bras — comme si Luke allait risquer de les manquer après s'être dirigé droit sur eux.

Le chasseur se posa près du *Feu de Jade* et le cockpit s'ouvrit. Luke bondit, courut vers Leia, l'enlaça, puis étreignit Yan. Mara resta en arrière, souriante.

— Oh, Luke, ça fait si longtemps et il s'est passé tant de choses, soupira Leia.

— Ça ne fait pas si longtemps que ça, mais il est vrai qu'il s'est passé beaucoup de choses, précisa son mari.

Quand Yan avait vu Luke pour la dernière fois, c'était pour le saluer avant des vacances sans histoires sur Corellia. Alors, il ne pensait pas rencontrer quelque chose de plus dangereux qu'un petit four rassis dans un cocktail diplomatique. Les choses ne s'étaient pas passées comme prévu. Depuis combien de temps n'avait-il pas vu Luke ? Quelques semaines ? Un mois ou deux, tout au plus. Il était difficile de tenir le compte quand on changeait constamment de planète.

Luke se tourna vers la troisième personne présente.

— Bonjour, Mara, dit-il. Je suis heureux de vous revoir.

— Moi aussi, Luke, répondit la jeune femme, la voix un peu plus douce que d'habitude.

— J'aurais aimé que l'occasion soit plus joyeuse, ajouta Luke. J'ai vu la transmission de Thrackan. Je ne sais pas quoi dire, sinon que je suis désolé. Nous les récupérerons, Leia. Je te le promets.

— Je sais. Merci.

— Je ne veux presser personne, intervint Mara, mais Luke a éloigné les gardes, et je suis sûre qu'on peut désactiver le champ de force qui défend le *Feu de Jade*. Il faut nous enfuir.

Luke secoua la tête.

— Nous allons libérer votre vaisseau, pourtant il serait plus sage que vous demeuriez ici pour l'instant. Nous allons avoir besoin de l'aide de vos geôliers, et nous devrions rester là où ils peuvent nous trouver...

— Pourquoi ? demanda Yan. Que s'est-il passé ?

— Beaucoup de choses, répondit Luke. Mauvaises pour la plupart. Pourtant la solution est peut-être dans l'une ou l'autre. Et c'est là que nos amis Seloniens interviennent...

Yan regarda Luke et soupira.

— Ce n'est jamais simple, hein ? Viens, gamin. Allons à l'intérieur. Il est temps de comparer nos informations.

— Q9 ! Q9 ! Réponds ! Q9 ! Es-tu là ?

— Bien sûr que je suis là, gémit le droïd. Là où vous m'avez laissé, la tête dans une poubelle. Comment pourrais-je être ailleurs ?

— Une question rhétorique intéressante, souffla Ebrihim dans le comlink du droïd. Hélas, ce n'est pas le moment de bavarder. Nous voudrions que tu viennes... et tout de suite, si ça ne te fait rien.

— Avec plaisir. Ou plutôt, j'aurai plaisir à sortir de ce compartiment. Je viendrais si je peux accéder à votre prison...

— Nous ne sommes pas loin. A portée de vue du vaisseau...

— Très bien. J'ai quelques détails à mettre au point avant. Mon système de détection intégré a enregistré la fin du brouillage radio. J'ai capté le message de Thrackan Sal-Solo il y a deux heures. Soit dit en passant, aucun d'entre vous n'était filmé à son avantage... Pourquoi avez-vous mis si longtemps avant de m'appeler ?

— Nous avons attendu que les soldats de la Ligue Humaine s'endorment. Le dernier a fini sa ronde il y a une heure... Ils sont à bord de la barge d'assaut.

— Pourquoi n'ont-ils pas posté un garde ?

— Nous sommes au fond d'un puits lisse de plusieurs kilomètres de profondeur, retenus par un champ de force, et, sur les deux vaisseaux disponibles, l'un est détruit et l'autre plein de soldats ennemis. Je crois qu'ils ont des raisons de se sentir à l'abri...

— C'est peut-être un piège, dit Q9. Ils essaient de vous abuser en vous donnant une impression de sécurité erronée...

— Ils ne savent pas que nous avons un comlink et ils ignorent que tu existes, dit Ebrihim d'un ton las.

— Où avez-vous trouvé un comlink ? Je ne savais pas que vous en aviez un. Comment être sûr que vous êtes bien Ebrihim ? Vous pourriez être un agent de la Ligue Humaine... Il s'agit peut-être d'un piège pour me faire sortir de ma cachette...

Un long soupir sortit du comlink.

— Q9, tu es complètement paranoïaque.

— Vous le seriez aussi si vos circuits avaient été malmenés par un enfant pervers et si vous aviez eu à peine le temps de les vérifier avant d'être jeté tête la première dans un trou obscur. Je viens de passer des heures à l'envers en me demandant ce qui allait m'arriver, et je suis parvenu à un nombre étonnant de possibilités alarmantes...

— Je vois, dit Ebrihim, une note d'impatience dans le ton. Q9, je vais essayer de te rassurer. Nous ne t'avons pas dit que nous avions un comlink car le temps pressait. Souviens-toi que nous étions en train de nous faire capturer. J'ai appris que Chewbacca en avait dissimulé un dans sa fourrure une fois hors du vaisseau. Et quant à ta seconde inquiétude... sache que je suis bien Ebrihim. Selon la facture, je t'ai payé mille deux cent cinquante couronnes. Mais j'ai réussi à obtenir une remise de cent couronnes... Un détail que j'ai vite oublié. Quand j'ai déduit ton prix de mon revenu imposable, tu m'as rappelé cet écart de cent couronnes et tu as menacé de me dénoncer si je ne disais pas la vérité. Ça m'a coûté un supplément d'impôt de huit couronnes, et je me suis long-temps demandé si je n'allais pas te vendre pour ce prix. Je me suis abstenu, non sans regretter souvent ma décision. Cela te satisfait-il ?

— Je suppose que ça le devrait, dit Q9 d'une voix moyennement convaincue.

— Parfait. Maintenant arrête de te conduire comme un paranoïaque et viens ici aussi vite que tu le peux !

Q9 activa ses répulseurs, sortit avec difficulté du compartiment et flotta jusqu'à la rampe d'accès. Elle était déployée, ce qui lui évita de faire du bruit. Tout ça paraissait si facile qu'il se demanda si ce n'était pas un piège.

Enfin... Si c'en était un, ses ennemis l'avaient déjà repéré. Autant continuer. Il descendit et avança dans la salle obscure du répulseur.

La lumière diffuse des étoiles n'était pas suffisan-te ; passant en mode infrarouge, le droïd scanna les alentours. Comme Ebrihim l'avait promis, les pri-sonniers n'étaient pas difficiles à trouver : six corps rougeoyant à l'intérieur d'un champ de force. Le droïd avança, ne pouvant s'empêcher de penser qu'il faisait une cible parfaite.

Il s'immobilisa à un mètre du champ de force.

— Je suis là, annonça-t-il. Maintenant, que voulez-vous ?

Difficile à dire dans le noir, mais il lui sembla qu'Ebrihim lui jetait un regard noir.

— Je crois que c'est évident, dit le Drall. Que tu nous sortes d'ici !

— Bien sûr, maugréa Q9. Je posais une question rhétorique. Que pourriez-vous vouloir d'autre ? Comment vais-je faire ?

— De l'autre côté, souffla Ebrihim. Le tableau de commande est près des enfants.

— Ah, je le vois, dit Q9, qui se sentit soudain de très bonne humeur.

Il fit le tour de l'enclos et avisa les enfants, qui le regardaient avec de grands yeux.

— Jacen, Jaina, Anakin ! Comment allez-vous par une si belle nuit !

Anakin l'étudia un instant, puis se tourna vers les jumeaux.

— Q9 est bizarre, annonça-t-il.

— Vraiment ? Un instant, je vais faire un auto-diagnostic. (Quelques secondes passèrent.) En effet, jeune Anakin, reprit le droïd, je me conduis de manière erratique. Cela a sans doute un rapport avec le fait que j'ai été rôti, désactivé, et enfermé dans un compartiment obscur pendant des heures… Mais je n'insisterai pas sur ce sujet. Nous sommes des amis, après tout. Dans cet ordre d'idées, soyez assurés que mes actions et mes réactions resteront dans la limite de l'acceptable. Merci de votre attention.

— C'est un des problèmes de la série Q9, souffla Ebrihim, de l'autre côté du champ de force. Ils réagissent mal au stress.

— Comme tout le monde, commenta le droïd.

— Son humeur risque d'empirer au fil des heures,

mais ça finira par se tasser. Il faut le prendre comme il est.

— Génial, dit Jacen. Notre seul espoir de fuir repose sur un droïd maniaco-dépressif.

— Oui, je vais vous aider à partir, dit Q9 d'un ton quelque peu grandiloquent. Faites vite, continua-t-il d'une voix plus hachée. Les gardes peuvent se réveiller d'un moment à l'autre.

— Pour savoir quoi faire, dit Jacen, il faut demander à Anakin.

— Anakin ? répéta le droïd. Anakin, le grand maître des machines ? Dites-moi ce qu'il faut faire, et j'obéirai… A condition qu'appuyer sur un bouton ne fasse pas exploser la planète…

— Q9, chuchota Ebrihim. Concentre-toi.

— Toutes mes excuses. (Etrange comme ils se liguaient contre lui, d'un coup.) Ah ! gémit-il. Je crois que je suis retombé dans mon problème maniaco-dépressif.

— Essaie de rester calme, dit le Drall. Anakin… vas-y.

— D'accord, dit l'enfant. Je suis du mauvais côté du générateur, mais il doit y avoir une sorte de trou pour la clé, à peu près au milieu. C'est ça ?

— Comment pouvez-vous savoir qu'il y a une serrure si vous ne l'avez pas vue ? s'inquiéta Q9.

— J'ai regardé le type s'en servir, dit Anakin. Elle y est ?

— Oui…

— Tu peux te servir d'une de tes pinces pour la faire fonctionner ?

Q9 sortit de son ventre une mini-caméra fixée au bout d'une perche métallique, la fit pénétrer dans le trou, et observa l'intérieur sous tous les angles.

— Non, annonça-t-il enfin.

— Oh, dit Anakin. C'est pas bon.

192

— C'est fini ? demanda le droïd. Je peux partir, maintenant ?

— Non !

Fermant les yeux, Anakin tendit la main vers le générateur.

— Je peux presque le faire marcher, pourtant je ne vois pas ce qu'il y a d'écrit à l'extérieur. (Rouvrant les paupières, il secoua la tête.) Q9, lis-moi ce qu'il y a à côté des boutons.

Q9 ressortit la caméra de son ventre et alluma une petite lampe pour éclairer le générateur.

— Le tableau de commande est archaïque. A côté du premier levier, je lis : *Sélection système*. C'est là que se trouve la serrure. Le levier peut être positionné sur *Arrêt*, *Cellule unique*, *Cellule double*, *Cellule quadruple*. Il est sur *Cellule double*. Dessous, il y a un cadran marqué : *Intensité du champ*. Il va de un à onze, et il est sur huit et demi.

— Baisse-le autant que tu peux, dit Anakin.

Q9 sortit son bras articulé et tourna le bouton vers la gauche.

— Ça ne veut pas descendre en dessous de deux. Il faut la clé pour aller plus loin.

Anakin avança une main vers le champ de force ; ses doigts s'enfoncèrent de quelques centimètres dans le mur d'énergie.

— Non ! Encore trop fort. Lis ce qu'il y a sur les autres boutons.

— Il reste trois cadrans. L'un d'entre eux est éclairé, on y lit : *Cellule double — Intensité relative*. Graduation de un à onze. L'aiguille est sur le six. Les deux autres cadrans contrôlent l'intensité de la cellule quadruple, donc je suppose qu'ils ne nous...

— Tourne le premier cadran d'un côté, aussi loin que tu peux, coupa Anakin.

Q9 s'exécuta. Le champ de force de la cellule des

enfants s'assombrit tant que le changement fut visible, même dans l'obscurité.

— De l'autre côté.

Le champ devint invisible, même pour la vision infrarouge du droïd.

— Peut-on avoir moins fort ? demanda le petit garçon.

— Pas sans la clé.

— Bon. J'espère que ça va marcher...

Anakin ferma les yeux. Avec précaution, il fit entrer sa main en contact avec le champ affaibli. Autour de ses doigts, l'air brilla intensément au début, puis beaucoup moins. Quelques instants plus tard, il se tenait dans une « bulle » de champ de force aux parois étincelantes. Malgré ses efforts, il ne put progresser davantage.

— Aidez-moi ! demanda-t-il aux jumeaux.

Jacen et Jaina firent un pas et pénétrèrent dans la bulle. Fermant les yeux, Jacen tendit la main, puis secoua la tête.

— Je ne vois pas ce que... Ah, oui !

Il poussa de toutes ses forces ; Jaina l'imita. La bulle crépita, mais le phénomène cessa rapidement.

— Essaie encore, Anakin, dit Jaina.

Le petit garçon avança la main gauche, en maintenant une pression constante ; le champ suivit le mouvement, et se tendit comme un film de plastique irisé. Toujours en douceur, il tendit son index et poussa. Pendant quelques secondes, rien ne se passa. Puis le « film » se perça et le doigt du petit se retrouva de l'autre côté, hors du champ de force.

— Jacen, ma main ! dit Anakin. Jaina, prends la sienne.

Jacen avança, tenant Anakin par la main gauche et Jaina par la droite.

Anakin continua sur sa lancée jusqu'à dégager son

bras, son épaule, puis sa tête et son torse. Il souleva la jambe gauche... Le champ crépita au moment où il posait le pied à terre.

La jambe droite passa plus facilement.

Ne restait plus qu'à extraire son bras droit. Anakin tira la main de son frère ; le champ crépita avec plus d'intensité quand les doigts de Jacen le touchèrent. Le garçon sursauta, et faillit reculer. Il avait l'impression que la résistance était plus grande pour lui que pour Anakin, ce qui n'était pas une pensée plaisante.

Il s'acharna. Un instant, il crut que la barrière refuserait de laisser passer son crâne... puis la résistance cessa, et son crâne se retrouva de l'autre côté. La sensation étant plutôt désagréable, il étouffa un gémissement de douleur. Contrairement à ceux d'Anakin, ses cheveux s'étaient dressés sur sa tête. Des flammèches dansèrent autour de lui quand il fit passer un pied, puis l'autre...

Enfin libre. Poussant un soupir de soulagement, Jacen avança sans lâcher la main d'Anakin, ni celle de Jaina. Sans brutalité, il tira sa sœur vers lui. Les étincelles réapparurent — d'une couleur plus profonde et plus violente.

— Aïe ! cria Jaina. On dirait du feu !

— Continue à avancer, dit Jacen. Ta main est libre. Garde les yeux fermés, c'est plus facile. Allez... Allez... Voilà, ton bras est dehors. Ta tête arrive. Continue... Continue... Tu y es presque... Le visage est passé, c'est le pire, crois-moi. Si tu voyais tes cheveux ! Ils sont hérissés sur ta tête. Non ! N'ouvre pas les yeux ! Bien. Bien. Passe ta jambe, doucement... Doucement... Maintenant, l'autre. Le genou... Voilà... Plus que le pied... Oups !

Le champ céda ; Jaina tomba dans les bras de son frère qui s'étala, entraînant Anakin dans sa chute.

La « bulle » fut ravalée par le champ de force. Elle disparut comme si elle n'avait jamais existé.

— Ça fait drôlement mal, dit Jaina. C'est comme si j'avais reçu des décharges électriques partout.

— C'était pire pour toi que pour moi, constata Jacen. (Les trois enfants se relevèrent.) Ça t'a fait mal, Anakin ?

Le petit garçon secoua la tête.

— Non. Ça chatouillait un peu...

— C'est impossible ! dit Q9. Ce que vous venez de faire est *complètement* impossible. Personne ne peut traverser un champ de force comme ça.

— On ne l'a pas vraiment traversé, expliqua Anakin. On est allés *entre*. J'ai tiré jusqu'à ce qu'il y ait de la place *entre*, puis j'ai écarté les morceaux, et on est passés. C'est tout.

— Ah. C'est tout ? Merci. Cela rend les choses beaucoup plus claires, en effet... Lumineuses, même...

Jaina se tourna vers son petit frère.

— Anakin, que peut-on faire pour Chewbacca, Ebrihim et tante Marcha ?

L'enfant secoua la tête.

— Je ne pourrais pas les faire passer de ce côté. Il m'est très difficile de tirer les gens. Plus ils sont gros, plus c'est dur.

— Tu peux couper le champ de là ?

Jaina désignait le tableau de commande. S'approchant, Anakin passa une main au-dessus des touches et ferma les yeux. Il se concentra, projetant son esprit à l'intérieur du système. Puis il rouvrit les paupières.

— Non.

— Mais tu peux faire marcher un tas de machines ! protesta sa sœur.

— Quand c'est facile, expliqua Anakin. Je fais

bouger les *petites* choses, et je leur fais faire ce qu'elles doivent faire de toute façon. La serrure est trop grosse... et elle fait déjà ce qu'il faut. Elle *marche*.

— L'explication est limpide, soupira le droïd. J'en déduis que tu ne peux pas faire sortir les autres ?

— Non. Pas sans la clé.

— Je vois que le plan est sans faille, dit Q9. Un vrai chef-d'œuvre.

— D'après le plan, *tu* devais faire fonctionner la serrure, rappela Ebrihim au droïd. Réfléchissons. Si nous ne pouvons pas sortir, les enfants vont devoir tenter de s'échapper seuls. Avec ton aide, Q9.

— Quoi ? Pardon ? couina le droïd. Comment sommes-nous censés fuir ?

— En utilisant le *Faucon Millenium*, bien sûr.

— Attendez ! s'écria Jacen. Vous voulez que nous pilotions le *Faucon Millenium* ?

Chewbacca regarda Ebrihim, émit un jappement désespéré, puis secoua la tête.

— Je suis conscient que c'est une solution dangereuse, concéda le précepteur. C'est pourtant la seule. Chewbacca, vous disiez que les réparations étaient presque terminées. Je suis certain que pouvez leur expliquer ce qui reste à faire. Notre valeur, en tant qu'otages, est négligeable. Thrackan le sait. Ses trois plus beaux oiseaux se seront envolés.

« Anakin, Jacen, Jaina... écoutez-moi. Fuir est dangereux, mais il le serait encore plus de rester. Thrackan est un homme cruel, et je ne veux pas vous voir entre ses mains. Réfléchissez. Il n'y a que deux possibilités : *primo*, votre mère cède...

— Elle ne fera jamais ça, coupa Jacen.

— Je suis d'accord avec vous. Même si elle le faisait, ne croyez pas que votre cousin vous laisserait partir. Il vous garderait dans l'espoir de lui

197

arracher de nouvelles concessions. Vous resteriez prisonniers le reste de votre vie…

— Il y aurait la guerre, et des millions de gens se feraient tuer, ajouta Jaina.

— Exact, dit Ebrihim. La seconde possibilité — la plus probable — est qu'elle refuse de s'exécuter. Cela lui brisera le cœur… mais elle résistera quand même. Tôt ou tard, Thrackan se vengera sur vous. Il menacera de vous torturer… ou il le fera pour tenter de briser la volonté de votre mère…

— Nous torturer, dit Jaina en fronçant les sourcils. Je n'avais pas pensé à ça.

— Il le ferait vraiment ? demanda Jacen.

— Je crois que c'est possible. Probable, même.

Le regard de Q9 passait des enfants à son maître. Il y avait autre chose — une idée qu'ils avaient tous à l'esprit sans vouloir l'exprimer. Il serait préférable, pour les enfants, de connaître une fin brutale, plutôt que de devenir des pions dans un immonde jeu. Un jeu dont des millions de gens souffriraient ; un jeu qui finirait par la destruction des pions, au moment où leur maître le déciderait…

Comme il était noble, de leur part à tous, de penser ça et de se taire. Et comme il était étrange que Q9, un droïd, réagisse de manière si « émotionnelle » au moindre événement.

Puis une pensée frappante lui traversa les synapses.

— Une seconde… Et moi ?

Ebrihim jeta un coup d'œil au droïd et sourit.

— Tu les accompagnes, bien sûr. Tu n'as pas le choix… Imagine ce que te ferait Thrackan Sal-Solo s'il se réveillait pour trouver que les enfants se sont envolés et que tu es resté là ?

Q9 imagina ; le résultat ne lui plut guère.

— J'aurais dû le savoir. Depuis le début, vous complotiez contre moi.

— D'autres personnes sont plus mal loties que toi, Q9, souffla Ebrihim. Mais qu'importe. Partez. Plus vous tarderez, plus les périls seront grands.

— Et le *Faucon* ? protesta Jaina. Nous ne saurons pas comment le réparer !

— Vous utiliserez le comlink intégré de Q9 pour communiquer avec nous jusqu'à que vous ayez remis à neuf les circuits du vaisseau, dit Ebrihim. Je traduirai les explications de Chewbacca. Vous verrez, vous y arriverez…

Le Wookie émit un petit grognement encourageant.

— C'est gentil, Chewie, reconnut Jaina. Mais ça ne suffit pas.

— Je suis *sûr* que vous en êtes capable, répéta le Drall. Maintenant, partez. Les gardes peuvent se réveiller à n'importe quel moment. Allez !

Les enfants se regardèrent, puis tournèrent les talons et filèrent si discrètement que Q9 fut surpris. Il resta un instant immobile, à flotter au-dessus du sol. Alors il fit pivoter son dôme et s'aperçut qu'ils étaient partis.

Allumant ses répulseurs, il les suivit.

L'amiral Ossilege en personne vint accueillir le *Lady Luck*. Debout sur le pont, resplendissant dans son uniforme blanc, il regarda s'ouvrir l'écoutille.

— Bienvenue, dit-il en voyant descendre Lando, Gaeriel et Kalenda. J'espère que vos révélations sont aussi étonnantes que prévu. N'est-ce pas ironique ? Les comlinks remarchent enfin et nous ne pouvons pas les utiliser de peur d'être espionnés ?

— Nos renseignements sont vitaux, répondit Lando. C'est pour ça qu'il faut prendre des précautions. Conduisez-nous dans un endroit où nous pourrons parler.

— Bien sûr. Allons dans mes appartements. (Ossilege aperçut Z-6PO.) Vous pouvez laisser ce machin dans le vaisseau.

— Vraiment ! comme c'est malpo…, commença le droïd, vite réduit au silence par un regard glacial de l'amiral.

— Venez, dit ce dernier.

Lando jeta un coup d'œil à Kalenda, qui secoua la tête. Ossilege passait tant de temps sur le pont qu'il ne leur était jamais venu à l'esprit qu'il puisse avoir une cabine.

Ils se trompaient.

Lando Calrissian se targuait depuis toujours d'avoir du goût, aussi bien pour les vêtements que pour la décoration. Il eut la surprise de découvrir que l'endroit était une authentique curiosité où se mélangeaient le luxe et la simplicité, la magnificence et le dénuement.

La cabine valait le détour : deux fois plus grande que la salle de conférences principale du croiseur, elle était décorée de crème et de bleu. Une baie vitrée de deux mètres de haut permettait d'observer Drall, îlot de lumière dans l'espace obscur.

Les meubles brillaient par leur absence. Un lit de camp était installé dans un coin, une table de nuit à côté. Les draps étaient pliés avec une telle précision qu'Hortel Ossilege devait s'en occuper lui-même, fier de ne laisser à aucun droïd le soin de réussir cet exploit. Sur la table de nuit se trouvaient un réveil, un système de communication portable, une lampe de chevet et un gros livre. Personne n'aurait pu dire si c'était un ouvrage religieux ou le règlement de la flotte bakurienne.

La pièce ne contenait aucun objet personnel. Peut-être étaient-ils dissimulés dans les placards… Face au lit se trouvait un bureau où reposaient deux piles de dossiers. Travail fait et à faire, la seconde étant bien plus petite que l'autre. Des stylos, une lampe, une console portable et un second système de communication complétaient le tableau.

C'était tout.

Il n'y avait qu'une chaise. A l'instant où Lando le remarquait, un droïd de service entra dans la pièce, portant trois fauteuils pliants. Il les installa, puis disparut.

Les visiteurs s'assirent. L'amiral les couvait d'un regard attentif.

— Dites-moi tout.

Le lieutenant Kalenda s'éclaircit la gorge.

— En résumé, Centerpoint *est* le Starbuster. C'est la machine infernale utilisée pour transformer les étoiles en novae.

— Je vois, dit Ossilege du même ton que si Kalenda lui lisait le menu du soir.

— Et nous sommes convaincus que les répulseurs planétaires sont indispensables pour neutraliser la station.

— Vraiment ? dit l'amiral d'une voix toujours aussi calme. Intéressant. Peut-être consentiriez-vous à me donner quelques détails…

CHAPITRE XII

L'ARRIVÉE

Le signal d'alarme résonna dans la petite cabine du *Gentleman Caller*. Tendra Risant sauta de son lit, le cœur battant. Elle ne reconnaissait pas le signal. Qu'est-ce qui était encore cassé ?

Se ruant dans le cockpit, elle se précipita sur le tableau de bord, puis s'immobilisa. Tout allait bien.

Ce fut alors qu'elle finit de se réveiller. Elle avait installé cette alarme elle-même, pour qu'elle sonne quand le champ d'interdiction disparaîtrait.

Le champ d'interdiction *avait* disparu ! Soudain, l'esprit de Tendra entra en ébullition. Ça impliquait tant de choses, mais elle y penserait plus tard. Pour l'instant, ça signifiait qu'elle pouvait enfin bouger.

Travaillant aussi vite que possible, elle programma des données dans l'ordinateur de bord. Ses coordonnées de départ, et une grille de référence concernant son point d'arrivée présumé.

L'ordinateur calculerait pour elle les paramètres du saut hyperspatial.

Son point d'arrivée. C'était toute la question. Elle savait exactement où elle était, car elle avait eu tout le temps nécessaire pour calculer. Quant à décider où aller, elle hésitait encore. Il aurait été si simple de laisser l'ordinateur se débrouiller avec un éventail de destinations possibles...

Et maintenant qu'il était temps de prendre une décision, elle tergiversait.

Il fallait faire vite. Ceux qui contrôlaient le champ d'interdiction pouvaient le réactiver à tout moment.

Après quelques secondes de torture mentale, elle trancha le nœud gordien. Centerpoint. Elle irait à Centerpoint. Les dernières nouvelles de Lando laissaient supposer qu'il se dirigeait par là. Evidemment, en temps de guerre, ça ne voulait pas dire grand-chose... mais c'était tout ce qu'elle avait. Elle pianota sur le clavier, lançant le système en automatique. Le compte à rebours afficha trente secondes...

Les chiffres défilèrent.

Dans les holovids, les héros plongeaient dans l'hyperespace en manuel quand l'ordinateur les laissait tomber. Si le sien lâchait, les imiterait-elle ? Un moment, Tendra joua avec cette idée... Non. Les héros étaient des types fantastiques, aidés par l'allié le plus puissant de l'univers : un scénariste sympa. Qui les sortait toujours des pires situations. La vie n'était pas pareille.

Si son ordinateur affirmait qu'il était dangereux de partir, elle le croirait sur parole, quitte à traîner des mois dans les parages.

Elle jeta un coup d'œil au compte à rebours. Quinze secondes. Il lui était déjà arrivé tant de choses... et même si le saut marchait, si elle se retrouvait à Centerpoint, rien ne lui disait que ses aventures seraient terminées.

Dix secondes. Et Lando ? Etait-il vivant ? A

Centerpoint ? Réussirait-elle à le trouver ? C'était la guerre. Le chaos régnait en maître.

Cinq secondes. Que fichait-elle là ? Que faisait-elle, dans un vaisseau de fortune, à courir après un type qu'elle avait vu une fois ? Elle s'était toujours considérée comme quelqu'un de raisonnable. Les événements prouvaient le contraire.

Trois secondes. Cette histoire était de la folie. Elle allait arriver dans la zone des combats. Il fallait arrêter le compte à rebours et retourner sur Sacorria, en sécurité.

Deux secondes. Non ! Trop tard. Si elle renonçait, elle se demanderait toute sa vie ce qui se serait passé *si*…

Une seconde.

Elle allait bientôt le savoir.

Zéro. Un feu d'artifice d'étoiles explosa derrière la verrière.

Le *Gentleman Caller* plongea dans l'hyperespace.

Ossilege faisait les cent pas dans ses quartiers. S'immobilisant devant la baie, il considéra la planète Drall d'un regard noir.

La beauté de la vue ne l'intéressait pas, pensa Lando. *Maintenant que Drall a un intérêt militaire, c'est différent…*

— Si je vous comprends bien, dit l'amiral, les répulseurs planétaires ont plus d'importance que nous le croyions. Réussissons à mettre la main sur l'un d'eux et nous sauverons la population de Bovo Yagen. Et incidemment, nous gagnerons la guerre. C'est bien ça ?

— C'est ça, monsieur, dit Kalenda. Mais il ne s'agit pas seulement de « mettre la main dessus »… Il faut aussi faire marcher le dispositif. Et je ne suis pas certaine que Thrackan Sal-Solo réussisse.

— La Ligue a déjà utilisé le répulseur...

— Pas *vraiment*, monsieur. C'était... une sorte de protocole de mise en marche, sans doute accidentel. La frappe du répulseur selonien était bien plus précise. Et l'équipe d'assaut de Thrackan n'est arrivée sur les lieux qu'après le phénomène. Nous avons adopté comme hypothèse que ses techniciens avaient appuyé sur le bouton, mais rien ne le prouve...

— Après le message qu'il a envoyé, j'entrevois une possibilité, intervint Lando.

— Vraiment ? ironisa Ossilege.

Lando aurait juré que l'amiral se préparait à rejeter sa suggestion.

— Les enfants. Je pense qu'ils ont mis en marche le répulseur sans vraiment le vouloir. Le flux d'énergie a attiré l'attention de Thrackan et la nôtre, et il est arrivé le premier.

— Ne soyez pas absurde, siffla Ossilege. Comment des enfants pourraient-ils activer un répulseur planétaire ?

— Je ne sais pas... Pourtant c'est possible. A moins que ce ne soit Chewbacca, ou les Dralls...

— J'en doute, coupa l'amiral. Les techniciens de Sal-Solo étaient mieux qualifiés pour ce travail. Une première équipe, sans doute... Mais nous nous écartons du sujet... Sal-Solo a le répulseur et mes troupes d'assaut se préparent à le lui reprendre. Là-bas, l'aube se lèvera bientôt. Mes hommes attaqueront après le coucher du soleil.

— Pourquoi ne pas y aller maintenant ? demanda Lando.

— Il y a quelques heures, j'ai posé la même question au commandant Putney. Il semble que les choses ne soient pas si simples. J'avais ordonné à ses équipes de se préparer pour une mission d'exploration sur Centerpoint, mais la logistique d'une intervention armée est tout à fait différente. Il faut changer de matériel, le transférer sur le vaisseau... Et il y d'autres facteurs. L'obscurité, par exemple, sera à notre avantage ; les Corelliens auront moins de réflexes après une journée et une nuit de garde. (Ossilege soupira.) Nous aimerions tous les deux que l'attaque ait lieu plus tôt, capitaine Calrissian... Hélas, c'est comme ça. Notre meilleure chance est d'attendre.

— Si vous avez raison, vous serez un génie... si les choses se déroulent mal, vous passerez pour un monstre, dit doucement Lando. Je ne vous envie pas votre autorité, amiral. Ils m'ont bombardé général, il y a quelques années, mais j'ai tout laissé tomber pour ne pas avoir à assumer ce genre de responsabilités. Vous avez toute ma sympathie.

— Merci. Etant donné nos différends passés, j'apprécie votre appui.

— Croyez-moi, je suis sincère. (Lando se tourna vers Kalenda.) Nous n'avons pas encore abordé le problème principal : pensez-vous que notre ami Thrackan sache faire marcher le répulseur ?

La jeune femme secoua la tête.

— C'est difficile à dire. Selon mon hypothèse, la « force extérieure » — les marionnettistes de cette histoire — a envoyé des experts capables d'activer les répulseurs une fois que les « indigènes » les auraient découverts. Thrackan les a-t-il emmenés avec lui, ou laissés sur Corellia ? Ces techniciens sont-ils efficaces ? Rapides ? Nous l'ignorons. Il y a trop de variables en jeu.

— Eh bien..., grogna l'amiral. Un jour, je suis sûr qu'un officier des renseignements répondra à une question par oui ou par non. Entre nous, ça n'est pas pour demain... Le répulseur selonien marche. Pour celui de Drall, la question reste posée. Qu'en est-il de ceux de Corellia, de Talus et de Tralus ?

— Rien n'indique qu'ils fonctionnent, expliqua Kalenda. On ne peut rien prouver, dans un sens ni dans l'autre. Qui sait ? Nos ennemis ont peut-être le doigt sur le bouton...

— Des suppositions. (L'amiral recommença à arpenter la pièce.) Nous n'avons que des suppositions. Rien de clair, rien de tranché, pas d'ennemi dont nous pourrions dire : « C'est lui. Attaquez ! » Qu'en dites-vous, madame le Premier ministre ? Cela fait un moment que vous gardez le silence.

Gaeriel semblait songeuse.

— Je crois que le but de l'ennemi est de semer la confusion... Et je crains qu'il n'ait réussi. Nous avons entendu tant d'histoires contradictoires que nous ne distinguons plus le vrai du faux. Je ne crois plus à l'authenticité des révoltes. Certaines organisations « révolutionnaires » ont été montées de toutes pièces, d'autres ne sont que des groupuscules artificiellement gonflés... La seule exception est la Ligue Humaine. Le parti existait avant tout ça, mais il était financé par nos adversaires, dont le but est de prendre le contrôle du Système Corellien afin de porter un coup fatal à la Nouvelle République. Thrackan Sal-Solo a décidé de jouer cavalier seul. (Elle s'interrompit.) Nous n'avons pas encore découvert l'ennemi. Nous n'avons vu que des pantins — des hommes de paille. Le rétablissement des communications fera sortir les rats de leur trou.

Sur le bureau, l'intercom émit un bip discret.

Ossilege répondit.

— Oui, qu'y a-t-il ?

— Monsieur, dit une voix, le champ d'interdiction est en train de disparaître. Le phénomène est très rapide ; les voyages hyperspatiaux sont de nouveau possibles.

— Vraiment ? Dans ce cas, nous pouvons supposer que quelqu'un, quelque part, se prépare à passer en hyperdrive. Alerte à tous les vaisseaux. Poussez les senseurs au maximum. Soyons sur nos gardes...

— Oui, monsieur. Il y a autre chose. A l'instant où le champ a disparu, nous avons reçu une communication de la Source A. Notre informa...

— Un instant ! coupa l'amiral.

Il appuya sur une touche, désactiva le haut-parleur et prit le combiné.

Lando haussa un sourcil. Il était rare de rencontrer des combinés, et encore plus rare de les voir utilisés. Les gens préféraient avoir les mains libres plutôt que de parler dans un morceau de plastique.

L'ancien système avait l'avantage de protéger des oreilles indiscrètes une partie de la conversation... Ossilege n'était pas du genre à diffuser les informations s'il pouvait l'éviter.

— Allez-y, dit-il. Je vois. Oui, passez-le moi. Je... Un instant.

Ossilege posa sa main sur le combiné.

— Pardonnez mon impolitesse. Je vous mettrais au courant avec plaisir, mais j'ai promis à... ma source de garder le secret.

Gaeriel se leva ; Lando et Kalenda l'imitèrent.

— Bien sûr, amiral. Nous comprenons.

— Merci, madame. Lieutenant Kalenda, capitaine Calrissian... Nous continuerons cette conversation plus tard.

— J'aimerais être sur le pont pour voir ce qui se passe, marmonna Lando dans la coursive.

— Eh bien, suivez-moi. J'y vais de ce pas, dit Gaeriel.

— Oui, hum... vous êtes un ancien Premier ministre, et un plénipotentiaire, dit Lando d'une voix hésitante. Un personnage officiel, quoi ! Moi je ne suis qu'un *bagage*...

Gaeriel fronça les sourcils.

— Lieutenant Kalenda, vous venez avec moi ?

— Non, madame. Pas pour l'instant.

— Je vois, dit Gaeriel, alors qu'elle ne voyait rien du tout. Ai-je manqué quelque chose ? Je croyais que vous seriez curieux d'assister à la suite des événements...

— C'est le cas, dit Lando. La dernière chose dont ait besoin un équipage en temps de crise, c'est d'avoir des touristes qui lui courent dans les pattes. *Ou des invités de haut rang qui se mêlent de ce qui ne les regarde pas,* ajouta-t-il mentalement.

— Je vois, répéta son interlocutrice. La logique militaire voudrait que je m'abstienne, c'est ça ?

Elle était subtile. Il fallait lui accorder ça.

— A vrai dire... oui, madame.

— Dans ce cas, que la logique militaire aille au diable ! Je n'ennuierai personne et je ne m'amuserai pas à donner des ordres. Mais je vais là-haut voir ce qui se passe.

— Toutes mes excuses, Gaeriel... madame le Premier ministre. Je ne voulais pas vous offenser, dit Lando, vexé par le ton de cette tirade.

Gaeriel Captison soupira.

— Désolée. C'est *ma* mission. C'est grâce à *moi* que ce vaisseau est là. Luke Skywalker m'a demandé de l'aide, et je lui en ai obtenu. Le gouvernement m'a donné les pleins pouvoirs. Il est de mon devoir et de mon honneur de tout voir et de tout savoir. Au lieu de ça, les gens passent leur temps à me cacher les nouvelles pour ne pas m'effrayer. A présent que Centerpoint détruira une étoile dans moins de trois jours, que le champ d'interdiction est tombé, et que personne ne sait ce qui va arriver, je devrais rester dans ma cabine parce que le contraire serait « illogique » !

— Eh bien... bafouilla Lando.

— Vous deux, vous devriez être aussi aux premières loges. Vous n'allez pas y aller parce que « ça ne
se fait pas » ?

— Oui, madame. Ça paraît ridicule...

— Ça paraît ridicule parce que ça l'est. (Son
regard vola de Lando à Kalenda.) Je vous ordonne
de m'accompagner sur le pont.

Calrissian hésita. Gaeriel n'avait aucune autorité
sur lui, et il doutait qu'elle en ait sur Kalenda.

De là à le lui dire en face !

— Très bien, madame le Premier ministre. Si vous
insistez.

— Oh, pour insister, croyez que j'insiste, dit Gaeriel en souriant. Allons-y.

Elle prit la direction du pont ; Kalenda et Lando
restèrent quelques mètres en arrière.

— Sur ce coup, j'ai vraiment joué comme un
pied, soupira Lando.

— On peut le dire, souffla la jeune femme. Au
moins, on verra ce qui se passe... (Elle s'interrompit.) A propos, que pensez-vous de cette histoire de
« Source A » ?

Lando fronça les sourcils. Un officier des renseignements lui posait cette question ? Voilà qui l'éton-
nait. Kalenda n'était pas du genre à parler pour ne
rien dire. Etait-ce un piège ? Voulait-elle le tester
pour voir s'il en savait trop ? Voulait-elle vraiment
son avis, parce qu'elle respectait son intuition ?

A moins qu'elle n'ait juste envie de bavarder.
Peut-être devenait-il un brin paranoïaque dans cet
environnement militaire.

Le plus amusant était qu'il avait une idée. Si la
Source T était Tendra Risant, alors la Source A pouvait être...

Non, il préférait garder ses déductions pour lui.

— C'est vous l'espionne, dit-il d'un air innocent.

Vos informations sont sûrement meilleures que les miennes.

— Allons, capitaine Calrissian... Vous pouvez faire mieux que ça...

— D'accord, j'ai une intuition, mais je ne dirai rien.

Kalenda sourit.

— Je parierais que nous avons la même. Très bien... Rejoignons Gaeriel, sinon elle nous fera jeter à fond de cale pour désobéissance.

Tendra Risant était certaine d'arriver la première. Le *Gentleman Caller* n'était pas un super-vaisseau, mais quel autre navire y avait-il *dans* le champ d'interdiction ? Plus près de Centerpoint que n'importe qui, elle précéderait tout le monde...

Elle volait déjà dans l'hyperespace quand elle réalisa que ce n'était pas forcément un atout. Il y avait à Centerpoint des vaisseaux de guerre dont les équipages devaient être parés au combat depuis la disparition du champ. Les autres vaisseaux sortant de l'hyperespace, s'il y en avait, seraient aussi sur le pied de guerre parce qu'ils se savaient attendus.

Bref, tout le monde serait nerveux, le doigt sur la détente...

Et elle arriverait la première. Y avait-il vraiment de quoi se réjouir ?

Par bonheur, le chronomètre ne lui laissa pas le temps de s'inquiéter. Le voyage était un saut de puce ; soudain, l'ordinateur coupa l'hyperdrive, des rayons de lumière étincelèrent dans le cockpit, et elle se retrouva sous les étoiles du Système Corellien.

La vue était magnifique. Devant les yeux émerveillés de Tendra flottaient les mondes doubles étincelants dans le noir de l'espace. Au barycentre des deux planètes se découpait la forme étrange de Centerpoint.

Tendra faillit pleurer de soulagement. Elle avait réussi. Après des semaines interminables loin de tout, elle était enfin arrivée.

Elle allait pouvoir sortir de ce damné vaisseau, marcher, manger autre chose que…

— Vaisseau non identifié ! Ici le *Sentinelle* ! Répondez ou nous ouvrons le feu !

De surprise, Tendra serait tombée hors de son fauteuil si le harnais ne l'avait pas retenue. Il y avait si longtemps que les systèmes de communication étaient hors service qu'elle avait oublié jusqu'à leur existence. Elle chercha le bon bouton.

— Ah, heu, bonjour, *Sentinelle*. Je suis Tendra Risant, du *Gentleman Caller* !

— Un instant, *Gentleman Caller*. Activez votre transpondeur de code d'identité.

— Quoi ? Oh, oui…

Tendra bascula le levier approprié, permettant au vaisseau de transférer automatiquement son code.

— J'avais oublié qu'il était éteint. Ça fait un bout de temps qu'il n'a plus servi.

— Comme vous dites, *Gentleman Caller*. Vous êtes libre de continuer votre chemin, mais il est interdit d'approcher à moins de cent mille kilomètres de Centerpoint. En cas de transgression, le vaisseau sera abattu à vue. Fin de transmission.

Voilà qui changeait ses plans de manière radicale.

Il était inutile de discuter avec un destroyer, et elle n'avait pas l'intention de rappeler pour demander où était Lando.

Si elle ne pouvait pas gagner Centerpoint, qu'allait-elle faire ?

Les senseurs bipèrent. Soudain, sa destination ne fut plus un problème.

Partir tout de suite et dans n'importe quelle direction était devenu sa priorité.

Elle n'était plus seule…

Ce qui se passait sur le pont était… intéressant, pourtant Lando n'était pas certain d'apprécier. L'écran principal transmettait à l'*Intrus* les données enregistrées par le *Sentinelle*. Le moniteur affichait donc les positions respectives de Talus, de Tralus, de Centerpoint, du *Sentinelle*, du *Défenseur*… et d'une force d'environ cinquante vaisseaux non identifiés rejoints à chaque seconde par de nouveaux arrivants.

— La flotte de Sacorria, souffla Lando à Kalenda. La flotte de la Triade : celle dont Tendra nous a appris l'existence.

— Ces vaisseaux, que font-ils là ? Et de quel côté sont-ils ?

— Je crois que la question est plutôt : qui est de leur côté, dit l'amiral Ossilege, surgi de nulle part. Sans doute vont-ils changer d'avis, mais, pour l'instant, ce n'est pas contre nous qu'ils en ont. Ils cherchent les adversaires qui leur ont posé le plus de problèmes…

— Qui ? demanda Gaeriel.

— La Ligue Humaine, dit Kalenda. L'organisation qui a piraté leur opération… ou au moins essayé.

— Exact, reprit l'amiral. Les Sacorriens, ou tout au moins la Triade qui les gouverne, sont notre « force extérieure », nos mystérieux manipulateurs. Ce sont eux qui ont tout organisé.

— La Triade ? demanda Gaeriel.

— C'est le nom donné à l'oligarchie qui règne sur Sacorria. Un humain, un Drall et un Selonien. Nul ne connaît leur visage, ni leur nom. (L'amiral se tut un instant.) Un jour la Triade a découvert le secret de Centerpoint... Sans doute son membre drall, car son peuple conserve d'extraordinaires archives. Ces trois conspirateurs ont recruté des mécontents sur chaque planète du système de Corellia afin de faire éclater des révoltes et de créer un chaos propice à dissimuler la recherche des répulseurs. Ils ont orchestré l'explosion de violence de manière qu'elle coïncide avec le sommet commercial. Un bon moyen de coincer dans le système le plus d'officiels possible de la Nouvelle République... et sur ce point au moins, ils ont réussi. Sur les autres...

— Comment savez-vous tout ça ? coupa Kalenda.

— Je ne sais rien du tout. Je devine ; je reconstruis le puzzle. Et je serais très étonné d'avoir tort.

— Vous étiez en train de dire que quelque chose n'avait pas marché dans leur plan ? dit Lando.

— Depuis quand les plans marchent-ils ? (L'amiral soupira.) Le grain de sable dans le mécanisme s'appelle Thrackan Sal-Solo. D'une manière ou d'une autre, il a eu connaissance des secrets de la Triade, et il les a trahis. J'imagine qu'il a dû acheter ou torturer les experts que les Sacorriens lui ont envoyés. Ceux-ci lui ont donné le mode d'emploi du champ d'interdiction, du brouillage des communications... mais pas du Starbuster.

Lando réfléchit, puis acquiesça.

— Ça se tient. A mon avis, en ce moment, le Starbuster fonctionne en automatique. On l'a programmé pour détruire telle étoile, puis telle autre... Je suppose qu'il faut un code pour arrêter le processus. (Il se tourna vers l'amiral.) Vous n'avez pas découvert lequel, pendant que vous y êtes ?

— Pas encore, dit Ossilege avec un sourire sans joie. Pour en revenir à Sal-Solo... Il a « emprunté » le chantage que la Triade avait prévu d'utiliser contre la Nouvelle République. Alors qu'il ne contrôlait pas le Starbuster, il a déclaré dans son premier message qu'il détruirait les planètes si on ne satisfaisait pas à ses exigences, qu'il a énoncées pour embrouiller les esprits et faire durer le chaos. Sa déclaration terminée, il a aussitôt coupé les communications et activé le champ d'interdiction.

— Pour être sûr que personne ne viendrait le contredire, acquiesça Lando. Mais il devait bien savoir qu'un jour ou l'autre la flotte de la Triade le rattraperait.

Ossilege hésita.

— Bien sûr... Je pense que Thrackan comptait mettre la main sur un répulseur avant que ses anciens alliés le retrouvent. L'arme infernale sous son contrôle, il aurait eu tout pouvoir. Correction : il *a* tout pouvoir. N'oublions pas qu'il a conquis le répulseur de Drall. Il peut contrôler le Starbuster à distance, donc prendre la direction des opérations.

Gaeriel soupira. Tout ça n'était que trop probable.

— D'où sortent tous ces vaisseaux ? demandat-elle pourtant. Sacorria est loin de posséder une telle flotte.

— Nous sommes dans le Système Corellien ! s'écria Lando avec un sourire amer. Tout se vend et tout s'achète. Les gens de la Triade ont récupéré tous les vaisseaux disponibles, y compris ceux que possédaient leurs amis « insurgés » sur les différentes planètes...

— N'oubliez pas ceux de l'armée de Corellia, ajouta Kalenda. Je parie que c'est de là que provient la majorité de leurs forces. Le gouverneur général Micamberlecto était trahi à chaque instant... surtout par la flotte. Sans doute a-t-elle rejoint en masse la Triade.

— C'est pour ça que les insurgés ne nous ont opposé que de petits chasseurs, dit Gaeriel. Ils avaient *vendu* le reste. Qu'allez-vous faire ? demanda-t-elle à Ossilege. (Elle désigna l'écran.) Il y a au bas mot soixante-quinze vaisseaux. Ne devrions-nous pas retourner aider le *Défenseur* et le *Sentinelle* ?

L'amiral secoua la tête.

— C'est hors de question.

— Mais...

— L'*Intrus* doit d'abord accomplir sa mission ici. Et contre soixante-quinze ennemis, avoir deux vaisseaux ou trois fait quelle différence ? Je vous en prie : essayez de comprendre. Si nous perdons nos destroyers, mais que nous contrôlons *un* répulseur, nous aurons gagné la guerre. Si nous détruisons nos ennemis, Thrackan Sal-Solo gardant son répulseur, nous l'aurons perdue. Et des millions d'habitants de Bovo Yagen périront.

Gaeriel ouvrit la bouche, puis la referma. Lando comprenait ce qu'elle éprouvait. Elle aurait voulu contredire Ossilege...

Hélas, il n'y avait rien à objecter.

CHAPITRE XIII

MANŒUVRES D'ÉVITEMENT

Yan Solo arpentait la pièce comme un ours en cage. Il faillit percuter D2 trois fois avant de se décider à l'écarter de son chemin.

— Répétez-moi ça, dit-il à Dracmus.

La Selonienne les avait rejoints pour le dîner. Ils auraient dû se reposer dans le salon en profitant de la douce brise du soir…

Yan n'en pouvait plus. Il lui semblait criminel de rester assis sur une chaise quand l'univers s'écroulait autour de lui.

Tout le monde avait beau lui dire qu'il n'y pouvait rien, qu'il devait attendre, ses nerfs avaient craqué cinq minutes après que Luke lui eut expliqué la situation de Centerpoint.

— J'ai besoin de comprendre, reprit-il, et je suis complètement perdu. Alors, Dracmus, expliquez-moi pourquoi il est dans notre intérêt d'attendre ici…

— Oui, dit Luke. Allez-y. J'aimerais entendre vos arguments.

— Bien, fit la Selonienne. Laissez-moi réessayer. Il faut que vous compreniez que les trois choses qui importent le plus à mon peuple sont l'honneur, le consensus et la tanière. Tout le reste est secondaire.

— Ça, merci, j'ai compris, dit Yan. Mais quel rapport avec le fait que les Seloniens de la Triade contrôlent le répulseur ?

— Tout le problème est là ! Ces monstres descendent d'une lignée discréditée il y a bien longtemps. Sans entrer dans les détails, sachez que certains de leurs ancêtres ont menti pour arracher des positions importantes à des membres de leur propre tanière. En conséquence, celle-ci fut divisée en deux groupes... les victimes de la fraude et les responsables, qui furent expulsés de Corellia par mes ancêtres... La Supratanière de Selonia agissait de même. Le scandale était si grave que les survivants formèrent une tanière sous un nouveau nom, l'ancien étant déshonoré. Je ne peux toujours pas le prononcer. C'est une obscénité, utilisée quand l'instant est venu de lancer une insulte très grave... Un tel scandale ne s'est jamais reproduit.

— Il n'est pas très juste de blâmer un peuple pour les actions de ses ancêtres...

— La situation est différente chez nous. Il n'y a rien au-dessus de la tanière. Elle vit tandis que nous mourons... Souvenez-vous : à chaque génération, les nouveaux enfants ne sont que des clones des anciens. Vous pensez que la tanière est une somme d'individus, mais nous ne sommes pas humains. Notre société est plus proche d'une colonie d'insectes. Nous sommes des êtres indépendants, bien sûr, *et* entièrement dévoués au service de la tanière. Disons... qu'il s'agit d'un état intermédiaire entre vos « familles » et les cellules du corps.

— Vous allez un peu loin, non ? demanda Mara.

— Et je ne trouve toujours pas juste de punir un groupe pour les péchés de ses ancêtres, dit Luke. Si les humains approuvaient ce raisonnement, Leia et moi aurions des problèmes.

— L'analogie est peut-être trop poussée, dit Dracmus en s'inclinant imperceptiblement vers Mara. Maître Skywalker, quand vous saignez, vous préoccupez-vous des cellules qui quittent votre corps ? Quand vous êtes malade, vous demandez-vous s'il est « juste » de tuer des cellules saines en traitant la maladie... ou vous faites-vous transfuser pour être certain que le mal ne reviendra jamais ?

Yan soupira.

— Nous n'avancerons pas avant d'avoir déclaré que nous sommes d'accord avec vous, Dracmus. Alors, très bien : nous sommes d'accord ! Passons à l'étape suivante. (Il hésita un instant.) J'ai grandi avec les Seloniens et j'ignorais tout ça. C'est embarrassant, mais...

— Ne soyez pas embarrassé, Honorable Solo, dit Dracmus d'une voix suave. N'oubliez pas que les Seloniens que vous avez rencontrés étaient habitués à commercer avec les humains. C'était leur travail de vous mettre à l'aise.

— Je sais, je sais. Et ils étaient efficaces... J'ai grandi avec l'idée que les Seloniens étaient des humains bizarres aux coutumes surannées. Pourtant j'aurais dû mieux vous comprendre... même si vous vouliez dissimuler votre nature. Durant ma carrière de contrebandier, j'ai toujours ignoré mes voisins. Ça me fait aussi réfléchir sur ma vie à Corellia. J'ai raté beaucoup de choses ?

— Probablement, dit Leia. On n'est jamais bon juge de son propre monde.

— Intéressant, souffla Yan. Encore une fois, nous nous éloignons de la question. J'allais dire que mon ignorance était impardonnable... mais qu'étant donné les circonstances, je m'en fichais. Traitez-moi d'abruti si vous voulez, puis continuez à m'expliquer. Que Kleyvits ait admis être à la solde de la Triade change tout, c'est ça ?

— Oui, dit Dracmus. Bravo !

— Bien. Et… ?

— Je vous demande pardon ?

Yan prit une profonde inspiration.

— Dracmus, *en quoi* les confessions de Kleyvits changent-elles les choses ? cria-t-il.

— Elles signifient que les membres de la tanière Hunchuzuc ont été trompés. Nous nous sommes rendus à tort. La Supratanière nous a fait croire qu'elle était en possession du répulseur et qu'elle avait abattu le croiseur bakurien. Tout était faux ! La Supratanière a obtenu un consensus favorable par traîtrise… et en s'associant avec une tanière déshonorée. Pis encore, la tanière sans nom est alliée à la Triade qui, elle, est alliée à Sal-Solo, qui a kidnappé les enfants…

— Culpabilité par association, dit Yan. C'est sophistiqué…

— Réfléchissez, dit Mara. Dans un groupe régi par le consensus, la culpabilité par association a un sens !

— La situation ne peut pas être pire pour la Supratanière, dit Dracmus. Vous avez vu s'effondrer Kleyvits quand la vérité a été révélée. C'est ce qui se passera quand les gens de la tanière Hunchuzuc demanderont la vérité à la Supratanière. Ils s'effaceront ; nous régirons le consensus et nous prendrons possession du répulseur.

— Mais ce sont les Seloniens de Sacorria qui contrôlent le répulseur, objecta Luke.

— Oui ! Et c'est pourquoi nous devons attendre ! Voilà comment cela se passerait avec notre aide. Vous laisseriez d'abord une chance aux Sacorriens de se rendre ; s'ils ne le faisaient pas, vous entreriez les armes à la main. Et tout le monde se ferait tuer. Puis vous prendriez possession du répulseur... sans avoir la moindre idée de son fonctionnement, puisque vous auriez tué ceux qui savaient le faire marcher. Nous n'agirons pas comme ça. Nous parlerons à ces ordures de Sacorriens. Tôt ou tard, ils se rendront. Ils coopéreront avec la tanière Hunchuzuc ; pour expier leur défaite, ils nous diront comment fonctionne le répulseur. C'est ainsi. Il faut attendre.

— Ça paraît super, dit Yan. Où est le piège ?

— Le piège est que ça prendra du temps. Tout ce que je vous ai raconté se produira, c'est inévitable, mais comme le dit un vieux proverbe selonien, « Ce qu'on souhaite s'accomplit de suite. L'inévitable peut prendre un peu de temps ».

— *Combien* de temps ? demanda Luke.

— Une heure, un jour, un mois, une année...

— Nous avons une heure — peut-être une journée. Pas plus. Centerpoint tirera sur Bovo Yagen dans quatre-vingts heures. A moins que nous utilisions un répulseur planétaire contre la station, un système solaire mourra.

— Et tout un secteur galactique paniquera en se demandant qui sont les prochains sur la liste, dit Leia. Tous les citoyens douteront d'une Nouvelle République qui ne peut les protéger...

— Et bien que je déteste l'admettre, ils auront raison, dit Yan.

— Je dois réactiver le disjoncteur ? demanda Jacen.

— Pas encore, dit Anakin, l'air absorbé. Attends une seconde, j'en ai un autre à brancher.

Il plongea la tête dans un panneau d'accès rempli de câbles et de circuits, les contempla pendant deux minutes, puis tira assez violemment sur un des transdensateurs de puissance. Le tenant devant ses yeux, il l'étudia comme s'il pouvait voir à travers.

— Bah... c'est tout fondu. Jaina, tu me passes celui de l'hyperdrive.

Jaina tendit le transdensateur — le dernier — qu'ils avaient récupéré en piochant dans les moteurs supraluminiques du *Faucon*. Anakin le brancha et connecta la carte de puissance aux circuits principaux des moteurs subluminiques.

— Très bien, dit-il à Jaina. Réactive le disjoncteur.

Jacen retint sa respiration et poussa le levier en position MARCHE. Après quelques instants, le voyant vert s'alluma. Jacen poussa un soupir de soulagement puis se tourna vers le comlink intégré de Q9.

— C'est bon, Chewbacca. Les répulseurs et les moteurs subluminiques devraient fonctionner maintenant...

Chewbacca répondit d'un jappement anxieux. La voix du Wookie sortant du haut-parleur de Q9 faisait un effet assez incongru aux enfants.

— Chewbacca vous demande de se dépêcher, dit Ebrihim.

Cette traduction était inutile.

— On se dépêche, dit Jacen en se levant. On file au cockpit.

Il rabattit le couvercle du disjoncteur et Anakin verrouilla le panneau d'accès.

— Rends-moi ça, dit la voix d'Ebrihim. Je vais leur dire. (Une courte pause suivit.) Faites aussi vite que possible. Le soleil se lève et je suis sûr que nos amis vont bientôt faire de même.

— D'accord, d'accord, murmura Jacen. Viens donc, Q9.

— Je ne vois toujours pas pourquoi vous n'avez pas pris un autre comlink, dit Q9. Je déteste servir d'intercom ambulant.

— Ça nous a fait gagner un peu de temps. Il aurait fallu trouver l'appareil, le régler... Ne t'inquiète pas. On passera dans une minute sur le système principal du vaisseau.

Jacen hésita avant d'entrer dans le poste de pilotage du *Faucon*. Il y était venu souvent, bien sûr, mais piloter était une autre affaire...

— Tout le monde est prêt ?

— Un instant, dit sa sœur. Dès que nous aurons décollé, les types de la Ligue Humaine vont vouloir nous suivre. Avant de partir, nous devrions peut-être ralentir le cousin Thrackan...

— Attends une sec... protesta Jacen.

Trop tard. Jaina avait déjà activé les commandes des lasers ventraux du *Faucon*.

Jacen sentit les vibrations des moteurs quand le canon sortit de son logement.

— Un bon coup dans le générateur de champ de force, puis sur la barge d'assaut.

—. Le générateur de champ de force ? Et si tu rates et que tu touches Chewie et les Dralls ?

— Comment veux-tu que je les touche ! Ils sont *dans* le champ de force ! Bon... Tu dois être prêt à foncer sur les répulseurs dès que je te le dirai. On n'utilisera pas les moteurs auxiliaires tant qu'on n'aura pas de place pour manœuvrer.

— D'accord, dit Jacen. Mais tu te souviendras longtemps que c'est toi qui as eu l'idée de tirer. Attends une seconde. (Il étudia les commandes, bascula quelques interrupteurs. Le *Faucon* trembla, Jacen sentant les vibrations se propager dans ses muscles.) On y va. Répulseurs et moteurs subluminiques en attente.

— Chewie, reste au centre de l'enclos et protège tes yeux. Dis aux autres de faire la même chose.

Un grognement de protestation retentit dans l'intercom.

— Du calme, dit Jaina. Ça va marcher, fais-moi confiance. Préparez-vous à courir vous cacher dès que le champ de force disparaîtra. (Jaina étudia la console de tir et fit les derniers réglages.) Un coup au but. Soit ça marche, soit ça ne marche pas. Chewie, Ebrihim, Tante Marcha, préparez-vous.

— Et ils trouvent que j'agis bizarrement…, philosopha Q9.

— Un coup à trois, puis je change d'objectif et je tire sur la barge. Jacen, ne commence pas avant que je te donne le top, d'accord ?

— Compris ! Je t'avais entendu la première fois !

— Un…

Jacen tendit le cou pour mieux voir ce qui allait se passer.

— Deux…

Aurait-il dû la persuader d'arrêter ? Elle allait peut-être trop loin, mais ils n'avaient pas le temps de se disputer.

— TROIS !

Une langue de feu jaillit du laser ventral, frappant de plein fouet le tableau de commande du générateur de champ de force.

Le système explosa et le champ de force disparut.

L'éclair avait aveuglé Jacen ; Jaina regardait déjà l'écran tactique. Elle réorienta le laser ventral et tira sur la barge. Le premier rayon la manqua et ricocha une douzaine de fois contre les parois de la pyramide. Tirant de nouveau, Jaina désintégra le patin d'atterrissage arrière. La barge s'écrasa sur le sol avec un vacarme épouvantable.

La fille de Leia essaya encore une fois et rata complètement sa cible.

Jacen vit trois silhouettes qui couraient vers l'entrée la plus proche du réseau de cavernes. Au moins, sa sœur n'avait pas tué leurs amis...

— Jaina, avec les ricochets, tu risques de toucher Chewie, il est si grand...

— Tu as raison, dit-elle en secouant la tête. Allons-y, partons.

— Que tout le monde s'accroche, dit Jacen. Je n'ai jamais fait ça de ma vie.

Il enclencha les répulseurs et le *Faucon Millenium* s'éleva.

Thrackan Sal-Solo atterrit sur le plancher de sa cabine. Etourdi, il y resta quelques secondes avant de se mettre à quatre pattes. La pièce était obscure, mais les éclairages de secours s'activèrent.

Il avait réquisitionné la cabine du capitaine ; celle-ci était si petite qu'il lui fallut une minute pour réaliser que le pont penchait vers l'arrière. Que s'était-il passé ? Il entendait des cris et des voix paniquées dans les coursives.

Enfilant une tunique, il sortit.

C'était le chaos. Une foule de soldats apeurés et désorientés bloquaient le passage. Thrackan repéra le capitaine, qui essayait d'atteindre le poste de commande. C'était un petit homme chauve, ridicule dans ses sous-vêtements et mal rasé : sûrement pas la personne la plus agréable à voir en pleine nuit. Mais il obéissait à Thrackan sans en avoir peur. Celui-ci l'attrapa par les épaules :

— Capitaine Thrag ! Que se passe-t-il ?

— Je l'ignore, monsieur. Il y a eu des tirs et des explosions. Deux salves nous ont ratés ; la troisième a détruit le patin arrière.

— Ce n'est pas possible ! Allons à l'avant !

Ils se frayèrent un chemin jusqu'à la cabine de contrôle. Le capitaine appuya sur un bouton et l'écoutille s'ouvrit.

— Nom d'un chien ! jura Thrackan.

— Regardez-moi ce foutoir... Je n'arrive pas à y croire ! s'exclama Thrag.

Le générateur de champ était en flammes et ses reflets illuminaient les parois de la salle du répulseur. Le champ de force avait disparu ; les prisonniers s'étaient évanouis. Il n'y avait pas à chercher très loin : le *Faucon Millenium* montait dans le ciel.

— Suivez-les !

— Le vaisseau a été touché ! Nous avons des dégâts ! Il faut vérifier que...

— Rien du tout ! Si le navire est endommagé, *tant pis* ! Vite ! Suivez-les !

— Vous risquez la vie de l'équipage...

— Ces hommes méritent la peine de mort ! Ils ont négligé leur mission ! Où est la sentinelle ? Elle aurait dû être là ! Elle aurait dû donner l'alerte ! Où est-elle ?

— Avec le reste des ivrognes, endormie à l'arrière, répondit le capitaine.

— Que dites-vous ?

— Regardez l'équipage que vous m'avez fourni ! Des ivrognes et des bandits. Qu'attendez-vous de cette bande d'incapables ?

— Des ivrognes et des bandits ? Dans ce cas, personne ne les regrettera. Mort au *Faucon* !

Thrag regarda Thrackan dans les yeux, puis le salua.

— A vos ordres, monsieur. Mais si ça tourne mal, vous serez le seul responsable...

Il s'assit dans le fauteuil du pilote.

Ebrihim avait l'impression d'avoir une grande plaque de poils brûlés entre les épaules. Cela dit, ce n'était ni l'endroit ni le moment de prendre garde aux détails. Ses poumons étant prêts à éclater, il préférait reprendre sa respiration plutôt que de regarder si son dos était en feu.

Chewbacca, Marcha et lui s'étaient cachés derrière un cône — à quelques mètres de l'endroit où le *Faucon* s'était envolé.

S'était envolé. Ebrihim regarda le vaisseau monter vers les étoiles, illuminé par la lumière des répulseurs et celles des incendies allumés par Jaina.

Quoi qu'il arrive, même si le *Faucon* se faisait abattre, ils avaient remporté une grande victoire. Thrackan Sal-Solo ne pourrait plus peser sur les décisions de Leia Organa Solo.

Le Diktat avait tout perdu. Ebrihim connaissait les Dralls : cette tentative de chantage les avait sans aucun doute révoltés. Cela faisait des millions d'ennemis potentiels à Thrackan... sans compter les Seloniens et les humains dont certains avaient été sûrement choqués.

Ebrihim espérait du fond du cœur que les enfants survivraient... Même s'ils mouraient, ils auraient vaincu le cousin de leur père — leur ennemi —, simplement en s'échappant.

— Au revoir, dit-il dans le comlink, bien que les petits humains soient certainement hors de portée. Au revoir et bonne chance. Que... que la Force soit avec vous.

La barge d'assaut se lança à leur poursuite. Sans pouvoir s'en assurer, le Drall pensait qu'elle avait décollé avec toutes les troupes ennemies à son bord.

Ils étaient seuls.

Ça ne durerait pas... Ebrihim aurait parié qu'ils recevraient très bientôt de la visite.

Mais de qui ?

Jacen tenait les commandes du *Faucon* d'une main sûre. Très vite, ils eurent dépassé le bord du puits.

Le petit garçon savait qu'il ne devait pas voler trop longtemps sur les répulseurs ; il fallait passer aux moteurs subluminiques. Posant la main sur les commandes correspondantes, il les tira vers lui le plus doucement possible.

Le *Faucon Millenium* bondit en avant. Jacen redressa le nez du vaisseau pour prendre plus d'altitude, ou plutôt pour essayer d'éviter le sol. Il avala sa salive, soulagea les moteurs et coupa les répulseurs. Le vaisseau trembla un moment, se stabilisa, puis tomba brusquement en vrille.

Jacen tira sur le manche et redressa. *Mince alors*, pensa-t-il. *Ce vaisseau est sacrément sensible.*

Son regard faisait des aller-retour constants entre la verrière et le tableau de bord.

— Nous nous en sommes sortis, dit Jaina. Et maintenant ? Où allons-nous ?

— Je ne sais pas, avoua Jacen. Nous n'en avons pas parlé, et…

— Derrière nous ! hurla Anakin. Regardez l'écran tactique !

Jacen eut besoin d'un moment pour découvrir de quel écran il s'agissait ; une fois que ce fut fait, il n'eut aucun mal à lire les relevés.

La barge d'assaut du cousin Thrackan était à leurs trousses. Un rayon laser les frôla et Jacen se raidit involontairement. Le *Faucon* bascula, effectua une demi-vrille et fonça vers le ciel, le nez en bas. La gravité artificielle les plaquait à leur siège ; en levant les yeux, Jacen voyait le sol s'éloigner.

La manœuvre avait surpris Thrackan, mais elle ne l'arrêterait pas longtemps. Et il se remettrait à leur tirer dessus.

— Boucliers ! hurla Jacen.

— Où… où sont les commandes ? balbutia Jaina.

— Chewie les a déplacées quand il a reconfiguré

le cockpit, dit Anakin. A ta gauche. Les gros boutons rouges.

— Où ça ? Où ça ? Je ne vois rien !

— Attends, je vais le faire, dit Anakin.

Il déboucla sa ceinture et sauta de son fauteuil.
Après avoir déverrouillé les sécurités d'une série de
commandes, il enfonça un gros bouton rouge et
tourna deux cadrans.

— Boucliers levés, capitaine ! Supérieur, inférieur
et avant... à hum... vingt pour cent. Bouclier arrière
à pleine puissance.

Une secousse accompagnée d'un vacarme assourdissant apprit deux choses à Jacen. *Primo*, Anakin
avait levé les boucliers à temps. *Secundo*, la précision de son cousin Thrackan s'améliorait.

Allait-il les abattre ? Etaient-ce des coups de se-
monce, ou essayait-il de les immobiliser ? Pour
l'instant, la barge n'avait utilisé que des lasers de
petit calibre. Des armes prévues pour des missions
antipersonnelles plutôt que pour le combat spatial.

Son père aurait pu analyser ces tirs, mais il n'était
pas là.

Trente secondes plus tôt, Jacen s'inquiétait de ne
pas savoir où aller. A présent, c'était le dernier de
ses soucis.

Tout ce qu'il voulait, c'était partir d'ici au plus
vite.

— Tirez ! beugla Thrackan. Tirez !

— Je ne peux pas tant que je ne les ai pas dans
mon viseur. Les lasers n'ont pas de traceur de cible.
Je ne peux pas les poursuivre et leur tirer dessus en
même temps ! Vous êtes peut-être assez bon, pas
moi.

— Nous verrons bien qui est bon, dit Thrackan en
s'installant à la place du copilote. Transférez les
commandes tactiques sur ma console.

— Ils sont de votre famille !

— Je vous ai ordonné de tirer, pas de me lire mon arbre généalogique. Je les abattrai moi-même !

Thrag regarda longuement Thrackan.

— Faites donc votre sale besogne, dit-il. Et que leur sang coule sur vos mains.

L'enseigne d'Ossilege déboula sur la passerelle.

— Monsieur, il se passe quelque chose !

L'amiral se retourna et dévisagea le jeune homme.

— Je vous remercie de ce rapport circonstancié...

— Pardon, monsieur... je suis navré... Il se passe quelque chose du côté du répulseur. Nous avons détecté des tirs de lasers et des explosions. Puis... puis deux vaisseaux sont sortis du répulseur. L'un poursuit l'autre. Ils ont pris assez d'altitude pour que nous les repérions. Ils volent mal et l'un semble endommagé.

— Deux vaisseaux ? demanda Kalenda. Il n'y en avait pas plus à l'intérieur.

Ossilege appuya sur une touche de sa console de commandement.

— Putney, dit une voix nasillarde et haut perchée.

— Putney, ici Ossilege. On dirait que les deux vaisseaux ont abandonné le répulseur.

— Pourquoi ? demanda Putney.

— Nous l'ignorons, mais un des navires traque l'autre. Il faut profiter de la situation. Ils ont peut-être laissé des troupes au sol. Même dans ce cas, la plus grande partie de leur puissance de feu a disparu. Nous devons saisir notre chance. Je me moque que votre barge ne soit qu'à moitié chargée ou que vos troupes ne soient pas équipées. Lancez l'assaut sur le répulseur !

— Compris, monsieur ! répondit Putney. Les armes lourdes ne sont pas encore à bord, mais avec un peu de chance, nous n'en aurons pas besoin. Nous pouvons partir dans cinq minutes.

— Décollez dans quatre ! dit Ossilege en coupant la communication. (Il se tourna vers Kalenda.) Donnez-moi la poursuite en visuel et en image radar…

L'écran s'illumina. Les deux vaisseaux cherchaient à prendre de l'altitude. Le premier volait de manière erratique... et à l'envers.

— C'est le *Faucon*, annonça Lando. Le *Faucon Millenium* de ce bon vieux Yan Solo. Le pilote doit être ivre mort. Qu'importe, je reconnaîtrai ce rafiot entre mille.

— C'est la barge d'assaut qui vole derrière lui, dit Ossilege. Elle est endommagée.

— Qui diable pilote le *Faucon* ? demanda Kalenda.

— Pas Chewbacca, c'est tout ce que je peux vous dire, répondit Lando. Un bandeau sur les yeux et les mains dans le dos, il s'en tirerait mieux que ça. Et ce n'est pas une image.

— Dans ce cas, qui est-ce ?

— J'ai une idée. Comme d'habitude, personne ne me croira…

— Un des enfants ?

— C'est vous qui l'avez dit !

— La barge tire à nouveau ! cria Kalenda.

— Dans le mille… mais le *Faucon* vole encore ! dit Lando avec un soupir de soulagement. Ils ont dû réussir à lever les boucliers.

Ossilege regarda l'écran tactique, essayant d'analyser la trajectoire du *Faucon*. Il volait si bizarrement qu'il ne put rien en tirer.

— Que font-ils ? demanda-t-il. Où se dirigent-ils ? Leur cap ne mène nulle part. Où pensent-ils aller ?

— Ailleurs, dit Lando. Loin. Autre part.

— Savent-ils que nous sommes là ? demanda Ossilege.

— S'ils le savaient, ils se dirigeraient vers nous, ou ils nous appelleraient. Le pilote contrôle peu ou prou le vaisseau et ils foncent droit devant eux.

— Peut-on utiliser un rayon tracteur sur un des navires... ou sur les deux ?

— Non, répondit Kalenda. Pas pour l'instant. Même si c'est involontaire, ils se rapprochent de nous... Le *Faucon* sera à portée de rayon dans vingt secondes ; la barge dix secondes plus tard.

— Attendez qu'ils soient à distance, puis tractez-les tous les deux. Amenez le *Faucon* et la barge dans nos soutes...

— Oui, monsieur, dit Kalenda.

— Si nous réussissons, nous mettrons la main sur le répulseur *et* sur Thrackan Sal-Solo, dit Ossilege. (Sur l'écran, la flotte de la Triade continuait à avancer...) Mis à part l'attaque imminente de cette armada, les nouvelles sont plutôt bonnes.

Le *Faucon* encaissa un nouveau choc.

— Les boucliers n'aiment pas ça, dit Anakin, un œil sur la console « défense ».

— Ça suffit, dit Jaina. J'en ai assez. Nous aussi, on est armés. Laser ventral paré à tirer. Recherche de la cible.

— Quoi ? demanda Jacen. Tu es folle ?

— Vous êtes *tous* fous ! dit Q9.

— Tais-toi, Q9 ! Jacen, ils nous tirent dessus ! Riposter n'aggravera pas les choses.

— Tu as peut-être raison, répondit Jacen. Mais je suis sûr qu'on va trouver un moyen de se mettre encore plus dans la mouise...

— Laser ventral en repérage de cible. Je l'ai ! (Jaina écrasa la détente.) Ouais ! Si ses boucliers ont tenu le coup, j'ai quand même tiré en plein dans le mille !

— Perte de cinq pour cent aux boucliers, dit Thrag. Un coup au but. Si je n'avais pas de la puissance en réserve, nous ne serions plus qu'une épave flottant dans l'espace.

— Ils m'ont tiré dessus ? Ces misérables marmots osent me tirer dessus ? Activez les batteries principales !

— Mais cela les désintégrera à coup sûr ! protesta Thrag. Vous avez besoin d'eux vivants !

— Je les veux *morts* ! cria Thrackan Sal-Solo. Chargez les batteries principales. Paré à tirer...

Jacen risqua un coup d'œil sur l'écran des senseurs.

— Jaina, il ne s'arrête pas. Il active ses batteries principales ! Nous devons filer de là, ajouta-t-il avec un hoquet de terreur. Accrochez-vous !

Jacen tira sur le manche, faisant se lever le nez du *Faucon*. Le vaisseau bascula sur un looping pour se retrouver derrière Thrackan.

— Anakin ! Boucliers avant à fond !

Anakin pianota sur les commandes. Un rayon les atteignit, mais les boucliers tinrent bon.

— Nous sommes *derrière* leurs boucliers ! cria Jaina. Ils sont fichus ! Accrochez-vous !

Jaina tira deux fois. Le premier rayon frappa la tourelle de tir, la détachant purement et simplement de la coque, le second toucha de plein fouet les moteurs subluminiques.

La barge d'assaut était immobilisée.

Jacen dut arrêter de hurler de joie pour ne pas lui rentrer dedans.

Alors une main monstrueuse et invisible attrapa le *Faucon Millenium* par le col et le maintint en l'air.

— La barge d'assaut a perdu sa propulsion, annonça Kalenda. Rayon tracteur activé. Verrouillage positif. Des problèmes avec le *Faucon*. Il tente de se libérer. Nous ne pouvons le garder longtemps sans l'endommager.

Lando bondit vers la console des communications et tapa un code qu'il n'avait pas utilisé depuis longtemps.

— Espérons que Yan n'a pas changé les séquences, murmura-t-il en appuyant sur le bouton « transmission ». Lando Calrissian appelle le *Faucon Millenium*. Coupez les moteurs et ne résistez pas. Nous vous tractons à bord d'un vaisseau bakurien, allié de la Nouvelle République. Vous m'entendez ?

— Lando ? demanda une petite voix. C'est toi ? C'est toi ?

— Jaina ? dit Lando.

— Non, c'est *Jacen*, répondit la voix, vexée. Jaina et Anakin sont là aussi. Et Q9.

— Qui est Q9 ? demanda l'amiral Ossilege.

— Je n'en ai pas la moindre idée, avoua Lando. Nous allons bientôt le savoir... Où sont Chewbacca et les Dralls ?

— Encore dans la salle du répulseur sur la planète, répondit Jacen. Il faut envoyer quelqu'un les chercher.

— Notre barge vient de décoller, dit Lando. Tout va bien.

— Super ! lança Jacen. Nous serons très contents de te revoir, Lando.

— Et je serais heureux aussi. Oh, au fait... excellent pilotage et remarquable tir. Votre père sera fier de vous.

— Merci !

— De rien, répondit Calrissian avant de couper la communication.

Il jeta un coup d'œil sur la console tactique. La flotte de la Triade approchait de Centerpoint et des deux destroyers qui la protégeaient. Il vérifia le compte à rebours. Il restait quatre-vingt-deux heures avant que Centerpoint n'efface Bovo Yagen de la carte de la galaxie...

— Il sera fier si nous vivons assez longtemps pour lui raconter, souffla Lando devant le micro éteint.

Puis il comprit que c'était à lui de se débrouiller pour prévenir Yan. Sur l'heure. Avant qu'il ne soit trop tard.

Le capitaine Thrag était assis dans la cabine enfumée de sa barge d'assaut, riant sans joie.

— Ainsi tombent les puissants, ô majestueux Diktat. Ils vous ont battu. Des enfants si petits qu'ils devaient avoir du mal à accéder au tableau de bord...

— Taisez-vous, Thrag ! Taisez-vous ou je vous tue sur-le-champ !

Thrag s'autorisa un dernier gloussement et s'intéressa de nouveau à ce qui se passait. Le vaisseau ennemi les attirait. Dans quelques secondes ils seraient à bord.

— Le pire, c'est que vous seriez capable de m'abattre, dit-il. Et pourquoi pas ? S'il existe un homme dans l'univers qui n'ait plus rien à perdre, c'est bien vous. Ils vous tiennent, Diktat Sal-Solo. Ils vous tiennent corps et âme...

Le *Faucon Millenium* se posa dans les hangars de l'*Intrus*. Coupant les systèmes du mieux qu'ils purent, les enfants se dirigèrent vers l'écoutille. Anakin manœuvra les commandes et la rampe se déplia. Ils la dévalèrent... puis s'arrêtèrent net. La barge d'assaut avait été tractée la première et les troupes de la Ligue en sortaient, les mains sur la tête, sous la garde des soldats bakuriens.

L'avant-dernier prisonnier était un petit homme chauve et mal rasé, vêtu de ses seuls sous-vêtements. Alors que tous les prisonniers avaient l'air furieux ou terrorisés, lui riait à gorge déployée.

Sérieux et digne, Thrackan Sal-Solo sortit la tête haute. S'immobilisant avant de poser le pied sur le pont de l'*Intrus*, il regarda autour de lui.

Quand il vit les trois enfants, au pied du *Faucon Millenium*, son air supérieur disparut, remplacé par une colère, une haine, et une méchanceté presque palpables. Les trois enfants reculèrent ; Thrackan réussit à faire un pas vers eux avant que les gardes l'attrapent au vol pour le conduire en cellule.

Anakin se tenait entre son frère et sa sœur, ses petites mains dans les leurs. Il regarda s'éloigner Thrackan Sal-Solo, Diktat de Corellia.

— Notre cousin n'est pas gentil du tout.

Les deux autres enfants ne trouvèrent rien à ajouter.

— C'est impossible, Dracmus ! cria Yan. Vous venez ; vous nous dites que c'est en route ; vous disparaissez. Vous revenez. Vous répétez la même chose. Et c'est reparti pour un tour. C'est la *guerre* ! Un système solaire va mourir à cause de vos allées et venues !

— Je sais, je sais, je sais, concéda Dracmus. Croyez-moi, nous ne pouvons rien faire de plus. Les membres de la tanière Hunchuzuc connaissent leurs limites. Nous insistons, mais la situation est très délicate. Si nous poussons trop les Seloniens de Sacorria, ils pourraient se suicider. Ou mourir de honte. Et ce n'est pas une image, car... (Dracmus vit la lueur dans le regard de Yan et en revint aux faits.) La seule chose que vous pouvez faire pour accélérer les choses est de rester là, à regarder l'heure. Je vais dire aux négociateurs que vous êtes impatients et que le temps presse. Ils vont devoir travailler plus vite.

Un bip étouffé monta de la poche de Mara. Au même instant, D2 s'excita et siffla en tournant la tête dans tous les sens.

Mara hésita, puis sembla reprendre ses esprits. Se levant, elle explora la poche de son manteau et en sortit un comlink.

— Il y a si longtemps que ça ne marchait plus que j'ai oublié qu'il était là, dit-elle.

Elle appuya sur un bouton ; la sonnerie cessa.

— C'est un appel du système de surveillance du vaisseau. Un message « haute priorité » vient d'arriver.

— D2 ? demanda Luke. Tu reçois aussi quelque chose ?

Le droïd laissa échapper un trille affirmatif.

— Ça a l'air d'être le même, dit Mara. Je vais prendre connaissance du mien. Vous voulez venir voir de quoi il s'agit ?

Après s'être connecté au port de données du vaisseau, D2 confirma que les deux messages étaient identiques... Ce qui évitait de le décoder deux fois. Le système de chiffre du *Feu de Jade* « craqua » le message en quelques secondes, une tâche qui aurait pris quelques minutes à D2. Mara appuya sur le bouton de « lecture » et un hologramme se matérialisa à un mètre du sol.

C'était Lando, réduit de moitié.

— Salut, dit-il d'une voix solennelle. Je ne sais pas trop où vous en êtes, aussi vais-je transmettre des copies de cet enregistrement à tout le monde. Il s'est passé beaucoup de choses. La mauvaise nouvelle, c'est que notre véritable ennemi s'est montré à visage découvert. Il s'agit de la flotte de la Triade de Sacorria. Luke est au courant. Ce sont nos seuls adversaires... Tous les autres, toutes les insurrections ne sont que des leurres. La flotte compte quatre-vingts vaisseaux qui se rapprochent de Centerpoint. Ils semblent avoir calculé leur coup pour arriver à la station au moment où elle tirera sur Bovo Yagen. Ils n'ont encore fait aucun geste menaçant... mais je doute que ça dure. Voilà pour la mauvaise nouvelle.

Lando arbora un sourire radieux.

— Les bonnes nouvelles sont *très* bonnes. N'espérez pas avoir des détails, nous n'avons pas le temps, sachez seulement que les enfants ont échappé au piège de Thrackan. Et ils ont réussi ça à bord du *Faucon Millenium*. Ils ont *piloté* le vaisseau ! Pas de crise cardiaque, Yan, le *Faucon* n'a pas une égratignure. La cerise sur le gâteau, c'est qu'ils ont capturé Thrackan. Ils ont tenté un looping classique pour détruire ses moteurs. Les Bakuriens l'ont fait prisonnier. Je sais que vous pensez rêver, pourtant je vous assure que ce sont les enfants qui ont tout fait...

— Je n'en crois pas mes oreilles, dit Yan.

— Chut, souffla Leia.

— ... et ils sont sains et saufs à bord de l'*Intrus*. Nous venons de récupérer Chewbacca et les deux Dralls qui ont été mêlés à l'affaire. Ils vont bien aussi. Le propos essentiel de ce message est de vous demander de venir. Gaeriel Captison a convoqué un conseil dans dix-huit heures ; elle souhaite la présence d'un représentant selonien. Arrangez ça comme vous le pouvez... Il faudra réunir toutes les forces disponibles si nous voulons voir la fin de cette histoire. Nous avons besoin de vous ; nous avons besoin du *Feu de Jade* et nous avons besoin de l'aile X de Luke. Envoyez-nous une réponse... Mais quoi que vous décidiez, faites vite. Il ne nous reste plus beaucoup de temps.

CHAPITRE XIV

DERNIERS ADIEUX

Leia Organa Solo, la présidente de la Nouvelle République, dévala la rampe d'accès du *Feu de Jade* et faillit renverser deux des gardes d'honneur chargés de l'accueillir. Enlaçant les jumeaux, elle les fit tourner dans les airs.

Anakin échappa à cette première vague d'embrassades parce qu'il était trop rapide et qu'il ne faisait pas une cible facile, mais Yan Solo suivait sa femme et il le souleva du sol. Luke se joignit à la fête, embrassant les enfants, caressant les cheveux de Jacen, câlinant Jaina, et arrachant Anakin des bras de son père pour le porter lui-même.

6PO trottina vers eux et se fendit aussi de félicitations.

Lando Calrissian céda à l'euphorie générale... Il tapa sur l'épaule de Yan et embrassa Leia. Les autres passagers, Mara Jade et la représentante selonienne, descendirent plus calmement du vaisseau.

L'amiral Ossilege s'autorisa un sourire.

— Voici une arrivée qui n'est pas très protocolaire, n'est-ce pas, madame le Premier ministre ? J'aurais attendu plus de retenue de la part d'un chef de gouvernement.

Gaeriel aurait sûrement pu répondre par un lieu commun sur la valeur de la famille et l'importance relative de la dignité, mais elle pensait à sa propre fille, Malinza, restée sur Bakura.

Elle vit Luke Skywalker prendre sa nièce sur ses épaules. Le Jedi était si gentil avec les enfants. Une fois de plus, elle pensa à ce qui aurait pu être et qui ne se produirait jamais.

L'amiral attendait toujours une réponse et elle lui dit la vérité :

— C'est beau...

Ossilege se tourna vers elle, avec, sur le visage, une surprise non feinte.

— Vraiment ? Il faut croire que les définitions de la beauté sont innombrables. La mienne n'inclut pas le bruit et les enfants braillards.

— Je vous plains, répondit Gaeriel, surprise par sa propre impolitesse. Je ne connais rien qui puisse apporter plus de beauté dans la vie.

Elle s'avança, laissant derrière elle l'amiral Ossilege, interdit, puis s'inclina avec simplicité.

— Madame la présidente, capitaine Solo... Je vous souhaite la bienvenue à bord de l'*Intrus*... et je vous remercie de partager avec nous la joie de ces retrouvailles.

Elle s'agenouilla et embrassa les enfants.

Que le vieux râleur avale ça, se dit-elle.

Il était bon de savoir que sa jeunesse ne l'avait pas complètement abandonnée.

— La situation est à la fois simple et complexe, expliqua Belindi Kalenda aux têtes pensantes réunies à bord de l'*Intrus*.

A sa gauche, se trouvaient Ossilege dans son uniforme blanc, Gaeriel Captison dans sa robe ministérielle, Lando Calrissian, une cape fixée sur l'épaule de sa tunique, et Yan Solo, vêtu d'une chemise et d'une veste de treillis qui avaient dû beaucoup servir. Leia Organa Solo avait emprunté une tunique bleue à Mara Jade. Tous ses vêtements avaient été détruits ou perdus au cours des dernières semaines.

A côté de Leia se tenait Luke Skywalker, dans sa combinaison de vol. Z-6PO et D2-R2 attendaient contre le mur. Les deux Dralls, Ebrihim et Marcha, ne portaient que leur fourrure brune, une simplicité qu'ils partageaient avec Chewbacca.

Jenica Sonsen s'était retrouvée coincée entre le Wookie et une Selonienne appelée Dracmus.

Mara Jade, toujours élégante, même dans sa combinaison de vol, complétait·le tableau.

— L'ennemi se rapproche de Centerpoint, continua Kalenda. Il veut nous empêcher d'intervenir et défendre ainsi le Starbuster. Inutile de le rappeler : nous devons tout faire pour sauver l'étoile menacée, quelles qu'en soient les conséquences. Considérant le nombre de vies qui sont en jeu, nul ne me contredira si j'affirme que la destruction *complète* de notre flotte serait un prix négligeable pour la victoire. Nous avons trois vaisseaux, soit un total de trente-deux chasseurs. L'ennemi nous oppose quatre-vingts navires. S'ils transportent tous des chasseurs, ce dont je doute, nous devrons en affronter des centaines !

Des murmures montèrent de l'assemblée. Kalenda attendit qu'ils s'éteignent avant de continuer.

— Nous avons quelques atouts. D'après nos senseurs, la plupart des vaisseaux ne sont pas très grands, et ils sont mal armés. Certains datent même de la période pré-impériale. Aucun ne semble très récent, et toutes les coques sont en mauvais état.

J'insiste également sur la médiocre qualité de leurs équipages. Ces gens volent avec un minimum d'expérience et d'entraînement. Néanmoins, il ne faut pas nous endormir sur nos lauriers. Certains équipages seront aussi bons que les nôtres... Le hic, c'est que nous ne savons pas lesquels.

— Bref, nos vaisseaux sont de meilleure qualité, mais les chiffres militent contre nous, dit Ossilege. Nous avons un plan, et nous y viendrons plus tard. Continuez, Kalenda.

— Nous contrôlons deux répulseurs planétaires... ou presque, dit Kalenda avec un coup d'œil à Dracmus. A notre connaissance, l'ennemi n'en contrôle aucun. C'est une erreur de la part de la Triade. Ses chefs pensaient que trouver un répulseur et l'activer serait facile et rapide...

— Il peut y avoir eu de nouveaux rebondissements..., coupa Mara Jade. S'ils ont découvert ceux de Talus et de Tralus, ils ont peut-être déjà le doigt sur la détente.

— C'est exact, dit Kalenda. Nous ignorons la situation des répulseurs des mondes doubles. Si l'ennemi les tient, il a la possibilité d'écraser nos vaisseaux comme des moustiques.

— Nous pensons que ce n'est pas le cas, dit Ossilege. Les navires ennemis se déplacent avec précaution. Ils ont peur de nos répulseurs... Et je ne crois pas à la thèse du bluff. Si la Triade possédait une telle arme, la bataille serait déjà terminée.

— Cette prudence explique pourquoi ils n'ont pas réactivé le champ d'interdiction, dit Mara. Ils veulent être sûrs de pouvoir s'enfuir.

— C'est possible, admit Jenica Sonsen. Mais ce n'est pas la seule raison. Nous avons programmé des simulations de l'activité de Centerpoint... Notre conclusion est qu'il est *impossible* de réactiver le champ d'interdiction pendant que la station se charge pour

« tirer ». Ça exigerait trop d'énergie. Il est possible de désactiver le champ à tout moment, ou de le laisser en place, cependant il n'est pas envisageable de le rallumer tandis que le système se charge. Du moins, c'est ce qu'indiquent nos simulations.

— Elles ont intérêt à être exactes ! lança Ossilege. Notre collaboration avec la Source A en dépend.

— Pardonnez-moi, dit Dracmus. Une Source A, qu'est-ce donc ?

— Nous y viendrons plus tard, fit Ossilege avec un sourire.

— Et Centerpoint ? demanda Yan. Avons-nous localisé un point faible ? Une faille où nous pourrions concentrer notre puissance de feu ? Pouvons-nous faire sauter la station ?

— Non. Désolée, dit Sonsen. Ce n'est pas possible. N'oubliez pas que le Brilleur est le vecteur de réactions extrêmement puissantes. La station est très bien isolée ; elle est conçue pour absorber *et* diffuser l'énergie. Les chiffres des simulations montrent que les niveaux d'énergie absorbés sont comparables à ceux produits par l'explosion d'une torpille à protons toutes les secondes. Et ça fait des jours que Centerpoint se charge... La station est très solide, très ancienne et si bien protégée que nous n'avons pas réussi à cartographier l'intérieur. Le *Sentinelle* a envoyé des équipes d'exploration à la recherche des systèmes de commande. Comme ils sont restés cachés plus de mille générations, je doute que nous les trouvions en deux jours.

— Les répulseurs sont notre dernier espoir, conclut Luke. Alors pourquoi s'inquiéter de la flotte ennemie ? Pourquoi l'affronter ? Pourquoi ne pas se replier et concentrer nos efforts sur les répulseurs planétaires ?

— Parce qu'ils ne sont pas l'unique problème, dit Ossilege. Quatre-vingts vaisseaux domineront ce système solaire si nous les laissons faire. Supposez qu'ils attaquent les répulseurs de Drall et de Selonia et qu'ils nous les arrachent avant que nous soyons prêts à les utiliser ?

Luke hocha la tête.

— Parlons quand même des répulseurs, insista-t-il. Où en sommes-nous ? Dracmus... qu'en est-il du répulseur selonien ?

— Aucun changement. J'ai pris contact avec les miens avant la réunion. Ceux de Sacorria — de la Triade, de la tanière honnie — faiblissent. Mais ils ne cèdent pas encore. C'est dans notre nature, car...

— Y a-t-il une chance de les persuader avant le tir du Starbuster ? coupa Ossilege.

— Une petite. Une *toute* petite chance. Nos meilleurs éléments travaillent à cela. Nous pensons que leurs équipes ont reçu un entraînement spécifique en vue de ces circonstances. Nous avons tout essayé, je vous l'assure.

— Vous avez pensé à la corruption ? demanda Mara.

— Je vous demande pardon ?

— De l'argent. Du blé. Une valise pleine de fric. Vous savez, un pot-de-vin. Appelez ça une prime pour « consultants »... Demandez-leur conseil, engagez-les et payez-les.

— Cette idée ne nous est jamais venue à l'esprit, répondit Dracmus, visiblement troublée. Nous allons essayer sur-le-champ.

— Et notre répulseur ? demanda Ebrihim. Avez-vous fait des progrès ?

— Nos équipes techniques ont pu travailler quelques heures seulement, répondit Ossilege. Il est trop tôt pour avoir des résultats, mais croyez bien que tout le personnel compétent s'est attelé à la tâche.

— Ce n'est pas le cas ! dit une voix habituée à être écoutée et obéie. (C'était celle de Marcha, duchesse de Mastigophorous.) Ce n'est pas le cas, amiral et vous le savez.

— Duchesse, puis-je vous demander de quoi vous parlez ? s'enquit Ossilege.

— Les enfants, répondit-elle. Anakin en particulier. Mais il travaille mieux quand les autres sont là pour l'aider et le guider.

— Ne soyez pas absurde ! répondit Ossilege. Comment pourraient-ils avoir l'expérience requise pour une telle opération ? Ne confondez pas une série de coïncidences et d'accidents et la *compétence*. Nous n'avons pas de temps à perdre avec de telles bêtises. Continuez, lieutenant.

Kalenda hésita. Contredire un officier supérieur n'entrait pas dans ses attributions. D'un autre côté, ce n'était pas le moment de penser au règlement. Gaeriel Captison lui avait rappelé il y a peu qu'il existait autre chose dans la vie que la logique militaire...

— Monsieur, veuillez m'excuser, mais l'enjeu est trop important. Je pense que vous faites une erreur.

— Quoi ?

— Il est inhérent à ma tâche d'analyser et de tirer des conclusions. J'ai *analysé* les événements impliquant les enfants et je suis arrivée à la *conclusion* que leurs capacités sont... remarquables. Ils ont été sous-estimés, leurs exploits ayant été constamment interprétés comme des exagérations, des accidents ou des coïncidences. Ce n'est pas crédible. (Elle désigna Drall, visible à travers les baies vitrées de l'*Intrus*.)

« Nous avons mis la main sur un répulseur parce qu'un gamin de sept ans et demi l'a découvert et activé. Ce répulseur n'est plus entre les mains de nos ennemis — en détention sur ce vaisseau — parce que le même enfant, avec son frère et sa sœur, a réussi à traverser un champ de force et à réparer un vaisseau hors d'usage.

« Les petits ont ensuite piloté le *Faucon* et ils ont immobilisé la barge lancée à leur poursuite... aux commandes de laquelle se trouvait un *militaire*. Je pourrais continuer une demi-heure à décrire toutes les choses qu'ils n'ont décemment pas *pu* faire...

Toujours aussi glacial, l'amiral Ossilege leva les yeux vers Kalenda.

— Votre argumentation se tient, lieutenant. Vous irez très loin dans la carrière d'officier de renseignements... Sauf si vous tombez pour insubordination. Je comptais débarquer sur Drall tout le personnel non combattant et il me semble que le puits du répulseur est l'endroit le plus sûr. Madame la présidente, capitaine Solo... si, comme le déclare le lieutenant Kalenda, vos enfants peuvent nous être d'une aide précieuse, accepteriez-vous qu'ils se mettent au travail ?

— Absolument, dit Yan. Ce que nous décidons n'a pas d'importance. Laissez-les à cent kilomètres d'un problème et ils le trouveront tout seuls.

— Madame la présidente ?

— Nous avons besoin de toute l'aide possible, répondit Leia.

Ossilege leva les sourcils et les regarda durement.

— Très bien, dit-il. Reprenons, lieutenant.

— En résumé, nous avons deux objectifs. Le premier est de vaincre la flotte de la Triade pour interdire qu'elle tyrannise ce système solaire. Le second est de tout faire pour empêcher Centerpoint de tirer. Voilà... ça couvre tous les sujets dont nous devions discuter, à l'exception de la Source A.

« Mais, je crois que vous vouliez aborder vous-même ce sujet, amiral.

Ossilege leur fit un large sourire, un événement

plus qu'inhabituel. Il se leva et étudia les visages de ses invités.

— Source A, répéta-t-il. Si je ne me trompe, ce personnage est déjà connu de la plupart d'entre vous. Laissez-moi mettre les autres au courant...

Si la journée avait débuté par de joyeuses retrouvailles, elle se termina sur des larmes d'adieux.

— Tu dois vraiment partir, maman ? demanda Anakin en réprimant un sanglot.

Une fois encore, ils se trouvaient dans les hangars de l'*Intrus*. Le dernier contingent de personnel non combattant embarquait dans la navette qui le conduirait en sécurité, dans le réseau de cavernes du répulseur.

— Oui, mon chéri, répondit Leia en s'agenouillant. Et toi aussi. Tout le monde a du travail. Je dois aider papa et Chewbacca à piloter le *Faucon*. Vous, vous devez descendre dans le répulseur et voir si vous pouvez le faire fonctionner.

— Je parie que je peux ! affirma Anakin.

— J'en suis sûr, renchérit Yan.

Lui aussi souriait, mais son fils pouvait lire de la tristesse dans ses yeux.

Leia se tourna vers Jaina et Jacen.

— Prenez soin de vous et d'Anakin, promis ? Obéissez à 6PO, à Ebrihim et à la duchesse. Et soyez... soyez...

Leia s'interrompit, la voix brisée. C'était ridicule. Elle partait en guerre et envoyait ses enfants activer une machine qui pouvait déplacer une planète. Ils allaient assumer plus de responsabilités que la plupart des adultes de l'univers n'en auraient jamais... Elle pouvait se faire tuer et ne jamais les revoir, et tout ce qu'elle trouvait à leur dire, c'était d'être sages et de bien se brosser les dents.

248

— Oui, maman, dit doucement Jaina. Ne t'inquiète pas. Nous ferons tout ce que nous devons faire.

— Ne craignez rien, madame, dit 6PO, je prendrai soin d'eux. Si les Dralls me le permettent.

Leia ferma les yeux et serra ses enfants contre elle.

— Je vous aime tous, réussit-elle à dire avant que les larmes la rendent muette.

Elle les garda ainsi aussi longtemps qu'elle put, et même un peu plus... Alors Yan s'agenouilla à côté d'elle et lui dénoua les bras.

— Il est temps, dit-il. Le vaisseau va partir.

Leia acquiesça, incapable de parler. Elle embrassa ses petits une dernière fois ; Yan l'imita.

Les trois enfants et Z-6PO grimpèrent dans la navette.

Une minute plus tard, ils avaient disparu.

Il y eut d'autres adieux et aucun ne fut facile. Luke, Lando, Mara, Kalenda, Gaeriel... Les chances qu'ils soient tous vivants à l'issue de ce combat étaient très faibles.

Tous savaient que ces séparations dureraient plus d'une journée ou deux.

Qu'elles seraient peut-être éternelles.

Ce n'était pas une expérience nouvelle. Ils avaient tous salué un camarade un jour ou une heure avant qu'il disparaisse à jamais. C'était un code, un rituel, une sorte de cérémonie qui rendait ces séparations sinon plus faciles, du moins plus compréhensibles.

Mais il existait d'autres adieux, qui sous-tendaient d'autres émotions.

Yan voulait absolument voir une personne avant de partir au combat.

Et cette personne était en détention.

Peut-être était-ce juste de la curiosité. Le sang était peut-être plus fort que la trahison…

En tout cas, il fallait qu'il y aille...

Le garde ouvrit la porte ; Yan pénétra dans la cellule. Thrackan était assis sur la banquette fixée au mur.

— Salut, Thrackan, dit-il.

— Salut, Yan. Tu es venu voir le spécimen en cage ?

— Je ne suis pas sûr de savoir pourquoi je suis là, dit Yan. Je voulais te voir, je crois.

— Tu me vois, cracha Thrackan avec un sourire cruel. (Il releva la tête et tendit les bras.) Me voici. Regarde bien.

— Tu n'aurais pas dû, Thrackan, souffla Yan.

— Oh, pour ça oui… Je n'aurais sûrement pas dû poursuivre ces fichus gosses ! C'était une erreur fatale. Fatale. Mais de quoi parlais-tu ?

— Les enfants, dit Yan. Mes enfants. Tu n'aurais jamais dû enlever mes enfants. N'implique jamais des innocents. Protège ta famille. Deux des plus anciennes traditions de Corellia. Je me souviens que tu te moquais de ces idées. Tu affirmais que les violer n'était pas un grand péché. Ce n'était que des mots, mais depuis, tu l'as fait. Tu l'as fait. Thrackan… comment as-tu pu ?

— Facile. Ils sont tombés entre mes mains. Pourquoi ne les aurais-je pas gardés ?

— Parce que c'était mal...

Thrackan soupira.

— Yan, s'il te plaît ! Je suis enfermé dans une cellule. Et la plus longue partie de mon procès sera de lire les chefs d'accusation… Le jury n'aura pas besoin de délibérer. D'ailleurs, il n'y aurait pas besoin de jury. Il serait plus intelligent de m'exécuter tout de suite, pour gagner du temps. A la place, ils me feront un procès, *long* et *juste,* et ils m'enfer meront pour toujours. Jamais je ne retrouverai ma liberté. Alors ne me fais pas la morale, c'est trop tard.

— Tu as perdu, Thrackan, dit Yan. Tu as tout perdu.

— C'est vrai, gloussa Thrackan. Tu as mille fois raison. Mais j'ai une consolation.

— Laquelle ?

Thrackan Sal-Solo, ancien Diktat de Corellia, dési-gna l'univers, derrière le mur de sa cellule.

— La flotte de la Triade. J'ai peut-être perdu, Yan, pourtant ça me fait du bien de savoir que tu n'as pas encore gagné. Et je ne pense pas que tu gagneras.

Solo regarda son cousin, puis se détourna sans mot dire et cogna contre la porte de la cellule.

Elle s'ouvrit et il sortit.

Il ne savait toujours pas pourquoi il était venu

CHAPITRE XV

LA BATAILLE DE CENTERPOINT

Enfin, le moment arriva de partir.

Ça n'avait pas été facile.

Les Bakuriens avaient besoin de la puissance de feu du *Faucon Millenium* et personne ne niait qu'il fallait au navire un équipage de trois personnes... Un pilote, un copilote et un tireur. Aucune discussion sur les premiers postes : les places appartenaient à Yan et à Chewbacca.

Mais que Leia veuille s'asseoir dans la tourelle des lasers en choqua plus d'un. Un chef d'État digne de ce nom ne volait pas dans un rafiot douteux en canardant ses adversaires.

Pourtant Leia ne céda pas. Les dernières semaines avaient été éprouvantes pour ses nerfs, et elle avait besoin... eh bien, de se défouler. De rendre à ses ennemis la monnaie de leur pièce. Délégation après délégation, on essaya de la faire changer d'avis. Ossilege lui-même se déplaça. Constatant que Leia était déterminée, il abandonna.

Le *Faucon* était paré. Yan vérifia ses instruments, activa les répulseurs et décolla.

Une fois loin de l'*Intrus*, il alluma ses moteurs subluminiques et attendit que les autres navires se réunissent autour de lui. Ils allaient combattre ensemble : Yan, Leia et Chewbacca à bord du *Faucon Millenium*, Mara Jade seule sur le *Feu de Jade*, Lando dans le *Lady Luck* et Luke dans son aile X. C'était une décision stratégique : les vaisseaux amis formeraient une escadrille distincte pour que les pilotes bakuriens, habitués à travailler ensemble, n'aient pas à gérer la présence d'étrangers dans leurs formations. Les quatre pilotes se connaissaient ; chacun était informé des prouesses dont étaient capables ses compagnons.

Ils étaient prêts.

Le *Lady Luck* sortit du hangar et se dirigea vers Yan. Le Corellien se sentait dans son élément : il était dans l'espace, aux commandes de son vaisseau, entouré par ses amis.

Le *Lady Luck* fit un double tonneau quand l'aile X décolla. Yan éclata de rire. Il semblait qu'il n'était pas le seul à tenir la forme...

— *Faucon* à *Lady Luck*, dit-il dans l'intercom. Lando, vieux pirate, le principe, c'est de voler droit. Je crois que tu as un peu dévié...

— On ne peut plus s'amuser ? répondit Lando.

— Du calme, tous les deux, dit Luke. Nous ferons des acrobaties tout à l'heure.

Le *Feu de Jade* décolla ; Mara prit la parole.

— Si cela ne vous fait rien, je préférerais un peu plus de discipline.

Chewbacca coupa l'intercom et grogna.

— D'accord, c'est une rabat-joie, répondit Yan en souriant. Mais une rabat-joie qui pilote comme elle est bienvenue dans mon escadrille.

— Où en êtes-vous ? demanda Anakin en regardant le tableau de commande.

Depuis le jour où Anakin l'avait abandonné après avoir touché un bouton de trop, il n'avait pas changé.

Le technicien s'appelait Antone, et il ressemblait à un pantin de fil de fer à la peau sombre. Des cheveux bruns cascadaient sur ses épaules. Il ne répondit pas tout de suite, mais regarda Anakin avec des yeux que le petit garçon connaissait bien. C'était le regard des adultes informés qu'il avait un rapport spécial avec les machines et qui n'y croyaient pas encore.

— Je vous assure, monsieur, que le jeune maître Anakin est remarquablement doué, dit Z-6PO.

Antone n'avait pas l'air du genre à se laisser convaincre par un droïd… En revanche, la participation d'Ebrihim et de Marcha le perturbait. Les Dralls étaient des gens sérieux.

— Je dirais que nous sommes coincés, fit-il enfin. Du moins, c'est une expression. Pour être coincés, il faudrait avoir réussi à avancer. Et nous n'avons rien fait.

— Rien du tout ? demanda Anakin.

— Rien du tout. Le système ne répond à aucune commande.

— Mais si…

Le petit garçon s'assit devant le tableau, posa les doigts sur le clavier, puis les releva. La surface se souleva, se transforma pour prendre l'apparence d'une manette parfaitement adaptée à sa main.

Il toucha la manette et un cube holographique muni de cinq cases sur chaque arête apparut au-dessus du tableau de commande.

L'enfant lâcha la manette. Elle resta visible quelques secondes avant de fondre dans la console.

— Comment as-tu fait ça ? demanda Antone.

Poussant Anakin, il posa sa main au même endroit. Rien ne se passa. *Rien du tout.* Antone regarda le petit garçon ; un éclair de compréhension passa sur son visage.

— Ça ne peut être que ça ! Il s'est autoconfiguré sur tes caractéristiques la première fois que tu l'as utilisé.

— Pardon ? dit Anakin.

— Ça veut dire quoi ? demanda Jacen.

— L'appareil a analysé ses empreintes — ou son code génétique, ou ses ondes cérébrales — et il les a mémorisées. Le système ne fonctionnera qu'avec lui.

Les yeux d'Anakin s'illuminèrent.

— Qu'avec moi ? demanda-t-il. C'est à moi tout seul ?

— Il y a sûrement un moyen de permettre à d'autres gens de s'en servir, objecta Jacen.

— Peut-être, c'est même probable, répondit Antone. Mais nous n'avons pas le temps. Il faut travailler avec ce qu'on a.

— Attendez, dit Ebrihim. Si je comprends bien…

— Votre jeune ami est la seule personne capable de tirer quelque chose de ce tableau de commande. Le problème, d'après ce que j'ai vu et ce qu'on m'a dit, c'est que s'il peut le faire fonctionner, on n'est pas certain qu'il comprenne ce qu'il fait.

— Voilà qui me semble un excellent résumé de la situation, dit 6PO.

Gaeriel Captison regardait l'amiral Ossilege faire les cent pas sur la passerelle vide, et elle ne pouvait s'empêcher d'éprouver une certaine sympathie pour lui.

Dans quelques minutes, le pont déborderait d'officiers courant dans tous les sens. Des sirènes tonitruantes résonneraient ; les messages s'entasseraient sur toutes les surfaces disponibles.

A cet instant, l'endroit était calme.

Pour Ossilege, c'était le moment le plus dur. Tout à l'heure, il y aurait des ordres à donner, des décisions à prendre. Pourtant son travail était presque terminé. Il avait déployé ses forces, transmis ses instructions, vérifié ses plans.

Il n'avait plus rien à faire, sinon attendre.

— Ce n'est pas facile, n'est-il pas vrai ? dit Gaeriel. Vous les envoyez gagner ou perdre... vivre ou mourir... Tout dépend des ordres que vous avez donnés.

— Vous avez raison, dit-il. Ce n'est pas facile. Ils savent tous quoi faire, puisque je leur ai dit. Mais moi, qui me le dit ?

Pour Ossilege, ce bref moment de doute était déjà trop. Se rendant compte qu'il s'était bien excessivement dévoilé, il s'immobilisa et s'assit dans son fauteuil de commandement.

Un bip retentit.

— Vaisseaux largués, annonça dans les haut-parleurs une voix artificielle et mélodieuse. *Intrus* en mouvement dans trente secondes. Tous aux postes de combat.

Ossilege ne bougea pas tout de suite. Gaeriel n'était même pas sûre qu'il ait entendu.

Une nouvelle sonnerie...

Le vaisseau vibra d'une manière différente. Les instruments de bord revinrent à la vie...

Ils étaient partis.

— Madame le Premier ministre, dit soudain Ossilege, brisant le silence. Le plan ? Pensez-vous qu'il marchera ?

La question fit sursauter Gaeriel.

L'ironie de la situation était évidente. Après des semaines de solitude à bord du *Gentleman Caller,* où elle ne souhaitait qu'une chose, *avancer,* Tendra Risant n'avait plus du tout envie de bouger.

Le *Gentleman* flottait dans l'espace, en orbite autour de Corell — une orbite qui le mettait exactement à mi-chemin entre la flotte de la Triade et les destroyers bakuriens. Tendra ne se faisait aucune illusion : les deux camps la captaient sur leurs scanners. Ils l'avaient sûrement reconnue pour ce qu'elle était : un vaisseau civil coincé entre les deux armadas. Aussi longtemps qu'elle flottait, elle ne présentait aucun danger.

Mais les deux camps tireraient sans hésiter s'ils se sentaient menacés.

Elle ne pouvait aller nulle part sans se rapprocher de la trajectoire d'un vaisseau. Elle n'osait manœuvrer, de peur qu'un des camps n'imagine qu'elle était un kamikaze camouflé en navire civil.

Toutes les cinq minutes, la jeune femme priait les dieux pour que quelqu'un, quelque part, ne décide pas qu'elle obstruait le passage.

Personne ne savait ce qui allait se passer, Tendra moins encore que les autres.

Une chose était sûre : elle serait aux premières loges.

Les guerres sont faites de longues périodes d'ennui interrompues par de courtes explosions de chaos et de terreur. Lando avait vu assez de batailles dans sa vie pour souscrire à cette description.

Le voyage de Drall à Centerpoint était long. Assez long pour que Luke, à bord de son aile X, rejoigne deux fois l'*Intrus* afin de se reposer un peu. En tirant sur la corde, il aurait pu rester aux commandes, mais seuls les fous partaient au combat fatigués.

Les autres — Yan et son équipe, Mara, Lando — pouvaient enclencher le pilote automatique et faire la sieste. Pas lui.

Un saut hyperspatial aurait raccourci le voyage. Pour des raisons très précises, les alliés ne voulaient pas rappeler à la Triade l'existence de l'hyperespace. Non... Que leurs ennemis se concentrent sur l'*Intrus*, sur les trois vaisseaux marchands et leur escorte de chasseurs. Plus ils auraient les yeux fixés sur eux, moins ils regarderaient ailleurs.

Activant ses senseurs, Lando essaya d'analyser les réactions de la Triade. Pour l'instant, leurs adversaires ne semblaient pas s'intéresser à l'*Intrus*. La flotte continuait à se déplacer vers Centerpoint. Rien de nouveau. Mais bientôt, ils seraient assez proches les uns des autres pour choisir leurs cibles et...

Stop. Lando fronça les sourcils. Avait-il manqué quelque chose ? Là... Un petit vaisseau, juste entre Centerpoint et l'armada de la Triade.

D'où pouvait venir cet engin ? Lando envoya un signal pour qu'on lui transmette le relevé dynamique des détecteurs de l'*Intrus*, puis il étudia les données, remontant jusqu'à la disparition du champ. Le petit vaisseau était apparu juste *avant* les vaisseaux de la Triade. Comment était-ce possible ?

A moins que...

Lando se redressa. A moins que le petit navire ne soit plus près d'eux que la flotte de la Triade. A moins qu'il vienne de beaucoup moins loin.

De l'intérieur du champ d'interdiction, par exemple.

Incrédule, il émit le signal standard de demande d'identification. Au bout de quinze secondes, il eut sa réponse.

Vingt secondes après, il changeait de direction et poussait les moteurs subluminiques à pleine puissance.

Une minute plus tard, un signal, sur sa console de communication, lui rappela qu'il aurait dû demander la permission.

Il appuya sur le bouton.

— *Lady Luck* à *Intrus*, dit-il. Je... je viens de repérer quelque chose. Je vais voir ce que c'est. Je serai de retour à temps pour la fête.

— *Intrus* à *Lady Luck*, répondit une voix agacée. L'objet que vous voulez intercepter est une navette civile non engagée dans l'action. Pas la peine de vérifier.

— J'y vais tout de même, dit Lando. Elle est peut-être plus *engagée* qu'elle n'en a l'air.

Ebrihim regarda autour de lui, écœuré. La salle de contrôle du répulseur de Drall ressemblait à une décharge publique. La couche de papiers gras, de documents, et d'emballages de rations alimentaires lui arrivait aux genoux. De petits groupes de techniciens discutaient des relevés et de la signification des cubes violets, orange et jaunes. Des étiquettes avaient été collées sur la console, mais les commandes qui apparaissaient, disparaissaient ou changeaient de forme à volonté étaient plus difficiles à classer.

Non loin de là, Jaina et Jacen dormaient sur des lits de camp.

Ebrihim et Marcha aidaient les techniciens à hiérarchiser leurs relevés et ils surveillaient les métamorphoses du tableau de commande. Q9 avait sorti un nombre impressionnant de senseurs pour suivre le cheminement des signaux à travers le tableau. D2 et lui avaient trouvé une bonne dizaine de sujets sur lesquels se chamailler.

Les autres travaillaient dur. Anakin était très demandé. Il activait les commandes, passait d'un mode à l'autre, aidait les adultes à comprendre la signification des différents touches.

Ebrihim soupira. Le petit garçon était pâle, les yeux cernés. Depuis combien de temps n'avait-il pas dormi ? Dix-huit heures ? Plus ? D'une minute à l'autre, il allait craquer. Ils devaient en tirer le plus possible avant qu'il ne s'écroule de...

— J'ai des nouvelles ! J'ai des nouvelles !

Le silence se fit dans la pièce. Tout le monde se tourna vers Dracmus, debout devant la porte.

— Les Seloniens de Sacorria ! L'idée du pot-de-vin était merveilleuse ! Il faudra féliciter Jade de sa suggestion.

— Ils ont accepté de coopérer ? demanda Ebrihim.

— Non, Honorable Ebrihim. Ils refusent encore. Peut-être plus tard...

Marcha soupira.

— Alors pourquoi votre allégresse ?

— Le pot-de-vin leur a donné des idées, dit-elle en brandissant un carnet de notes électronique. Ils ne veulent pas nous aider à utiliser leur répulseur, mais ils ont bien voulu nous *vendre* le mode d'emploi !

— Laissez-moi voir ! dit Antone en lui arrachant le carnet de notes des mains.

Il l'alluma, fit défiler les informations pendant une minute, puis releva la tête, enthousiaste.

— C'est ça, dit-il. Avec ce qu'Anakin nous a montré, et ce qui est indiqué ici, je crois — je dis bien « je crois » — que nous pouvons faire fonctionner le répulseur.

— Vous voulez dire qu'Anakin...

Ebrihim s'interrompit, les yeux fixés sur la console. 6PO hocha la tête.

— Ça lui arrive souvent quand il reste éveillé tard.

Assis devant le tableau de commande, Anakin s'était endormi, la tête sur la surface métallique. Ebrihim le regarda, abasourdi. Les enfants humains… quelles créatures bizarres. Trente secondes plus tôt, le petit garçon travaillait encore…

— Enfin…, dit-il. Le reste de l'équipe peut continuer… Je suppose qu'un enfant a besoin d'une bonne nuit de sommeil s'il veut pouvoir sauver deux ou trois systèmes solaires dans la matinée…

Tendra Risant était endormie quand les choses se précipitèrent. Un bruit terrifiant se répercuta le long de la coque du *Gentleman Caller*, la faisant encore une fois bondir sur son lit. Elle écouta. Que s'était-il passé ? Un météore avait percuté le vaisseau ? Les moteurs avaient explosé ? Puis elle entendit le bruit des portes qui s'ouvraient et celui de pompes qui se mettaient en marche. Le sas ! Quelqu'un avait abordé le *Gentleman Caller* !

Elle sauta du lit et enfila une robe de chambre. Qui était-ce ? Que voulaient-ils ? Une arme. Elle avait besoin d'une arme. Y avait-il un blaster à bord de ce vaisseau ? Elle sortit dans la coursive et s'arrêta net.

Il était là, en face d'elle, souriant jusqu'aux oreilles.

— J'ai essayé d'appeler, dit-il. Mais il n'y avait pas de réponse.

— Lando ?

C'était le premier être humain qu'elle voyait depuis un mois.

— Tendra.

Ils se jetèrent dans les bras l'un de l'autre.

— Oh, Lando. Vous n'auriez pas dû venir. Il y a des vaisseaux partout ; ils vont se battre et…

— Chut, répondit-il. Du calme. Le *Lady Luck* est assez rapide pour nous sortir de là. Tout ira bien.

— C'était trop risqué !

— Allons, dit-il en lui caressant le menton. Et ma

réputation ? Comment pouvais-je laisser filer une occasion de sauver une demoiselle en détresse ?

Les heures passaient. Les vaisseaux de la Triade approchaient de Centerpoint. Tandis que le *Sentinelle* et le *Défenseur* restaient en arrière, la petite flotte de l'*Intrus* allait à la rencontre de la Triade.

Minute après minute, Ossilege surveillait les relevés des senseurs.

Il était seul sur la passerelle. Personne ne viendrait avant que le combat commence. Leur seul ennemi était le temps. C'était aussi leur meilleur allié. Ils devaient gérer cette variable avec précision. S'ils attaquaient trop tôt, ils dévoileraient leur plan et les efforts de Source A auraient été vains. S'ils tardaient trop, leurs ennemis détruiraient les vaisseaux bakuriens.

Il y avait aussi la question du répulseur.

Fonctionnerait-il ? Les chiffres que Calrissian avait annoncés étaient-ils justes ? Ils les avaient vérifiés des dizaines de fois. Tout avait l'air bon.

Le *temps* était la question principale. Il n'y avait aucun moyen de savoir à coup sûr. Aucun moyen de lire sur les écrans tactiques les intentions des uns et des autres, aucun moyen de juger sur un relevé infrarouge du moral de l'ennemi et de ses prouesses.

Les vaisseaux se rapprochaient. Toujours plus près...

L'amiral Ossilege se leva. Il se dirigea vers l'écran principal et l'étudia, examinant chaque vaisseau, chaque relevé. Puis il retourna s'asseoir, satisfait — au moins autant qu'il le serait jamais.

Il activa l'intercom.

— Ici Ossilege. Prévenez tous les vaisseaux en lançant le signal prévu. Commencez l'opération « Pas de Côté » dans trente-cinq minutes.

Une heure après « Pas de Côté », il serait temps pour Source A d'intervenir. Une heure, cinq minutes et quinze secondes après « Pas de Côté », Centerpoint tirerait.

Peut-être alors réussiraient-ils à dévier le tir.

Une heure. Il fallait tenir une heure. Lâchant le bouton de l'intercom, il recommença ses calculs.

— Parfait, Chewie, dit Yan une demi-heure plus tard. Plus que cinq minutes ! Leia, va t'installer dans la tourelle.

La jeune femme se leva.

— J'y vais, dit-elle.

Pourtant elle ne sortit pas du cockpit. Pas immédiatement. D'abord, elle avança, tira la tête de Yan en arrière et l'embrassa. Un baiser chaleureux qui ne s'arrêta pas à proprement parler, mais finit plutôt par se *dissiper*.

— Je t'aime, dit-elle.

— Je sais, répondit Yan. Et tu sais que je t'aime.

— C'est vrai, dit Leia en souriant. Je sais. (Elle se leva et tendit une main pour caresser la tête de Chewbacca.) A tout à l'heure, Chewie.

Après un dernier sourire, elle se retourna et sortit. Yan la regarda s'éloigner dans la coursive.

— Tu sais, Chewie, il y a beaucoup à dire en faveur du mariage...

Chewbacca laissa échapper un grognement caverneux qui ressemblait à un rire et vérifia pour la quatrième fois le réglage des boucliers.

Yan regarda l'heure.

Plus que quatre minutes.

Luke Skywalker sentit une impression familière lui chatouiller la colonne vertébrale : un mélange étrange de peur et d'excitation. Il était un Jedi. En théorie, les Jedi restaient calmes et ne connaissaient pas la peur. Mais Luke savait que les Jedi ne vivaient pas dans un monde peuplé d'abstractions. Il était aussi mauvais de nier ses émotions que de s'y noyer.

Il était temps de se battre. Il ferait face. Ses pouvoirs l'y avaient préparé.

C'était suffisant.

Luke regarda son chronomètre.

Trois minutes.

Mara Jade était dans le centre de commandement de son vaisseau.

Seule.

Elle était arrivée dans ce système avec un pilote, Tralpka, et un navigateur, Nesdin. Comme tant d'autres, ils avaient disparu durant les premiers jours du conflit. Mara ne savait pas s'ils étaient morts, ou prisonniers, ou tapis sous un tas de débris, attendant qu'il soit sûr de sortir.

Mais, la première solution était la plus probable. C'étaient des êtres compétents et honnêtes... et ils n'étaient plus là, probablement exécutés pour avoir commis le « crime » de s'être trouvé sur le chemin d'un fou sanguinaire.

Bientôt, elle ferait tout pour les venger.

Deux minutes.

— Je ne suis pas sûr de vous avoir rendu service en vous secourant, dit Lando. Là où vous vous trouviez, vous auriez pu mourir par accident... Maintenant, si vous succombez, c'est que quelqu'un l'aura voulu.

— Croyez-moi, Lando, dit Tendra en souriant, s'il y a une chose que j'ai apprise sur le *Gentleman Caller*, c'est que je ne veux pas mourir seule. J'en ai *assez* d'être seule.

Lando tendit la main. Tendra la prit, la serrant très fort.

Ils ne dirent rien de plus. Leur silence était assez éloquent.

Le signal d'alarme sonna et annonça le compte à rebours.

Une minute.

Belindi Kalenda avait rejoint l'équipage de la passerelle ; Gaeriel Captison arriva à temps pour s'attacher sur un siège.

— J'étais dans ma cabine, expliqua-t-elle alors qu'Ossilege n'avait rien demandé. Je méditais.

Je pensais à ma fille. La pauvre Malinza qui a déjà perdu son père. Aujourd'hui, perdra-t-elle sa mère ?

— Le moment était bien choisi, répondit l'amiral. Dans trente secondes, il ne sera plus temps de réfléchir.

Gaeriel enfonça ses doigts dans les accoudoirs du fauteuil et contempla l'espace à travers la verrière principale de la passerelle.

Les étoiles semblaient chaleureuses et réconfortantes. L'une était-elle Bakura ? Non... Le soleil qui éclairait sa planète natale n'était sans doute pas assez brillant pour être vu à cette distance.

Combien elle aurait voulu être chez elle...

— Dix secondes. Préparez-vous à passer en hyperdrive. Cinq secondes. Quatre. Trois. Deux. Un. Zéro.

Les étoiles se transformèrent en lignes éblouissantes parallèles qui remplirent son champ de vision puis disparurent, remplacées par les astres familiers du ciel de Corellia.

Mais ils n'étaient plus seuls. Des vaisseaux de toutes tailles et de toutes formes pullulaient dans l'espace. L'*Intrus*, le *Sentinelle*, le *Défenseur* et les vaisseaux non bakuriens avaient simultanément réussi un saut hyperspatial au cœur des lignes ennemies.

Ossilege pensait que cela leur conférerait le bénéfice de la surprise.

La batterie principale de l'*Intrus* ouvrit le feu, frappant un transport de troupe poussif qui n'avait rien à faire dans un combat.

Le vaisseau explosa, boule de feu sur fond d'espace noir, et les lasers avaient déjà repéré une nouvelle cible. C'était une corvette moderne de la taille du *Feu de Jade*, qui leva ses boucliers à temps. Hélas, ils n'étaient pas conçus pour encaisser à bout portant un tir de croiseur léger. La barrière d'énergie ne résista pas et la corvette explosa à son tour.

La chasse de l'*Intrus* sortit de ses soutes. Quinze QUIPO — des Chasseurs Polyvalents — se lancèrent à l'attaque, nettoyant les alentours immédiats.

Alors les batteries secondaires de l'*Intrus* passèrent à l'attaque. Un vaisseau de la Triade tira, touchant un QUIPO. Le chasseur explosa dans une gerbe de lumière qui propulsa un flot de débris vers l'*Intrus*. Les boucliers dévièrent la plus grosse partie et ralentirent le reste. Des impacts firent vibrer la coque, sans provoquer de gros dégâts…

Les autres chasseurs virevoltaient, luttant contre un essaim de X-Tie.

Un adversaire à la hauteur de l'*Intrus* apparut enfin sur l'écran. C'était un vieux destroyer impérial d'une classe que Gaeriel ne reconnut pas. Le vaisseau était plus petit que l'*Intrus*, mais il semblait aussi bien armé.

Les batteries principales et secondaires concentrèrent leur tir sur la tourelle avant du destroyer. Celui-ci riposta sans réussir à traverser les boucliers du navire bakurien. La tourelle explosa ; l'*Intrus*

concentra son feu sur la poupe de sa cible. Les boucliers de celle-ci avaient dû souffrir des premiers
tirs, car ils lâchèrent après quelques secondes. La
coque fut parcourue par un réseau d'énergie bleue,
et le vaisseau commença à dériver, désormais inoffensif.

Gaeriel se tourna vers Ossilege. L'amiral ne s'occupait ni du feu ni du chaos. Il laissait au capitaine
Semmac le soin de piloter son vaisseau... Les yeux
fixés sur les écrans tactiques, il suivait le déroule-
ment global de la bataille.

— Les choses se déroulent comme prévu, annonça-t-il.

Ça commence bien, pensa Gaeriel. *Pourvu que ça
dure.*

— Accroche-toi, D2 ! hurla Luke avant de faire
effectuer un looping à son aile X.

Il poursuivit le X-Tie qui fonçait vers le *Lady
Luck.*

— Lando, virage à gauche serré. Trois, deux, un,
top !

Luke vira une fraction de seconde avant le *Lady
Luck.* Le X-Tie n'était pas aussi maniable qu'une
véritable aile X ; il tomba dans le piège, se plaçant
devant les canons de Luke en tentant de coincer le
vaisseau de Lando Calrissian. Luke tira ; une aile de
la « composante » Tie du navire se détacha pour
continuer seule sa route dans l'espace.

Il fallut un moment à Luke pour repérer Lando, et
il ne fut pas surpris de le trouver encore en danger.
Son ami essayait de semer deux CAL équipés de
moteurs et de canons supplémentaires — en quelque
sorte des « CALL » : Chasseurs d'Attaque Légers
Lourds.

Fixer des moteurs surdimensionnés à des carlingues qui n'étaient pas conçues pour les supporter était une erreur, disait-on. Luke décida de tester cette théorie. Il tira sur le CALL le plus éloigné, atteignant un moteur. Le vaisseau partit en vrille avant que le pilote puisse compenser.

Le Jedi chercha le *Lady Luck*, pour s'apercevoir que Lando s'était débarrassé seul de sa deuxième cible.

Leur petite zone d'espace était dégagée. L'heure avait sonné d'aller chercher fortune ailleurs.

— Lando ! dit Luke. Je détecte un destroyer à l'arrière de la formation. Tu l'as aussi ?

— J'allais te le dire, dit Lando. On y va. C'est ce qu'il nous faut.

Les vaisseaux d'Ossilege avaient pour ordre de traverser la flotte de la Triade en attaquant le plus grand nombre d'objectifs possible, afin de pousser un maximum d'ennemis à les suivre.

De l'avis de Lando, le plan avait justement un grand défaut : celui d'inciter des ennemis à vous suivre.

Enfin… Parfois, il fallait forcer la chance.

— C'est parti ! dit Luke.

Assis dans son fauteuil, devant le tableau de commande, Anakin écoutait Antone réciter la liste.

— Parfait, dit le technicien quand il eut fini. La séquence de détermination de cible est dans notre collimateur. Le pôle sud de Centerpoint est verrouillé. Prêt pour la phase de montée en puissance ?

— Je ne crois pas, dit Anakin. Il y a quelque chose que je ne sens pas bien.

Pour la centième fois, Antone repoussa les longs cheveux qui lui tombaient devant les yeux.

— Comment ça, « quelque chose que tu ne sens pas bien » ?

— Il travaille intuitivement, expliqua Jacen. Vous, vous avez un mode d'emploi. Mais Anakin ne comprend pas ce qu'il fait, c'est vous-même qui l'avez dit.

— Ce n'est pas vrai ! protesta son frère.

— Vraiment, Anakin ? demanda Jaina, qui commençait aussi à en avoir assez. Tu comprends tout ou tu fais le malin ?

Anakin se renfrogna et croisa les bras.

— Arrêtez d'être méchants avec moi, ou je ne vous aide plus.

Il sauta du fauteuil et s'éloigna.

— Houps ! dit Jaina.

— Je soupçonne le jeune maître Anakin d'être épuisé, dit 6PO. Il a veillé très tard cette nuit. Quand c'est le cas, il est souvent grognon le matin.

Les yeux d'Antone manquèrent sortir de leurs orbites. Il lui fallut cinq secondes pour trouver ses mots.

— Il est *grognon* ? C'est… c'est le seul qui puisse… qui puisse… (Antone désigna le tableau de contrôle.) Le Starbuster tirera dans une heure et vous me dites qu'il est *grognon* ?

— Du calme ! lança Ebrihim.

— Il est parti ! hurla Antone. Et c'est le seul à pouvoir faire fonctionner la machine !

— Vous avez travaillé toute la nuit, continua Ebrihim. Vous êtes fatigué. Nous allons le faire changer d'avis, ne vous inquiétez pas.

— Ouais, *toute la nuit*, dit Antone en s'éloignant. Moi aussi, j'ai le droit d'être *grognon*. (Il s'arrêta et se campa face aux jumeaux, les mains sur les hanches.) Sauf que je ne suis pas *grognon*. Je suis paniqué. J'ai de la famille sur Bovo Yagen. Si sa planète est désintégrée, ma tante fera un malheur !

— Du calme, répéta Ebrihim un peu plus sèchement. Il ne partira pas bien loin, et nous avons besoin de vous deux. Jacen, va chercher ton frère. Calme-le. Et essayez *tous* de vous rappeler que les vies de douze millions de personnes sont entre les mains d'un petit garçon de sept ans qui a une heure pour les sauver. Alors, quand il reviendra, soyez gentils avec lui.

— D'accord, dit Jaina. Seulement une heure...

— Concentrez le tir sur le sas avant ! (La voix de Mara résonnait dans les haut-parleurs du *Faucon*.) Ces soudures m'ont l'air bien neuves !

Un déluge de feu jaillit du *Feu de Jade* et s'abattit sur la vieille frégate calamarienne qui combattait du côté ennemi.

— Leia, fais comme elle ! dit Yan. Mais d'abord, accroche-toi ! Je vais me retourner pour que tu aies un meilleur angle.

— Inutile ! Je peux tirer, annonça Leia. Alors je tire !

La présidente joignit le geste à la parole.

La porte extérieure du sas de la frégate s'était ouverte pendant le combat ; elle chauffa au rouge, puis vira au blanc. Le sas explosa et une partie de l'atmosphère du vaisseau s'échappa dans l'espace. Quelque part à l'intérieur du vaisseau, une écoutille se ferma et l'aspiration cessa.

La frégate riposta ; des faisceaux de rayons écarlates percutèrent le *Faucon Millenium*. Les signaux d'alarme des boucliers sonnèrent tous en même temps. Ils s'interrompirent quand le *Feu de Jade* eut détruit les batteries principales ennemies d'une salve de torpilles.

Désarmée et endommagée, la frégate décida qu'elle en avait assez.

Elle vira de bord et prit la fuite.

— Laissez tomber, dit Yan à Mara. Elle est hors d'état de nuire et c'est ce qui compte.

— Cela fait combien de temps ? demanda Leia.

— A peu près quarante minutes, répondit Yan. Attention... Une paire d'Affreux...

— Je les tiens, dit Leia, une tension audible dans sa voix.

Une explosion déchiqueta un Affreux ; l'autre décida qu'il valait mieux être lâche et vivant que valeureux et mort.

Si seulement le *Faucon* avait pu se permettre de tenir le même raisonnement... Tôt ou tard, une attaque traverserait ses défenses.

— Mara ! appela Yan. Continuons à les harceler.

Il coupa la liaison avec les autres vaisseaux.

— Encore vingt minutes, dit-il à Leia et à Chewie. Encore vingt minutes et ce sera terminé.

Oui, ce serait terminé.

D'une façon ou d'une autre...

— Le *Défenseur* a des dégâts aux batteries principales, mais les secondaires sont opérationnelles, dit Kalenda. Beaucoup d'ennuis mineurs et aucun majeur...

Une centaine d'ennuis mineurs peuvent affaiblir assez un vaisseau pour que le cent unième le détruise.

Ossilege secoua la tête. Ce n'était pas une façon de penser pour un amiral, surtout pendant la bataille.

— Le *Sentinelle* ?

— Le *Sentinelle* a perdu une partie de sa propulsion. Décompression d'un pont arrière... Mais toutes les batteries sont opérationnelles. D'après les rapports, le navire a livré un grand nombre de duels victorieux.

— Très bien, dit Ossilege en étudiant l'écran tactique.

L'*Intrus* avait encaissé le même genre de mauvais coups...

Ça marche, pensa-t-il. Ils payaient le prix fort, mais ça marchait. Ossilege avait affecté à chaque vaisseau lourd une ligne à attaquer dans la flotte ennemie. Il avait fait la même chose avec les navires « amis », qui devaient traverser la formation adverse en engageant le plus possible de duels afin de semer le chaos.

Et ça marchait !

La flotte ennemie se désagrégeait ; une grande partie des vaisseaux faisaient demi-tour pour poursuivre leurs adversaires.

— Monsieur ! Le capitaine Semmac signale que quatre frégates suivent une trajectoire d'interception centrée sur l'*Intrus*. Probablement une attaque coordonnée...

— Vraiment ? Je me demandais combien il leur faudrait de temps pour en organiser une. Très bien. Jugeons des talents de défenseur du capitaine Semmac.

Ossilege étudia les écrans tactiques. Quatre frégates à la proue imposante approchaient, venant de directions différentes. Les boucliers de l'*Intrus* tenaient bon. Le navire accéléra pour essayer d'échapper au tir croisé, puis il riposta, concentrant son feu sur la plus proche des frégates.

Semmac essayait de semer ses poursuivants, hélas ceux-ci adaptaient leurs trajectoires et leur vitesse pour coller aux basques de l'*Intrus*.

Ossilege fronça les sourcils. Quelque chose n'allait pas. Les frégates tiraient sans résultat. Les boucliers auraient dû subir des fluctuations de puissance...

L'amiral contrôla la puissance des lasers des vaisseaux ennemis. Pourquoi étaient-ils si faibles ? A moins...

A moins que ce ne soit une *couverture*. D'ailleurs, comment de simples frégates pouvaient-elles encaisser les tirs de l'*Intrus* sans broncher ?

Il fit apparaître un plan rapproché sur la console tactique et son sang se glaça.

Il écrasa l'intercom.

— Capitaine Semmac ! C'est un piège ! Ce sont des vaisseaux robots ! Leurs armes sont inoffensives ! Ils veulent juste approcher pour...

Trop tard. Le premier navire robot enclencha son *booster* et accéléra à une vitesse terrifiante, tel un bélier de plusieurs tonnes se dirigeant sur eux.

Il percuta l'*Intrus* au niveau de la passerelle.

— C'est bon, il est avec moi, dit Jacen.

— Bien, dit Antone. Super. Retournons au travail.

Anakin leur lança un regard dur avant de grimper sur son fauteuil.

— Bien, dit-il. Prêt.

— Parfait, dit Antone, se forçant à sourire. Lançons la phase de montée en puissance.

— Non, dit Anakin.

— Anakin, s'il te plaît. Tu dois comprendre. Ce n'est pas un jeu. Beaucoup de gens, *beaucoup*, vont mourir si nous ne tirons pas avec ce répulseur exactement au bon moment et au bon endroit.

— Je sais, dit Anakin. Mais il ne vise pas bien. Il est trop lourd. Trop lourd.

— Que veux-tu dire par trop lourd ? demanda Antone.

— La gravité ! cria Jacen. Il veut parler de la gravité. Nous avons appliqué le mode d'emploi du répulseur de Selonia ! La gravité est différente ici !

— C'est ça, affirma Anakin. Trop lourd.

— Dieu du ciel, murmura Antone. Il a raison. Il a raison. Nous avons... dix minutes pour tout recal-

273

culer depuis le début. (Il saisit un technicien par l'épaule et le poussa devant Anakin.) Fais-lui réaliser la montée en puissance. Nous viserons au dernier moment.

Antone courut à la recherche d'un carnet de notes électroniques.

Le deuxième et le troisième vaisseau robot percutèrent l'*Intrus* qui partit à la dérive dans l'espace. Le quatrième rata sa cible, mais cela n'avait pas d'importance.

Le destroyer était déjà perdu.

Ossilege se releva et tituba vers son fauteuil. Gaeriel avait réussi à rester dans le sien. Belindi Kalenda regarda autour d'elle avec horreur... Ils étaient les seuls survivants.

L'amiral ne prit pas la peine de regarder. Il savait qu'il n'y avait pratiquement plus de passerelle...

— Abandonnez le vaisseau ! hurlaient les haut-parleurs. Abandonnez le vaisseau !

— Je ne sens plus mes jambes, dit Gaeriel. Je vois bien qu'elles saignent... Mais je ne les sens pas et je ne peux plus les bouger...

Colonne vertébrale endommagée, pensa Ossilege. Il réalisa qu'il tenait sa main gauche contre son estomac, la retira et découvrit une plaie béante.

Etonnant qu'il ne sente pas une telle blessure...

— Abandonnez le vaisseau ! répétait la voix automatique.

Ossilege se tourna vers Kalenda.

— Partez ! cria-t-il. Nous ne le pouvons pas. Vous si. Partez ! Allez !

Il se sentit soudain très faible.

— Mais... commença Kalenda.

— Je me vide de mon sang et le Premier ministre ne peut plus marcher. Nous ne survivrons pas au voyage dans la capsule. Partez maintenant. C'est un ordre. Vous… vous êtes un excellent officier, lieutenant Kalenda. Ne vous sacrifiez pas inutilement. Allez !

Kalenda les regarda comme si elle allait dire quelque chose, puis elle se ravisa.

Elle salua Ossilege, s'inclina devant Gaeriel, se retourna et partit en courant.

— Bien, dit Ossilege. J'espère qu'elle réussira.

— Nous devons faire sauter le vaisseau, dit Gaeriel dans un murmure. Nous ne pouvons pas les laisser le capturer.

— Vous avez raison. Mais il faut temporiser… Nous devons laisser le temps aux survivants de l'évacuer. Attendre d'être dans les rangs ennemis. En emmener le plus possible avec nous. Attendre… Attendre Source A.

— Source A ? demanda Gaeriel d'une voix faible.

— Ne me quittez pas encore, madame… Source A… Souvenez-vous… Nous devons attendre l'arrivée de l'amiral Ackbar.

— Ça fait une heure, Luke ! cria Lando. Dégageons tant que nous sommes en un seul morceau !

— Bien reçu. On s'en va. Et vite !

— Que se passe-t-il ? demanda Tendra. Pourquoi reculons-nous ?

— Nous ne reculons pas, dit Lando en faisant virer de bord le *Lady Luck*. Nous suivons le plan d'Ossilege. Un plan si simple que même nous, nous sommes arrivés à le suivre ! En résumé : foncer dans le tas, faire autant de dégâts que possible pendant une heure, puis dégager le chemin.

— Dégager le chemin de qui ?

— De Source A, ma chère.

— De quoi parlez-vous ?

Lando éclata de rire :

— C'est un nom de code. Source A comme amiral Ackbar. Ossilege a commencé à recevoir des messages codés à la minute même où le brouillage a été désactivé. Ackbar rassemble sa force de frappe depuis que nous avons quitté Coruscant. Il n'a pas pu réunir une flotte énorme, mais vingt-cinq vaisseaux modernes et bien équipés devraient suffire. Surtout si la formation ennemie est déjà désorientée et qu'elle regarde dans la mauvaise direction...

Lando évita la carcasse d'un Affreux et accéléra en direction de Centerpoint.

— Nous nous dirigeons sur le pôle Nord, dit Lando. L'extrémité de la sphère qui ne tire pas de rayons de la mort interstellaires.

— Et l'amiral Ackbar ? Et le reste du plan ?

— Grâce à un saut hyperspatial très précis, Ackbar se matérialisera au-dessus de nos ennemis. Ils ne sauront jamais ce qui les aura frappés. Alors, tant qu'à faire, ne restons pas dans la ligne de mire.

— Quand et où arrive-t-il ?

Lando jeta un œil sur l'ordinateur de navigation.

— Hum..., dit-il. Ici. Et maintenant.

L'espace s'illumina. Des vaisseaux se matérialisèrent autour du *Lady Luck*, si près que ses passagers crurent entendre les vents de l'espace se déchaîner autour d'eux. Lando serra les dents et agrippa le manche à balai.

Il se força à ne pas essayer d'éviter les vaisseaux...

Puis ils le dépassèrent et disparurent.

Lando fit ralentir le *Lady Luck* et respira un grand coup.

Gaeriel Captison commençait à sentir la douleur. Pas dans ses jambes, bien sûr, mais partout ailleurs.

L'amiral Ossilege était assis à ses côtés, à peine conscient. Il saignait abondamment. Gaeriel sentait quelque chose brûler derrière elle.

Ce n'était pas très important.

Ossilege avait réussi à ouvrir le compartiment qui commandait l'autodestruction du navire. Les sécurités déverrouillées, il ne restait plus qu'un bouton à enfoncer.

L'amiral attendait en surveillant les écrans tactiques. Ils fonctionnaient à peine. Pour ce qu'il voulait voir, ils suffiraient bien.

— Là ! dit-il. Là ! Des vaisseaux ! Ils sont arrivés !

— Il est temps, alors, dit Gaeriel. Vous êtes un homme de valeur et un juste, amiral Ossilege. Vous avez accompli votre tâche. Vous les avez retenus. Vous les avez *arrêtés*. Bien joué.

— Merci madame. Je... je suis fier d'avoir servi avec vous.

— Moi aussi, dit-elle. A présent, il est temps de partir.

Elle pensa à sa fille, Malinza, qu'elle laissait seule. On s'occuperait d'elle, Gaeriel n'en avait aucun doute. Peut-être... Peut-être l'univers compenserait-il les épreuves de sa jeune vie en lui offrant un feu d'artifice de joie quand elle vieillirait.

C'était une pensée réconfortante. Une bonne pensée pour disparaître.

— Je... je ne peux plus bouger le bras, dit Ossilege. Je ne peux plus appuyer sur le bouton.

— Aucune importance, souffla Gaeriel. (Levant les yeux, elle aperçut trois vaisseaux de la Triade à proximité.) Je vais le faire...

Elle sourit et tendit la main.

L'explosion sema la mort dans les rangs de la

flotte de la Triade. Pendant quelques secondes, une nouvelle étoile illumina le ciel.

— Oh, mon Dieu ! dit Tendra. C'était l'*Intrus*. Ils ont disparu. Ils ont tous disparu. C'est terminé...

Lando regarda à nouveau le chronomètre, puis Centerpoint, puis un point lumineux, dans le lointain... Drall...

— Non, pas encore. Mais dans une minute et vingt secondes, ce sera terminé. Peut-être pour des millions d'âmes.

— Antone ! cria Jaina. Maintenant ! C'est maintenant qu'il faut le faire !

Le technicien accourut, les yeux exorbités.

— Je ne peux pas, dit-il en désignant le carnet de notes. Il tourne encore. Il n'aura pas terminé avant cinq minutes. Douze millions de personnes. Douze millions de personnes !

Il s'assit par terre et se prit la tête entre les mains.

— Nous sommes perdus ! gémit 6PO. S'ils contrôlent le Starbuster, nos ennemis nous détruiront tous.

Jacen Solo était immobile, les yeux grands ouverts. *Douze millions de personnes.* Ils avaient eu une chance de réussir, et tout allait rater parce qu'ils ne pouvaient pas donner les bons chiffres à un enfant de sept ans.

Attends une seconde, se dit-il. *Qui a besoin de chiffres ?*

Il se tourna vers son petit frère, toujours assis à la console.

— Anakin, c'est trop lourd, ça ne marche pas, d'accord ? Tu peux l'arranger ? Tu peux fermer les yeux et le sentir ? Le faire marcher ?

— Que dis-tu ? demanda Ebrihim. Tu veux qu'il devine ?

— Non, pas *deviner*, répondit Jaina. Laisse-toi aller, Anakin. Ne te fie qu'à ce que tu sens. Utilise la Force.

Anakin regarda son frère et sa sœur, déglutit, puis ferma les yeux.

— D'accord, dit-il. D'accord...

Les paupières closes, il tendit les mains vers des commandes qui n'existaient pas et qui prirent pourtant forme quand il les chercha. Des cubes brillants orange, verts et bleus apparurent et disparurent.

Le sol vibra sous leurs pieds. Ils entendirent comme un coup de tonnerre dans le répulseur, l'écho d'une puissance inimaginable...

La manette se matérialisa, s'adaptant à la perfection à la main d'Anakin. Le petit garçon la poussa ; un cube orange apparut devant ses yeux clos.

Anakin fit d'imperceptibles modifications de position ; le cube clignota et grossit.

L'enfant poussa la manette un long moment...

Puis il la tira brusquement vers lui, aussi fort qu'il le pouvait.

La pièce sembla exploser.

Dans la salle de contrôle, les techniciens manquèrent le spectacle, sauf Anakin, qui voyait tout derrière ses yeux clos.

Ceux qui se trouvaient dans l'espace assistèrent à la scène. Ils virent le répulseur tonner et rugir. Ils virent la puissance monter...

Ils la virent jaillir de la salle, déchirer l'espace et frapper le pôle sud de Centerpoint au moment où tous les comptes à rebours de l'univers atteignaient zéro parce que le Starbuster devait tirer.

Le pôle sud abritait déjà l'énergie suffisante pour tuer une étoile à travers l'hyperespace...

Pénétrant dans le portail hyperspatial, le tir du répulseur dépolarisa le rayon mortel, le déphasant assez pour qu'une petite partie de son énergie soit transformée en lumière visible. Le pôle sud de Centerpoint commença à briller. La lueur augmenta, se transformant en une majestueuse bulle de lumière. Alors un soleil naquit : un soleil inoffensif qui éclaira un instant les cieux du Système Corellien comme une promesse de paix avant de s'effacer à jamais.

Les yeux fixés sur la station, Lando Calrissian recommença à respirer. Il ne s'était pas rendu compte qu'il avait arrêté.

— C'est terminé, dit-il à Tendra. Maintenant, c'est vraiment terminé.

ÉPILOGUE

— Je ne sais pas pourquoi vous étiez si impatient de voir arriver ma flotte, dit l'amiral Ackbar en dévisageant Luke Skywalker de ses yeux globuleux. (Ils étaient sur Drall ; l'amiral avait demandé à voir le répulseur planétaire.) Grâce au sacrifice de l'amiral Ossilege et de Gaeriel Captison, il n'y avait presque plus rien à faire.

— Grâce à eux, oui, dit Luke.

Il pensa à Gaeriel et à Malinza. Dire qu'il avait promis à l'enfant de prendre soin de sa mère. Comment pourrait-il jamais s'acquitter de sa dette ?

Il pensa à Ossilege, un homme qui ne vivait que pour l'exploit, pour l'impossible.

— Je les pleurerai pendant longtemps. Nous avons gagné grâce à eux, et à de nombreux autres. Et grâce à trois enfants.

Anakin, Jacen et Jaina jouaient sur les amas de terre soulevés par le répulseur quand il s'était frayé un chemin hors du sol. Ils étaient poursuivis par Jenica Sonsen, hilare, et par Belindi Kalenda, trop occupée à faire des grimaces terrifiantes pour rire.

L'ombre du répulseur s'étendait tout autour d'eux. La pointe du cône culminait à une centaine de mètres du sol.

Yan et Leia regardèrent en souriant les enfants poursuivre Sonsen et Kalenda. Mara contemplait le spectacle, amusée ; même Chewbacca avait l'air détendu. Ebrihim et la duchesse Marcha étaient un peu plus loin, en pleine conversation. A en juger par leur concentration, ils parlaient d'affaires d'État — ou de quelque croustillant ragot de famille.

Luke espérait qu'il s'agissait de la première possibilité. La duchesse devait s'entraîner.

Leia comptait la nommer gouverneur général du secteur.

Assise à côté des deux Dralls, Dracmus s'était profondément endormie.

Une voix aiguë monta à quelques mètres de Luke, interrompue par un bip désapprobateur. Le Jedi se retourna. Q9 et D2 se disputaient encore. 6PO essayait de les calmer : il échouerait, comme d'habitude.

Luke se tourna vers l'amiral et désigna les hommes et les femmes qui les entouraient.

— Des humains, des Dralls, des Seloniens, des Wookies et des droïds ont gagné cette guerre. Et non des vaisseaux ou des lasers.

— Vous avez raison, bien sûr, répondit Ackbar. Cela dit, personne ne *gagne* jamais une guerre. Il y a seulement différents moyens de la perdre. Ces mondes ont subi des épreuves terribles ; il faudra de nombreuses années pour tout reconstruire.

Luke acquiesça. Pourtant certaines choses se mettaient déjà en place.

Un agent de la Ligue Humaine nommé Pharnis Gleasry s'était fait arrêter. Il n'avait pas fallu longtemps pour qu'il dénonce ses camarades, qui s'étaient infiltrés dans les services secrets de Coruscant. Le réseau avait été démantelé, ses membres envoyés en prison.

Et le Starbuster ? Les circuits du répulseur étaient sur le point d'être déverrouillés — ce qui permettrait à un technicien âgé de plus de sept ans de s'en servir. Ainsi, la prochaine nova prévue sur la liste serait évitée. Ils auraient aussi la possibilité d'utiliser le répulseur de Selonia.

Les Seloniens de Sacorria s'étaient enfin rendus...

La solution définitive consistait à obtenir les codes de la salle de contrôle détenus par la Triade. Le gouvernement de Sacorria ferait sans doute montre d'une grande volonté de coopération, compréhensible quand on savait que les troupes d'occupation de Coruscant étaient déjà en chemin.

Quelqu'un avait prétendu que la Nouvelle République comptait braquer le Starbuster sur le soleil de Sacorria et le laisser dans cette position jusqu'à ce qu'elle obtienne les codes. C'était faux, mais ça ne ferait qu'encourager les bonnes volontés.

Il faudrait aussi étudier Centerpoint et les trois autres répulseurs. Restaient tant de mystères à éclaircir. Qui étaient les créateurs du Système Corellien ? Quel était leur but ? Pourquoi étaient-ils partis ?

Peut-être trouverait-on la réponse dans des années, voire des siècles...

Si on la trouvait un jour.

— Comme vous dites, ce sont des êtres pensants ici qui ont gagné la guerre, dit Ackbar. N'en manque-t-il pas deux ? Ils étaient pourtant dans la navette avec nous. Où sont-ils passés ?

Luke sourit. Il connaissait la réponse et il doutait que les deux « disparus » apprécient la compagnie.

— Je ne m'inquiéterais pas, trop à votre place,

amiral. Ils sont assez grands pour se débrouiller seuls.

— Lando ? appela Tendra.

Ils se promenaient dans le paysage dévasté par le répulseur.

L'endroit n'était pas idyllique. Il avait pourtant le mérite de leur offrir un peu d'intimité.

— Oui ? Qu'y a-t-il ?

La jeune femme était coincée au sommet d'un rocher pointu. Lando lui offrit sa main ; elle la prit et descendit avec précaution.

Quand elle fut au niveau du sol, il ne la lâcha pas. Tendra reprit :

— Vous vous rappelez ce que je vous ai dit : une femme de Sacorria n'est pas autorisée à se marier sans le consentement de son père ?

— Oui, répondit Lando, sentant la peur et une étrange excitation faire battre son cœur plus fort.

— Eh bien... nous n'avons pas à en parler maintenant, mais il y a sur cette loi un détail que je viens de découvrir. Un détail *technique* intéressant. La chose ne s'applique pas si la jeune femme se trouve à l'extérieur du Système Sacorrien. Sur Drall, par exemple.

— Ah oui ? demanda Lando en retrouvant son calme. (L'idée demanderait du temps et de la réflexion ; à première vue, il n'avait rien contre.) Est-ce bien sûr ?

— Oui, répondit-elle en lui souriant.

— Alors pourquoi ne retournons-nous pas au *Lady Luck* pour en parler autour d'un bon dîner ? (Il sourit.) J'ai toujours trouvé fascinante l'étude des subtilités juridiques...

Achevé d'imprimer en août 1999
sur les presses de Cox & Wyman Ltd
(Angleterre)

FLEUVE NOIR – 12, avenue d'Italie
75627 PARIS – CEDEX 13.
Tél: 01.44.16.05.00

Dépôt légal : septembre 1999
Imprimé en Angleterre